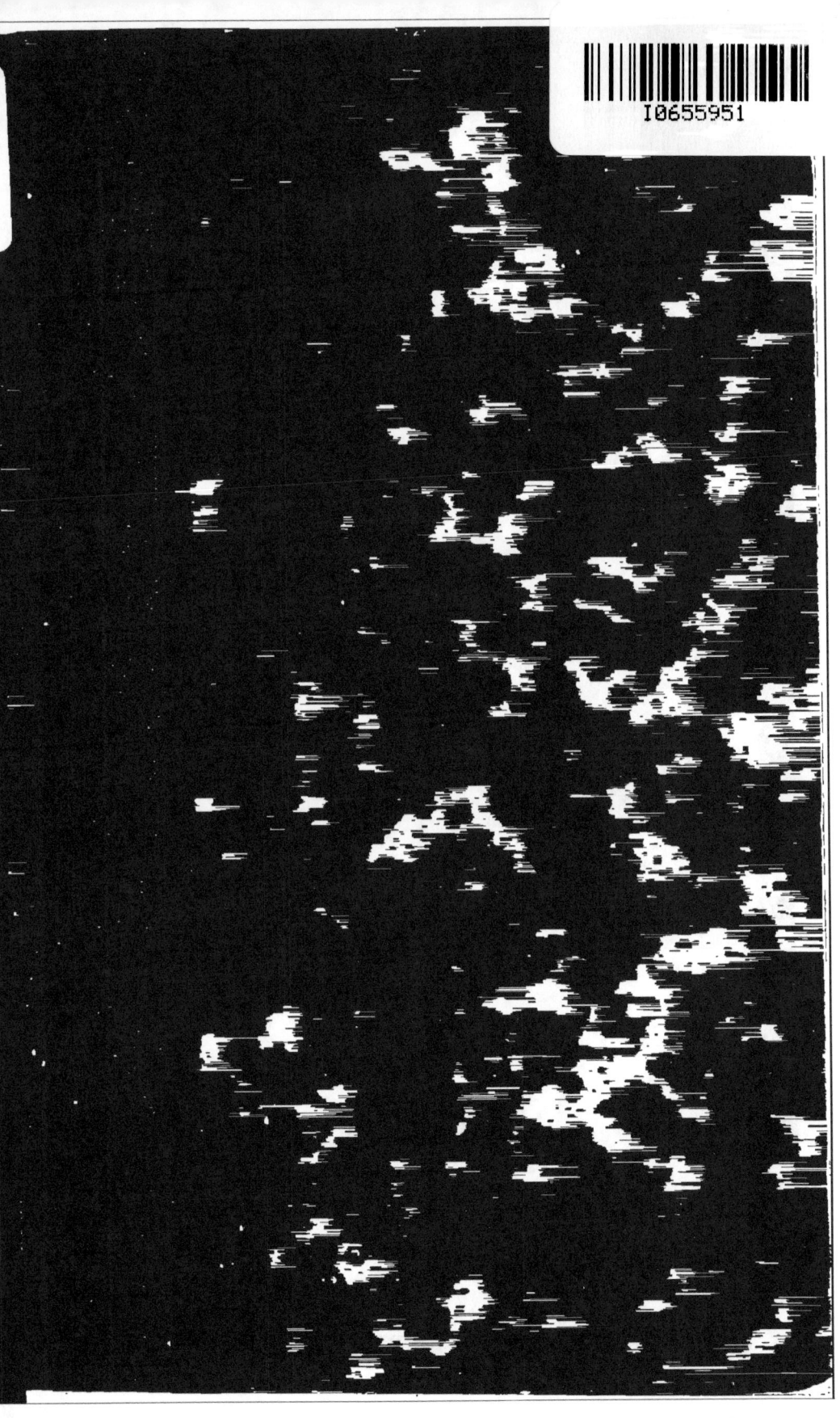

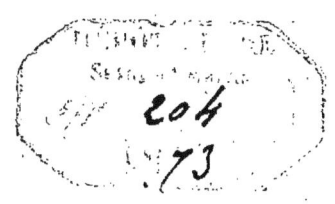

UNE

GOMMEUSE

OUVRAGES DE CAMILLE PÉRIER

MERYENS. — SCÈNES DE LA VIE ALGÉRIENNE. 1 vol. grand-18 . . . . 3 fr.

LA GRÈVE DES AMOUREUX. 1 vol. gr. in-18. . . . . . . 3 fr.

UNE FILLE DU SOLEIL. 1 vol. gr. in-18 . . . . 3 fr.

LES PROVINCIALES D'AUJOURD'HUI

LA BELLE MADAME DUPÉRIN. 1 vol. gr. in-18. . . . . 3 fr.

F. AUREAU ET COMP. — IMPRIMERIE DE LAGNY

UNE

GOMMEUSE

PAR

CAMILLE PÉRIER

PARIS

E. DENTU, ÉDITEUR

LIBRAIRIE DE LA SOCIÉTÉ DES GENS DE LETTRES

PALAIS-ROYAL, 17 ET 19, GALERIE D'ORLÉANS

—

1873

UNE GOMMEUSE

Caroline Thérion

I

L'homme sur un lit râlait, moitié nu, les pieds raidis, les mains crispées sur des draps tachés de sang. Ce sang sortait comme une écume rouge de ses lèvres tordues ; sa face convulsive était pâle de la dernière pâleur. Les femmes, il y en avait deux, l'une belle, l'autre jolie ; l'une près de lui, l'autre dans une chambre voisine, bouleversaient l'appartement. Le désordre y régnait, désordre des riches surpris par les terreurs de la mort.

Elle était là, l'impitoyable égalitaire, promenant son squelette sur la soie, les dentelles, les diamants, l'or épars. Elle frappait coup sur coup, elle étreignait sa victime.

La victime était un beau jeune homme, un heureux,
un cœur honnête, un de ces riches qui ne sont jamais
riches pour eux. Elle n'avait pas regardé à cela, elle
fauchait. Et, chose atroce, près du mourant, les deux
femmes affolées ne songeaient pas à lui !

La plus belle, sa femme, qui, la veille encore, cherchait l'amour dans son regard, cherchait maintenant,
avec rage, le testament par lequel il l'instituait son
unique héritière, héritière de deux millions.

Elle cherchait vite, car le temps lui manquait; car
cette femme si belle ne pouvait rester pauvre. A ses
pieds mignons il fallait les tapis sur lesquels le bruit
des pas s'éteint; à son front superbe le diadème de
pierres précieuses; à sa bouche rose le sourire éternel.
Mais à sa main fine, délicate, qui fouillait en ce moment un meuble ouvert, avec les ongles crochus de la
sorcière, que fallait-il? De l'or, toujours de l'or !

Cette scène était éclairée par le soleil rouge des premières heures du soir, en été.

D'une fenêtre ouverte, on le voyait descendre sur
l'Océan et plonger ses rayons dans les vagues vertes.
L'air frais, l'air salin, la vie, entraient par cette fenêtre. L'homme râlait toujours.

Il y avait un mois à peine, il était arrivé à Trouville
avec sa jeune femme qui voulait l'obliger, disait-elle,
à soigner sa santé mauvaise depuis longtemps. Il paraissait encore assez fort à ce moment-là, et il n'avait
cessé pendant trois semaines de se montrer avec elle
et de faire chaque jour de longues promenades sur la
plage.

Puis, tout à coup, un soir, il était rentré frissonnant pour se mettre au lit dans un de ces modestes appartements dont on se contente aux bords de la mer.

Et trois jours après, le monde élégant de Trouville répétait, comme une nouvelle de la dernière fraîcheur :

— Une superbe jeune femme, un joli ménage, M. et madame Thérion, ne les avez-vous pas remarqués? Eh bien! le mari se meurt; on le dit millionnaire.

On en parla tout un soir; à l'heure où il râlait, on l'avait déjà oublié.

Seules, madame Thérion et Justine, sa femme de chambre, veillèrent le malade. Sans doute elles ne crurent pas à un dénouement si prompt, car elles négligèrent d'avertir la sœur du mourant, son unique parente, qu'il avait réclamée plusieurs fois.

A cette heure où la mort frappait, elles se croyaient encore bien seules avec lui, quand la porte de leur appartement s'ouvrit tout à coup. Un étranger s'avança, sans mot dire, jusqu'au milieu de la première pièce où la femme de chambre, sur l'ordre de sa maîtresse, fouillait dans les habits du mourant et en retirait avec soin les papiers qui s'y trouvaient.

En l'apercevant, Justine lâcha l'habit qu'elle tenait et voulut l'arrêter. L'étranger écarta Justine et marcha, vers la seconde pièce, droit à madame Thérion.

La jeune femme se retourna. Elle plongea aussitôt dans ses vêtements sa main pleine de papiers pour l'en retirer vide et faire face au nouveau venu.

— M. Davelles ! cria-t-elle en pâlissant.

— Non, madame, le docteur Davelles.

Elle venait de pâlir, elle trembla ; mais elle fit un effort, se remit et murmura en désignant son mari expirant :

— Merci ! vous le sauverez..... il vient d'avoir une crise affreuse ; Justine et moi nous cherchions une ordonnance perdue. Oh ! je vous en prie... soignez-le ! sauvez-le !

Elle pleurait. Elle pleurait vraiment. D'où venaient ces larmes ? Nul ne peut le dire ; elle était femme et belle. Les larmes sont aux belles femmes ce que la rosée est aux prairies. Les siennes s'arrêtèrent juste à point pour former une perle sur ses joues. Elle savait pleurer.

Le docteur resta sombre et froid. C'était un homme jeune, grand, brun et très-beau, aussi beau qu'elle était belle. Son regard cependant se leva sur elle.

Ce regard était étonnant d'audace :

— Madame, dit-il, vous savez bien qu'il est perdu !

Elle n'accorda aucune attention au regard, elle répondit aux paroles :

— Perdu ! répéta-t-elle ; mais c'est impossible ! Je ne m'en doutais pas !... Je...

Elle se tordait,... avec grâce.

On entendit un bruissement de jupe, froissée par des mains crispées. Rien ne se dérangea cependant dans sa toilette, on eut dit une poupée parfaite dont les vêtements sont fixés par des épingles qui entrent dans le corps.

— Donnez-moi donc de l'eau fraîche, interrompit le docteur.

Elle obéit.

Il baigna le visage du mourant et tira de sa poche un flacon qu'il posa sur ses lèvres blanches.

M. Auguste Thérion fit un mouvement et, en une secousse, d'un effort, redressa son buste et ouvrit ses yeux : des yeux tournés et glauques.

— Tu viens bien tard! dit-il bas au docteur.

Celui-ci, d'une main, arrangea doucement les draps, et de l'autre tâta son pouls.

— Sortez! dit le malade à sa femme d'un air effrayant.

Sa voix n'était qu'un faible souffle. Elle n'eut pas l'air de l'entendre et s'assit.

— Votre mari, madame, désire être seul avec moi, dit le docteur avec autorité.

Elle se leva; des flammes passèrent dans ses yeux, dont la prunelle, verte et fauve à la fois, prit la transparence d'un œil de chatte. Ce fut un éclair de haine pour ces deux hommes qui la chassaient.

Elle ne résista pas cependant. Elle ferma même après elle la porte qui séparait les deux chambres, mais fit cela avec une tranquillité dédaigneuse.

Dès qu'elle se fut éloignée, M. Thérion dit au docteur de sa voix courte et coupée par des hoquets :

— Je t'attendais pour mourir. Elle n'a pas voulu t'écrire, et tout à l'heure, là, j'ai entendu... ah!

Une convulsion le secoua, l'étendit et le raidit de nouveau. M. Davelles s'approcha pour recueillir son souffle. Luttant contre la mort, il murmurait :

— Le testament, dans ce meuble... à droite. Brûle-le, ou... ma sœur sera sans pain!

Le docteur alla au meuble resté ouvert, passa sa main du haut en bas du côté droit et s'écria :

— Rien !

Sur ce mot le mourant, le mort, allions-nous dire, se leva, les bras en avant, les yeux éteints, et marcha. Il marcha décharné, livide, vert, pour s'aplatir de tout son long aux pieds de son lit.

C'était le dernier effort de la vie dans un corps jeune. Le docteur lui-même en pâlit. Il se jeta à terre et, à l'oreille de ce corps inerte :

— Je te jure, dit-il, de protéger ta sœur et de te venger!

Le visage d'Auguste Thérion roula sur celui de M. Davelles, ses lèvres glacées touchèrent la joue du docteur, et celui-ci les sentit remuer.

La porte s'ouvrit, et madame Thérion, sur le seuil, lui dit d'un ton railleur :

— Vous êtes docteur, et vous cherchez le sens du délire de la fièvre?

Elle désignait le meuble dans lequel il avait porté ses mains, et s'avançait impérieuse, hautaine.

— Vous oubliez, ajouta-t-elle, qu'il m'appartient de veiller mon mari.

Ceci le mettait à la porte. Elle usait sans doute d'un droit sûr et incontestable.

Il le comprit ainsi, et, sans opposition, lui désignant le cadavre, il lui répondit en la mesurant d'un regard des pieds à la tête :

— Madame, vous êtes terriblement belle!

Et il se retira.

———

II

La sœur d'Auguste, mademoiselle Marguerite Thérion, n'avait aucune espèce de fortune. Cependant à sa jeunesse tout avait souri, la fortune comme le reste. Son enfance heureuse s'était écoulée au château de Laveray, en Touraine. Elle y avait grandi, appuyée sur de solides affections, entourée, adulée; car son père, sa mère et son frère Auguste s'entendaient pour la gâter. Ils n'étaient pas les seuls.

Près du château, dans une maison bourgeoise, habitaient M. et madame Guérin, deux bons êtres qui prirent de l'amitié pour Marguerite. Ce fut d'abord une douce gâterie de vieilles gens pour l'enfant rose et gentille. Les rapports de voisinage autorisèrent cette intimité, que les parents de Marguerite encouragèrent. Madame Thérion faisait quelques visites à madame Guérin.

Madame Guérin n'avait qu'un fils. Il l'occupait comme dix enfants auraient pu le faire. C'était sa passion unique, ce fils, ce cher Frédéric: elle en parlait toujours. Elle trouvait avec bonheur le moyen

de se livrer à ses bavardages maternels avec madame
Thérion et Marguerite. Madame Thérion la comprenait parce qu'elle était mère, et Marguerite l'écoutait
parce qu'elle prenait un singulier plaisir à se représenter Frédéric comme un être exceptionnel doué
des nombreuses qualités dont sa mère l'entretenait
tous les jours.

Les Guérin n'étaient pas riches ; ils vivaient maigre-
ment d'une petite rente qui devait s'éteindre avec eux.
L'éducation de Frédéric épuisait leurs ressources.
Le jeune homme travaillait beaucoup. Il voulait entrer à l'École polytechnique. Il y entra, y fit des études
assez brillantes et en sortit officier.

Ses parents, qui l'avaient soutenu et poussé jusque-
là à l'aide de mille prodiges d'économie, respirèrent
quand il eut enfin une position honorable et assurée.

Pendant tout ce temps on le vit à Laveray, aux va-
cances, où il se montrait si empressé auprès de ses
vieux parents, qu'il ne démentait certes pas les éloges
qu'on faisait de lui.

Encore petite fille, Marguerite admira ce grand
garçon, bon autant que sérieux, qui jouait avec elle
comme avec une poupée ravissante pour remplir
ses devoirs de voisin aimable. Elle s'habitua à le voir
du même œil que sa mère ; chose facile, car il était
fort bien.

Il avait neuf ans de plus qu'elle, il était certes convaincu que leurs rencontres annuelles sous le toit
paternel ou dans les champs de Laveray ne pouvaient
avoir aucune conséquence pour l'avenir. Cependant

chaque année il la trouvait grandie, embellie, et
quand il arriva avec ses épaulettes de sous-lieu-
tenant, le corps souple et bien pris dans son uniforme, quand il la vit, rougissante et intimidée, ne
plus oser lever les yeux sur lui, il commença à la
trouver étonnamment jolie pour son âge. Elle atteignait alors sa quatorzième année.

Elle était aussi grande qu'elle devait l'être plus tard :
un peu brune, un peu maigre, mais ayant aux joues
les couleurs de la santé. Sur un front très-pur, ses
cheveux se relevaient noirs et abondants ; ils s'étalaient,
couronne ondulée, jusque sur la nuque où ils étaient
sévèrement tordus ; au-dessous du front des sourcils
et des cils admirables avec des yeux timides qui
s'ouvraient tout à coup, pour regarder bien en face ;
une prunelle noire comme ses cheveux et nettement
détachée du globe bleu de l'œil, ce qui augmentait la
vivacité et la franchise du regard ; puis un nez mu-
tin, une bouche riante, un visage rond, où l'on ne
voyait aucune des maigreurs de la personne, où la
jeunesse signalait déjà les promesses de la beauté prête
à éclore, et répandait cette fraîcheur qu'elle apporte
avec elle comme la première de toutes les beautés :
tout cela fit penser à Frédéric qu'elle était douce à
voir et qu'elle serait bientôt bonne à aimer.

Au régiment, quand il écrivit à sa mère, il n'oublia
jamais sa jolie voisine. Et madame Guérin donnait,
sans malice, les lettres ouvertes à la jeune fille, pour lui
prouver une fois de plus combien son fils était bon et
dévoué. D'un coup d'œil, l'enfant s'assurait qu'elle

1.

était nommée ; elle admirait alors, autant que madame Guérin, le cœur et le style de Frédéric.

Elle en vint à partager les impatiences et les émotions de la vieille mère au sujet de ces lettres. Elle accourait le jour où elle espérait en lire une. Elle était sérieuse et triste quand madame Guérin se plaignait d'un retard de cette chère correspondance. De sorte que celle-ci lui disait avec une reconnaissante bonhomie :

— Je vous aime comme ma fille ! Ma fille ne ferait pas mieux.

Le régiment de Frédéric vint en garnison à Tours. Quelle joie pour Madame Guérin !

Marguerite en fut si heureuse qu'elle n'osa exprimer ce qu'elle éprouvait.

De Tours à Laveray, la distance est courte. Frédéric allait donc pouvoir donner à sa mère ses heures de loisir.

De la chambre de Marguerite, par une fenêtre, on découvrait la route. Elle épia l'arrivée du jeune officier. Elle se plut à le regarder maniant son cheval avec sa fière mine et sa taille élégante. Elle le suivit des yeux au départ, elle se créa un bonheur secret et tout personnel les jours de ses visites dans le voisinage. Elle ne se présenta pas à ce moment-là chez madame Guérin, familièrement, selon son habitude, mais elle trouva le moyen d'engager son frère Auguste à se lier avec Frédéric.

Auguste, qui avait terminé ses études, regrettait beaucoup son ami de collège Maxime Davelles. Celui-ci était retourné dans sa famille en Normandie. Isolé à Laveray, le jeune Thérion se laissa aisément persuader de chercher des ressources de société dans le voisinage. L'énergie et la bonne humeur toujours prêtes de Frédéric Guérin fouettèrent sa vie monotone et calmèrent ses regrets.

Quant à la distance qu'il y avait entre le fils du châtelain et celui du petit propriétaire campagnard, aucun des deux n'y pensa. C'étaient deux nobles natures.

Au grand plaisir de Frédéric, Marguerite se glissa quelquefois entre eux. On se réunit sous divers prétextes au château ou sous le toit modeste des Guérin. Que de beaux jours! de belles parties à trois! On se promenait, on pêchait, on montait à cheval. Frédéric trouvait toujours le moyen d'être à côté de Marguerite et un prétexte pour lui serrer la main. Il ne lui disait pas qu'il l'aimait, elle le savait bien. Le père Guérin, toujours malade, s'éteignait en souriant aux joies de son fils. On le voyait mourir si doucement qu'on ne s'en doutait pas.

M. Geoges Thérion, au contraire, gros, gras, solide, parcourait constamment les grands chemins. Il ne s'occupait guère de la manière de vivre de ses enfants. Il allait aux environs d'une ferme à l'autre, soignant ses terres, et souvent plus loin, à Paris, où ses affaires nombreuses et compliquées nécessitaient sa présence.

Quelles étaient ses affaires? Il n'en parlait jamais, même à sa femme ; il était de ces hommes qui gar-

dent le gouvernement des biens de la communauté,
mais il était aussi de ceux qui pourvoient largement
aux besoins de leur famille.

Un jour, il annonça la nécessité de se fixer à Paris.
A propos de quoi?... Il n'en dit pas un mot, et personne
n'osa le lui demander.

On fit en silence les préparatifs du départ; mais ce
départ, c'était un coup de foudre pour madame Thérion et Marguerite. La vieille dame comptait finir paisiblement ses jours à Laveray; et Marguerite?...

La pauvre enfant crut mourir en étouffant les san-
glots qui lui montèrent à la gorge. Elle n'eut qu'une
pensée :

— Quitter Frédéric!...

Elle en fut atterrée.

Que diraient son père, sa mère, son frère, s'ils savaient?...

— Ils ne le sauront jamais! s'écria-t-elle.

Elle redoutait leur blâme, elle ne rougissait pas de
son amour.

Frédéric n'avait que ses épaulettes de lieutenant,
elle était très-riche... riche de cent mille francs de dot
avec des espérances, et cela suffisait pour ruiner son
bonheur.

— Cependant, si j'étais libre, pensait-elle, et même
si j'osais... mais je n'oserai pas!

Elle pleura. Auguste s'en aperçut et, sans préambule,
lui essuyant les yeux par un geste amical, il lui dit vivement :

— Tu aimes Frédéric!

— Moi! moi! s'écria-t-elle excessivement troublée.

— Voyons, dit-il, embrasse-moi, regarde-moi, là, bien en face...

Il releva sa tête doucement, et posa un baiser sur son front.

— Tu l'aimes! s'écria-t-il : ne pleure pas pour si peu, j'arrangerai cela.

— Si peu! pensa-t-elle. Mais c'était tout! Et que voulait-il faire? quel arrangement possible à cette impossibilité?

Trois jours après, Georges Thérion fit appeler sa fille, l'embrassa rapidement, selon son habitude, la traita d'enfant et lui apprit que son mariage avec Frédéric était décidé, à la seule condition d'attendre patiemment qu'il fût nommé capitaine.

Marguerite ne songea pas à l'attente; elle n'écouta que la promesse, ne vit que l'espoir... Elle était la fiancée de Frédéric!

D'ailleurs, M. Thérion promit d'employer ses relations pour favoriser l'avancement du jeune homme.

Comme elle embrassa Auguste ce jour-là! C'était à lui qu'elle devait son mariage. Il avait plaidé sa cause auprès de son père et l'avait gagnée. Elle ne se rendit pas bien compte de ce succès si prompt. M. Thérion tenait à la fortune; il avait manifesté plusieurs fois l'intention de n'accepter qu'un gendre bien pourvu. Elle ne creusa pas ce détail; elle était trop heureuse; elle crut à la bonté, à l'indulgence paternelles. Il y avait bien un peu de tout cela.

Après quatre ans de séjour à Paris, Georges Thérion

apprit à sa femme et à ses enfants l'entière vérité. Il
était ruiné, il avait quitté Laveray pour le vendre et il
se trouvait encore heureux d'avoir au moins assuré un
mari à sa fille.

M. Thérion ne survécut pas à cet aveu ; il avait lutté
longtemps contre la mauvaise fortune, elle l'emporta.

En mourant, il croyait que les épaves de son nau-
frage assureraient à sa fille la somme de vingt-quatre
mille francs exigée par les chefs militaires d'un capitaine pour la dot de sa femme.

Frédéric n'était encore que lieutenant. Pendant ces
quatre années d'attente, il avait perdu son père et sa
mère. Il s'était rattaché à l'amour de Marguerite comme
à une affection unique. Il l'aurait épousée sans aucune
espèce de dot. Il s'inquiéta de sa ruine quand elle rendit
son mariage impossible.

La liquidation des affaires de Georges Thérion produisit six mille francs pour ses deux enfants et sa
veuve. C'était la misère pour tous les trois.

Une de ces affaires appela Auguste auprès d'un vieil
oncle brouillé depuis longtemps avec la famille Thérion. Par un caprice de vieillard, cet oncle s'éprit tout
à coup de son neveu Auguste, qu'il n'avait jamais vu.
Il le garda quelques mois et mourut en lui laissant
deux millions.

Cette fois, avec la fortune, le bonheur sembla de
nouveau fixé dans la famille. On racheta Laveray,
Auguste y installa sa mère et sa sœur et promit la dot
de cent mille francs pour le jour du contrat de Frédéric
et de Marguerite.

Secouée par ces émotions successives, la vieille madame Thérion fut celle qui partagea le moins ce bonheur. Sa santé s'altéra et donna de vives inquiétudes. Le mariage de Marguerite, toujours décidé et toujours retardé, fut ajourné jusqu'à sa guérison. Frédéric, d'ailleurs, allait être nommé capitaine, et toutes les intentions de Georges Thérion se trouveraient entièrement remplies.

Auguste fit alors la connaissance de Caroline à Paris, où il passait la plus grande partie de son temps, ayant le droit d'y mener une existence aussi large qu'indépendante, et le devoir, dit-il, de surveiller Frédéric, dont le régiment arrivait.

Veuve, à vingt-quatre ans, d'un vieux mari, ruinée par lui, disait-elle, belle à enchanter tous les yeux, avec des manières et des habitudes de grande dame, elle parut à Auguste la seule femme qu'il pût aimer. Elle recevait beaucoup de monde malgré son deuil. La jeunesse à la mode, gandins et petits crevés d'alors, destinés à devenir des petits gras, des gommeux.

Elle était dans ce monde comme dans son milieu naturel. Sa misère ne la gênait pas. Elle parlait en femme qui tient sa place. Ce mouvement d'hommes autour d'elle irritait Auguste, l'excitait aussi.

D'un caractère un peu faible, d'une nature impressionnable, il se laissa, dès les premiers jours, dominer par elle. Son tempérament ardent souffla le feu sur cet amour.

Au bout d'un mois, ne pouvant plus se passer d'elle et la respectant comme une sainte, il déclara à

sa mère et à sa sœur qu'un mariage entre lui et la
jeune veuve était chose pressée, loyale et indispensable. Caroline vivait avec peine ; cette femme si belle,
cet ange, était réduite aux plus cruelles privations : à
moins de manquer de cœur, on ne pouvait certes
souffrir cela. Il parla de la sorte longtemps et élo-
quemment.

Presque mourante, madame Thérion trouva la
force de signer le consentement que demandait son
fils. Elle eut la joie de le voir agenouillé au pied de
son lit avec l'heureuse Caroline et de bénir ses amours.
Cette joie fut la dernière, elle mourut huit jours
après le mariage de son fils.

Marguerite, un peu froissée du sans-gêne d'Auguste devant le lit de mort de sa mère, ne s'en plaignit
pas cependant. Caroline eut pour elle et pour sa
douleur des consolations et des attentions charmantes
dans les premiers temps.... Mais le séjour de Laveray
et la retraite austère d'un grand deuil parurent bientôt l'ennuyer. On était d'ailleurs en 1870, la guerre
fut un prétexte. Elle proposa à Auguste un voyage
en Italie. Il dépérissait, disait-elle, à Laveray.

En effet, il pâlissait et toussait un peu. Il n'y avait
à cela rien d'alarmant. Elle l'enleva comme une
femme inquiète. Marguerite devina qu'elle tenait à
partir seule avec Auguste. Ne jugeant pas convenable
de rester isolée à Laveray, elle se retira dans un pensionnat, en province, éloigné du théâtre des hostilités,
pour y attendre la fin de son deuil et le jour de son
mariage. Elle était d'ailleurs majeure depuis six mois.

III

De l'Italie, madame Thérion, la paix signée, promena son mari aux Eaux-Bonnes, des Eaux-Bonnes à Bagnères-de-Luchon et des Pyrénées aux bords de la mer, à Trouville, en juillet, où il mourut, comme nous l'avons dit.

Huit jours après, Marguerite l'ignorait encore. Elle venait de recevoir une lettre de son fiancé. Il lui annonçait sa nomination au grade de capitaine et la priait de s'arranger avec son frère pour que leur mariage pût être célébré en octobre. Il comptait obtenir un congé de trois mois qui commencerait à cette époque.

La jeune fille, lasse de son isolement de cœur, prenait la plume pour céder au désir de M. Guérin quand on frappa à sa porte pour l'avertir que sa belle-sœur demandait à la voir.

Presque aussitôt Caroline, en grand deuil de veuve, fut introduite.

A sa vue, Marguerite devina l'affreuse nouvelle et tomba raide sur le sol.

Caroline s'empressa de la faire revenir en l'appelant des plus doux noms; mais un sourire étrange plissa sa lèvre supérieure si fraîche et si rose.

En revenant à elle, encore frissonnante, Marguerite

ne put s'empêcher de la trouver admirable de pâleur
chaude, sous ses crêpes noirs.

Cette femme splendide semblait un marbre fait
chair. La mort, en l'enveloppant de son deuil, n'avait
pu rien enlever à sa beauté sereine. Ses traits, d'un
dessin ferme et pur, découpaient leurs reliefs saillants
sur ce fond sombre. La douleur en avait en quelque
sorte immobilisé les contours, qui ressortaient plus
nets, plus froids et plus semblables à ceux des statues
antiques.

Cette douleur contrastait avec ses allures habituelles.
Elle toucha Marguerite. La jeune fille accepta toutes
ses explications. Comment ne pas se fier aveuglément
à une pareille créature?

Madame Thérion avait pris sur elle courageusement
les formalités qu'exige toujours une mort. Etait-elle
ou n'était-elle pas armée d'un testament qui la faisait
maîtresse souveraine?

Elle n'en parla pas.

Elle emmena Marguerite, comme une sœur, au
château de Guériant, situé dans le Midi, sur une
belle terre qui faisait partie de l'héritage d'Auguste.

Elle le préféra à Laveray, qui lui rappelait, dit-
elle, de trop vifs souvenirs.

En partant, d'après le conseil de sa belle-sœur, la
jeune fille écrivit à son fiancé de venir les rejoindre à
Guériant.

Elle fut bien surprise de voir arriver le capitaine au
château en même temps qu'elle. Il avait reçu son
congé quelques jours plus tôt qu'il ne l'espérait et se

hâtait d'en profiter. Mais comment pouvait-il venir
si vite, en droite ligne, à Guériant? La lettre de la
jeune fille devait avoir croisé sa route.

Il raconta qu'il avait fait à la gare de Lyon, au
moment de partir pour Paris, une rencontre inattendue. Cette rencontre était celle de M. Davelles, l'ami
du mort, qui paraissait instruit de tout.

— Un homme bizarre, dit-il, une sorte de devin :
il m'a reconnu sans m'avoir jamais vu, sur le portrait
qu'Auguste lui avait fait de moi dans une de ses
lettres.

Caroline, présente à cette explication, demanda d'un
ton sec :

— Est-ce pour vous donner notre adresse qu'il
venait exprès à Lyon ?

— Il ne me l'a pas dit : nous avons échangé peu de
paroles. Je suis parti immédiatement.

Marguerite ne dit pas un mot; mais, quand elle
eut l'occasion de se trouver seule avec le jeune officier,
elle reparla de M. Davelles.

— C'est un homme bizarre, répéta-t-elle. Vous
avez bien dit. Mais sa bizarrerie est parfaitement
raisonnée. S'il vous a donné notre adresse à Lyon,
c'est qu'il était venu la prendre au pensionnat, c'est
qu'il avait un motif pour cela et qu'il désirait me
voir. Avez-vous remarqué comme Caroline avait l'air
contrariée de votre rencontre avec lui? Elle n'a jamais
pu souffrir l'amitié de mon frère pour M. Davelles.
Elle en était jalouse. Je crois cependant qu'Auguste
ne l'a jamais vu depuis son mariage. M. Davelles

voyageait en pays étranger, et, à moins qu'ils ne se soient rencontrés en Italie, je ne vois pas où ma belle-sœur peut avoir pris son antipathie.

Frédéric se rapprocha de sa fiancée après s'être assuré par un coup d'œil rapide que la porte du salon où ils se trouvaient était fermée.

— Je n'ai pas tout raconté à Caroline au sujet de cette rencontre, dit-il.

— Ah ! qu'y a-t-il encore ?

— M. Davelles, en effet, désirait vous voir. Il me l'a dit. Il a assisté à la mort de votre frère, s'étonnant qu'on ne vous ait pas appelée ni avant, ni après cette mort si prompte. Il voulait vous engager à régler vos intérêts. Il croit que madame Thérion a dans ses mains un testament, en bonne forme, qui vous ôte toute espèce de droits à l'héritage de votre frère. Vous a-t-elle parlé de tout cela ?

— Non, et je n'y ai pas songé moi-même, dit simplement Marguerite.

— Vous êtes admirable de désintéressement, s'écria Frédéric en prenant la main de sa fiancée ; mais M. Davelles dit qu'il faut y songer et m'a engagé très-sérieusement à presser notre mariage.

— Presser notre mariage ! parler d'affaires dans les premiers moments d'une telle douleur ! c'est impossible.

— C'est notre mariage qui deviendra impossible, pense M. Davelles, si nous ne profitons de ces premiers moments de sensibilité et de regret.

— Mais alors, que suppose-t-il ? Comment juge-t-il Caroline ?

— Il ne me l'a pas dit, il ne m'a pas dit tout ce qu'il pense ni tout ce qu'il sait. Il ne dit jamais que ce qu'il veut dire, et la façon dont il coupe ses paroles et arrête ses confidences impose le respect à la curiosité la plus ardente. Je n'ai pas osé lui demander s'il connaissait votre belle-sœur depuis longtemps, mais je l'ai compris.

— Il m'a donc gardé une part de cette amitié qu'il avait vouée à mon frère pour me protéger ainsi contre elle ? Voilà du moins un sentiment qu'il a dû vous exprimer ?

— Il a fait mieux : il m'a prié de compter sur lui toutes les fois qu'il pourrait vous être utile. Ce qu'il y a de singulier, c'est qu'après cette assurance il me quittait sans me dire quand nous le reverrions et sans me laisser son adresse.

— Vous le lui avez fait remarquer ?

— Naturellement. A quoi bon ? m'a-t-il répondu avec un fin sourire ; je vous promets de penser à vous et à elle. Il m'a fait cette promesse en homme qui possède les moyens de n'y pas manquer. A l'entendre, on croirait qu'il dispose d'un pouvoir plus qu'ordinaire dans la vie privée.

— Ce pouvoir, reprit Marguerite, il l'a peut-être. Mon frère le disait capable de choses prodigieuses.

— Il n'y a plus de prodiges ! reprit Frédéric en secouant la tête. Un homme qui se distingue est par cela seul remarqué, observé, expliqué, connu, et le prodige cesse où il n'y a plus de mystère. Si M. Davelles était un homme aussi extraordinaire que vous le croyez, je n'aurais pas besoin de vous demander ce qu'il a fait et ce que vous savez de lui.

— Peu et beaucoup. Auguste a été le camarade de classe de Maxime Davelles à l'âge de seize ans. Vous le savez comme moi. Ils se lièrent par une amitié exceptionnelle. M. Davelles avait un an de plus qu'Auguste. Il appartient à une noble famille de Normandie. Il en est le dernier descendant, il a accumulé sur sa tête plusieurs héritages et plusieurs titres. Il ne porte pas les titres, il ne tient pas à sa noblesse et signe Davelles sans apostrophe. Sa fortune est énorme; il en fait parfois un usage princier. Pour lui personnellement il est très simple, il n'étale aucune des vanités du luxe et il lui importe peu qu'on le prenne pour un petit rentier.

Ce n'est pas tout, M. Davelles est un savant. Il a passé une partie de sa jeunesse à étudier spécialement la médecine. Tant que sa mère, qui était veuve, a vécu, il a habité le château de Neubourg, en Normandie, avec elle, en dehors du temps consacré à ses études.

Est-ce la perte de cette mère qu'il adorait ou tout autre sujet de chagrin qui lui a fait adopter la vie nomade qu'il mène depuis huit ans? Est-ce l'amour de la science? Auguste ne me l'a jamais dit et ne l'a peut-être jamais bien su : mais je trouve surprenant qu'un jeune homme à qui rien ne manque pour être heureux dans son pays choisisse cette vie errante et la pratique comme le plus simple personnage, loin du grand monde, où il a sa place marquée d'une façon écla-

tante, et dans un isolement de cœur complet. Il va
toujours seul, partout, chez tous les peuples, parlant
toutes les langues, retenant, travaillant, observant, et
devenant un homme supérieur par sa science comme
il l'est par sa fortune, son esprit, comme il pourrait
l'être par ses relations.

Pourquoi ce labeur ?

Quant il l'interrompt, c'est par un de ces actes qui
semblent réservés à la Providence, — sauver ou punir,
— souvent même sans se montrer.

Il y a bien des gens, prétendait Auguste, qui lui
doivent la vie et le bonheur, et qui ne s'en doutent
même pas. C'est dans des cas pareils qu'il agit en
prince.

Pendant ce récit, Frédéric réfléchissait profondément.

— Cet homme doit être bien fort, dit-il. Est-il vraiment bon ?

— Auguste l'admirait. Je ne l'ai vu que deux fois,
et sous deux aspects dont le souvenir m'est resté. Mon
père vivait encore. La première fois, il arriva chez
nous, à Lavénay, il y a plus de huit ans ; Auguste était
sorti, mon père également ; ma mère le reçut, m'ayant
à ses côtés. Il m'effraya, tant il me parut pâle, maigre
et grand. Je ne distinguai sur son visage que deux
yeux, des yeux terribles. Un moment, il les adoucit
pour moi, en disant à ma mère avec une expression
profonde : — Aimez-la ! aimez-la bien !...

Quatre ans après, je le revis à Paris, raide, parfait
de bonne tenue et de beauté fière. Ma mère était pa-

tronesse d'un concert pour les pauvres, elle lui présenta deux billets. Il les refusa ; mais tirant de sa poche une liasse de billets de banque, il les lui remit en lui disant :

— Quand vous trouverez, madame, un malheur digne de ce nom, faites-en un bonheur avec ceci. C'est là tout ce que je sais de lui, acheva Marguerite.

— C'est assez pour nous engager à suivre ses conseils. D'ailleurs, vous avez le droit, Marguerite, de connaître le testament de votre frère, s'il y en a un, et s'il n'y en a pas, de prendre, au terme du contrat de votre belle-sœur, votre part d'héritage.

— C'est affreux, s'écria-t-elle, ces questions d'argent, ces mots d'héritage et de partage! comment pouvez-vous les prononcer?

— Parce que votre belle-sœur n'en parle pas, parce qu'en fait d'affaires, comme en fait d'honneur, il n'y a qu'une ligne à suivre, la ligne droite et franche.

— La ligne droite et franche, c'était pour nous l'union dans la famille. Ne craignez-vous pas que Caroline ne s'étonne et ne se blesse de mes réclamations? D'ailleurs, ne suis-je pas ici maîtresse comme elle et autant qu'elle?

— C'est ce que nous verrons. Me permettez-vous de lui parler de notre mariage?

— Comment vous le défendrais-je? dit-elle en lui tendant la main.

Frédéric serra cette main si chère dans les siennes et regarda un moment le gracieux visage de sa fiancée, où la bonté éclatait dans la lumière du regard et la bienveillance du sourire. Comme ils étaient là, tous deux, les mains unies, un peu émus, un peu perdus dans les joies pures de leur amour permis, Caroline entra pâle et froide.

— Oh! les heureux égoïstes! dit-elle.

Elle avait une voix naturellement sympathique et expressive, une de ces voix souples qui parcourent aisément la gamme de tous les tons; celui qui possède un organe semblable s'empare de l'esprit de ses audi-teurs avec un mot, un simple accent, tant ces sortes de voix sont vibrantes et disent bien ce qu'elles veulent dire.

L'exclamation de Caroline et le geste triste avec lequel elle étala les crêpes noirs qui la couvraient allèrent au cœur de Marguerite; elle eut un remords et retira sa main des mains de Frédéric.

Celui-ci, décidé à s'exprimer sans détour, dit à sa future belle-sœur :

— L'amour est un égoïsme, vous le savez, pardon-nez-nous. Nous avons souffert, attendu; nous souffrons encore avec vous, comme vous, mais nous ne voulons plus attendre.

— Eh bien, dit-elle avec explosion, mariez-vous; quittez-moi, laissez-moi seule, bien seule : qui voudrait essuyer mes yeux gonflés de larmes? qui voudrait m'ai-mer quand vous y renoncez?

En parlant ainsi, elle tournait vers le jeune officier des yeux demi-clos brunis par de longs cils, des yeux éteints. Marguerite crut qu'elle allait s'évanouir, vola

2

vers elle, passa son bras sous sa tête, tout en faisant
signe à son fiancé de ne pas poursuivre cet entretien.
Caroline lui rendit sa caresse en enroulant ses bras
autour de sa taille et la serrant contre elle. Dans cet
enlacement rapide, elle murmura à son oreille :

— Si tu savais comme je t'aime, je n'ai plus que
toi !

Quoique ces mots fussent dits à voix basse, M. Guérin
les entendit : il avait l'oreille fine. Cette tendresse excessive lui déplut. Ne venait-elle pas se placer entre
lui et sa fiancée? Avait-elle la prétention de s'emparer
de Marguerite plus et mieux que lui?

L'amour vrai s'alarme aisément. Par cette parole
toute affectueuse, madame Thérion venait d'augmenter
les défiances de M. Guérin. Il n'osa, pour le moment,
manifester des exigences précises; les regards sup-
pliants de Marguerite continuaient à lui imposer silence.

La conduite de madame Thérion confirma les inquiétudes du jeune officier. Elle affecta de s'isoler
avec Marguerite et de l'accaparer. La jeune fille se
laissait faire. Le caractère dominateur de Caroline,
sa tristesse touchante, sa cordialité, ses protestations,
mille exagérations d'amitié, de fraternité, ne permi-
rent pas à Marguerite de s'insurger contre cette
aimable tyrannie et de réclamer la part due à son
fiancé.

D'ailleurs, dès qu'elle parlait de lui, Caroline mani-
festait une sorte de déplaisir. Elle lui trouvait des défauts, même, des ridicules. Elle le tuait moralement et

délicatement, à coups d'épingle. Elle finissait par avouer qu'elle ne comprenait rien à l'engouement de Marguerite pour ce soldat brutal.

La jeune fille, sur ce mot, se récriait :

— Ce n'est pas de l'engouement, mais de l'amour, rectifiait-elle.

— L'amour, soit; le nom ne fait rien à la chose.

Alors, avec une grande mesure, elle lui parlait d'un jeune homme très-riche et très-distingué qu'elle avait rencontré à Trouville. Ce jeune homme se souvenait d'avoir vu Marguerite, à Paris, un soir au théâtre, où il l'avait remarquée pour sa fraîche beauté.

— Qu'importe ! disait celle-ci.

Elle ne voulait pas écouter : mais madame Thérion reprenait, la flattant et lui répétant combien ce cavalier si distingué l'avait trouvée belle, comme il parlait d'elle avec enthousiasme. Elle le nommait : il s'appelait Gabriel de Verry. Et il s'habillait comme un homme qui sait s'habiller, il faisait courir, il appartenait au hig-life parisien. Certes, si elle n'avait pas donné sa parole à M. Guérin, elle pourrait faire un mariage plus digne d'elle.

A cette supposition, Marguerite se révoltait. Cela dura quinze jours, au bout desquels M. Guérin impatienté prit le parti d'épier le moment où Madame Thérion se trouvait seule dans son appartement et de la faire avertir qu'il avait à lui parler.

Elle le reçut immédiatement dans le petit salon qui précédait sa chambre à coucher, et elle le reçut d'un air empressé en lui disant :

— Moi aussi, j'ai à vous parler.

Frédéric, qui avait préparé son entrée en matière avec soin, fut surpris par ce début; elle ne lui laissa pas d'ailleurs le temps de placer un mot.

— J'ai à vous parler de votre mariage, reprit-elle.

— C'est justement, madame, ce que je voulais...

Elle l'interrompit.

— Je le sais, dit-elle; vous aimez, vous êtes pressé; mais il y a des obstacles qui arrêtent les plus fortes volontés.

— Des obstacles! répéta Frédéric, il ne peut pas y en avoir.

Ce seul mot: obstacles, avait fait bouillir son sang; son front s'empourpra et son cœur bondit.

Mais, au fait, n'était-il pas fou de prendre ce mot à la lettre? Que pouvait-il signifier?

Cette réflexion rapide le calma.

— J'ai prévu votre émotion, reprit-elle, mais j'ai compté sur votre amour pour Marguerite: il est grand...

Elle appuya sur ce mot.

— Certes! protesta-t-il.

— Vous ne voudriez pas risquer de la perdre.

Elle attachait sur lui deux yeux interrogateurs, ses yeux verts.

— Je ne vous comprends pas, madame! s'écria impétueusement le jeune homme. Mon mariage avec Marguerite est décidé depuis si longtemps que je la considère comme ma femme. Nous sommes unis par les liens étroits de l'âme et du cœur auxquels un lien de plus ne peut rien ajouter. Si je la perdais, après l'avoir tant aimée et tant désirée, je ne survivrais pas à cette perte. Est-ce là ce que vous me demandez?

Agité, les lèvres entr'ouvertes et relevées avec une expression de douleur sous sa brune moustache, le teint pâle et la voix voilée, le jeune officier n'avait que trop persuadé Caroline de son amour pour sa fiancée.

Madame Thérion enveloppa Frédéric d'un regard rapide; elle se leva vivement, alla à lui et lui prit la main comme si elle cédait à un attendrissement involontaire.

— Vous savez aimer! soupira-t-elle.

Ce fut une parole si douce que Frédéric se crut compris.

— Je l'aime comme ma vie.

Et il étreignit cette main qui cherchait la sienne. Il y eut un contact chatouilleux et volouté.

— Ce cher Frédéric! il me plaît ainsi. Mais, voyons, regardez-moi. Vous êtes un homme?...

Et l'étreinte continuait et ses yeux se levaient éblouissants et chargés de façon à atteindre deux yeux fuyards, si rebelles qu'ils fussent.

Jamais Frédéric n'avait regardé sa future belle-sœur en face. Il était trop occupé de Marguerite. Il ne regardait aucune femme avec attention. Cependant, cette fois, il obéit et reçut la charge non en plein cœur, c'était impossible, mais en pleine tête. Il recula du coup, étourdi.

— Ah! dit-il, vous me bouleversez! Qu'y a-t-il donc?

Elle baissa les yeux et lâcha sa main.

Il respira comme s'il se sentait soulagé.

Elle s'assit, en rapprochant son siége du sien. De si près, son trouble le reprit :

— Je vous aime beaucoup, mon cher Frédéric, répondit-elle d'un ton très-calme et cependant toujours très-affectueux ; je voudrais vous épargner des chagrins à venir. Quand on se marie, il faut prévoir bien des choses. Avez-vous songé à la santé de Marguerite ?

— Elle me paraît excellente.

— Vous vous trompez, mon ami, Auguste est mort poitrinaire, son père Georges aussi, et Marguerite est menacée de la même maladie. Vous ne vous en doutiez pas ?

— Non, je ne croyais pas, je ne prévoyais pas ;... vous m'effrayez...

Il tenait le vrai sens de son trouble de tout à l'heure. Il y avait du malheur dans l'air.

— Marguerite ! cria-t-il. Ah ! Caroline, aidez-moi à la sauver !

Il l'appelait Caroline maintenant. Il ne s'était encore jamais servi avec elle de cette familière appellation.

— Nous n'en sommes pas là, dit-elle en souriant, rassurez-vous, Marguerite paraît se porter à merveille, pour le moment ; il en était de même d'Auguste...

Elle essuya une demi larme.

— Ah ! si j'avais cru ! reprit-elle. Son médecin de Paris, qui était aussi le mien, m'avait avertie. Mais il aimait à se soigner à sa manière. J'ai toujours

regretté de ne pas être restée en Italie ; il vivrait peut-
être encore.

— Si l'Italie est le moyen d'éviter jusqu'à l'appari-
tion de cette terrible maladie, dites-le, conseillez-moi,
guidez-moi.

C'était à elle qu'il demandait des conseils... Et ses
soupçons ? et les mystérieux avertissements de M. Davelles, et le testament ? Il n'y pensait déjà plus. D'un
regard, elle avait balayé tout cela.

— Je crois, dit-elle, que les changements de garnison seraient très-préjudiciables à Marguerite. Il lui
faudrait un climat chaud et une température égale.

— Je donnerai ma démission ! s'écria Frédéric, sans
songer aux moyens ni aux conséquences.

— Attendez encore, vous avez trois mois de congé,
il s'agit de les bien employer. Nous irons d'abord,
sous prétexte de faire quelques excursions dans les
Pyrénées, consulter plusieurs médecins des villes
d'eaux : ils ont de l'expérience, ils voient beaucoup
de malades. Marguerite ne se doutera de rien. Nous
l'amènerons aussi à Paris chez quelque praticien,
à l'aide d'un autre prétexte. Je me dirai malade et
capricieuse, s'il le faut, puis nous déciderons.

M. Guérin la remercia chaudement. Elle pensait à
tout, elle était une véritable sœur, un ange. Caroline
accepta l'épithète. Elle était habituée à s'entendre
appeler ainsi.

Le lendemain, au déjeuner, elle reçut une lettre de son
notaire de Paris ou plutôt du notaire qu'avait Auguste
Thérion. Elle la lut et la passa ouverte à Marguerite.

Voici en substance ce qu'elle contenait :

« Vous m'avez adressé, madame, il y a plus de quinze jours, sous enveloppe, le testament olographe de M. Auguste Thérion, votre mari défunt. Vous ne savez peut-être pas ce qu'il y avait dans cette première enveloppe ? Elle portait mon nom, elle m'était destinée ; mais elle en recouvrait une seconde dont la suscription indiquait un testament. Pour être exécutoire, il doit être déposé au tribunal de première instance. Je vous l'aurais déjà écrit, si j'avais connu votre adresse. J'ai cru devoir me charger de ce dépôt, puisque ce testament était confié à mes soins par le testateur. Dès qu'il sera déclaré valable, je vous en instruirai. Vous aurez à me donner vos ordres ou à venir à Paris veiller à vos intérêts. »

Marguerite lut tout haut, et, pendant cette lecture, M. Guérin examinait attentivement Caroline par un reste de défiance. Elle était sérieuse et recueillie autant qu'il convenait en pareille circonstance, et d'un air très-naturel, dès que Marguerite se tut :

— Ceci vous regarde, dit-elle. Vous êtes l'héritière d'Auguste. Il a voulu sans doute vous charger d'accomplir ses volontés.

— Il n'y aura jamais entre nous d'héritière ni de partage ! s'écria Marguerite.

— C'est bien ainsi que je l'entendrais à votre place. J'avoue que cette idée de testament ne m'était pas venue. Je savais que je n'avais droit qu'à ma dot reconnue de cent mille francs, sur mon contrat, par la générosité d'Auguste qui n'en a jamais rien touché, et, naïvement, pour le reste, je me croyais chez moi en demeurant chez vous. — Chez toi, si tu veux, dit-elle, en accompagnant ce tutoiement d'un baiser sur le front de la jeune fille.

Elle aimait à passer, selon la circonstance, de la gravité du *vous* à la familiarité d'un prénom plus cordial. Elle accentuait ainsi davantage·sa pensée, elle chargeait ses gestes et son langage ; cette mise en scène était dans sa nature.

M. Guérin, satisfait de son attitude, se hâta de proposer le voyage de Paris.

— Est-ce aussi pressé ? dit-elle d'un air insouciant.

Ceci acheva de conquérir le jeune officier. Il regretta de l'avoir soupçonnée au moment même où elle dédaignait les questions d'argent, au moment où elle oubliait de donner son adresse à son notaire pour des intérêts sérieux.

IV

Marguerite comptait donc aller à Paris, mais, sans qu'elle sût comment cela se fit, on prit la route des Pyrénées, juste le côté opposé. On se rendit à Barèges par Luz. Pourquoi Barèges ?

Ici commença la série des caprices annoncés à

M. Guérin par Caroline. Elle souffrait; mais elle ne
manifesta, bien entendu, aucune intention de prendre
les eaux là ou ailleurs. Sa souffrance n'affectait aucune
forme et ne se traduisait par aucun désordre. Elle avait
besoin de mouvement, d'air vif. Les bords des gaves
désordonnés, les paysages accidentés, sombres, les
fondrières, la terre nue, crevassée, ravinée, éventrée,
enchantaient son esprit aventureux.

Elle gravissait, infatigable, les rudes montées. A
pied, c'était un oiseau; à cheval, une écuyère con-
sommée.

Rien ne l'arrêtait, elle affranchissait ou tournait
admirablement les ruisseaux ou les précipices, laissant derrière elle Marguerite épuisée. Il y avait,
d'ailleurs, à Barèges, un docteur habile qu'elle voulait
consulter.

A leur première promenade, dans la rue unique qui
forme la ville, elle rencontra M. de Verry, s'étonna
grandement de l'heureuse rencontre et présenta le
jeune homme à Marguerite et à M. Guérin.

— Un ami, dit-elle.

Gabriel de Verry s'inclina, mit le bout de ses doigts
gantés dans la main que Frédéric lui offrit avec cordialité et lança à la jeune fille un coup d'œil de gandin,
moitié hardi, moitié respectueux.

Elle ne trouva pas ce que pouvait avoir d'attrayant
ce blond jeune homme, un peu petit, un peu fade de
tons, d'un type effacé, et parfait cependant de distinction acquise; ce qui s'achète, ce qui s'apprend, ornait
assez bien son extérieur.

Frappant contraste avec Frédéric, simple et fort d'aspect et de réalité.

Il offrit son bras à Caroline avec une aisance cérémonieuse et la quitta à l'entrée de l'hôtel de l'Europe, non sans avoir déjà arrangé une excursion pour le lendemain avec elle et avec eux.

Marguerite ne put s'empêcher de remarquer que leur deuil leur imposait beaucoup de réserve en fait de plaisirs.

— Nous serons entre nous, dit M. de Verry.

Entre nous? Espérait-il se mettre souvent entre eux?

Marguerite se souvenait des confidences de Caroline au sujet de Gabriel de Verry.

Ce cavalier si distingué avait ce soir-là bien d'autres pensées. Il logeait dans une maison particulière du côté du chemin de Tournalet.

Vers huit heures, pendant que Marguerite et son fiancé, un peu fatigués, reposaient à l'hôtel, Gabriel, le cigare aux lèvres, à sa fenêtre, regardait le pic d'Ayré, ses flancs boisés et ses pentes herbeuses.

Ce n'est pas qu'il fût très sensible à la beauté des montagnes, mais les montagnes sont à la mode certains mois de l'année, et M. de Verry jugeait qu'au commencement d'octobre cette mode touche à son déclin. Certes, sans...

Des coups précipités frappés à sa porte interrompirent son monologue. Une femme vêtue de noir, couverte d'un voile épais, entra, ou plutôt sauta dans la chambre, et referma vivement la porte; puis elle appuya une main sur sa poitrine et tendit l'autre à baiser au jeune homme.

— J'ai été suivie, dit-elle d'une voix étouffée.

— Par votre futur beau-frère?

— Non! non!

— Tant mieux! sans cela j'allais dire que j'avais du malheur pour la seconde fois.

— Oh! silence sur la première! Voyez comme je tremble. C'est ce souvenir qui m'épouvante; on dirait que je suis une coupable; cependant, vous le savez, vous, mon ami, je suis innocente!

— Je le sais trop pour ma part, répondit M. de Verry d'un ton railleur et sceptique. De quoi donc avez-vous peur?

— Quelle froideur! Est-ce que vous doutez de moi? Ne reconnaissez-vous plus votre Caroline?

Elle souleva son long voile de veuve et montra au jeune homme les traits de madame Thérion, éclaircis par la lumière indécise d'une bougie agitée par le vent qui venait de la fenêtre ouverte. Des ombres légères coulaient sur son radieux visage, estompaient, changeaient certains contours et rendaient à chaque déplacement sa beauté plus séduisante.

— Je vous aime, vous le savez bien, protesta Gabriel; mais avant tout dites-moi quel est celui qui vous a si fort effrayée.

— Je n'en suis pas sûre, j'ai cru voir, c'était à dix pas de cette maison...

— Eh bien?

— Je suis montée en toute hâte, laissant à la porte

Justine, ma femme de chambre. Elle m'avertirait, si elle apercevait un visage suspect.

— Est-ce tout?

Elle ne répondit pas d'abord, elle le voyait inquiet, irrité, presque jaloux; on eût dit qu'elle prenait plaisir à constater son inquiétude.

— Non! ce n'est pas tout! reprit-il avec force, avouez-le. Il y a toujours quelque mystère dans ce que vous faites; vous avez sans doute juré de me tourmenter, de m'émouvoir outre mesure. J'étais pour vous trop modéré, trop insouciant. Je vivais heureux de l'espoir que vous m'avez donné, je me reposais sur votre parole; je n'éprouvais pas le besoin de connaître les fièvres de l'amour malheureux, exalté, impossible et insensé, surtout de notre temps.

La passion déraisonnable est seule pour vous la passion vraie, il vous faut des troubles et des orages, un drame, en un mot, des orages autour de vous, pour vous le calme des êtres que rien ne peut atteindre. Je me dispenserais volontiers de tout cela : je suis un flâneur, un oisif paisible, il ne m'en fallait pas tant pour être heureux, et cependant, Caroline, je consens à devenir fou, coupable même, pour acquérir la certitude que vous m'aimez.

En l'écoutant, Caroline s'était peu à peu rapprochée de la fenêtre.

— Non, dit-elle, c'est moi qui suis folle! Vous avez raison, car là, je revois!... regardez...

Elle désignait du doigt, dans l'ombre de la nuit claire, dans la rue, un homme planté en face de la maison.

— C'est lui! cria-t-elle, c'est bien lui! Et elle tomba
haletante sur un siége.

— Mais qui est-ce donc, enfin? demanda Gabriel
avec impatience.

— M. Davelles, l'ami intime de mon mari, son âme
damnée, son vengeur peut-être!

Le jeune homme leva les épaules.

— On dirait que vous l'avez tué! dit-il.

Caroline frissonna.

— Fermez cette fenêtre, j'ai froid, répondit-elle.

Il s'empressa de fermer et revint s'asseoir près de
la jeune femme.

Elle attacha sur lui ses yeux mouillés.

— Ah! Gabriel! s'écria-t-elle, je suis bien malheureuse!

Elle sanglotait doucement, de manière à ménager ses
larmes; ses épaules se soulevaient sous ses crêpes noirs;
sa main blanche fourrageait les boucles et les mèches
folles de ses cheveux par un geste désolé et charmant.

— Calmez-vous, remettez-vous! supplia-t-il en posant successivement ses lèvres sur ses mains, son front
et ses cheveux.

Comme Caroline ne faisait aucune opposition, elles
s'oublièrent jusqu'à glisser sur ses épaules.

— Bien malheureuse! répéta-t-elle sans le remarquer : j'avais un mari monomane par suite de ses souffrances, je retombe entre une belle-sœur et un futur
beau-frère monomanes d'amour!

— Une jolie monomanie, celle-là! dit Gabriel, les
yeux chargés de tendresse.

— Sauf les nuances, Marguerite est une petite prude. A part Frédéric, elle ne regarde que le bout de ses bottines. Elle me mépriserait si elle soupçonnait que j'ai osé vous regarder il y a quatre mois. Frédéric est un solide gaillard; il ne parle que de Marguerite, il ne pense qu'à Marguerite, et je crois qu'il me tuerait s'il découvrait que je me permets de vous aimer après quelques semaines de veuvage.

— C'est ennuyeux, mais, au fait, vous êtes libre maintenant.

— Oui, répondit-elle avec une certaine angoisse, je suis libre, et il y a un testament! peut-être y en a-t-il deux. Dans ce cas, le dernier ne serait pas en ma faveur.

— Dans ce cas, dit M. de Verry, vous aurez ma fortune, puisque je vous épouserai.

— Vous? vous qui considérez le mariage comme un suicide!

Elle mit plus de raillerie que de joie dans son étonnement.

— Pas avec vous, à moins que M. Davelles ne vienne déranger mes projets.

Caroline pâlit.

— Comme vous tremblez à son nom! dit M. de Verry soupçonneux.

— N'en soyez pas jaloux. Je le hais!

— Une pareille haine doit être bien vieille et bien profonde; vous ne m'en aviez pas parlé. Vous avez été imprudente en éloignant cet homme du lit de votre mari.

— Il y est venu, je vous l'ai écrit.

— A la dernière heure, d'une façon inattendue, assez pour constater l'état violent du mourant, trop tard pour couvrir cette mort rapide de sa responsabilité de docteur et d'ami; je commence à comprendre qu'il vous occupe et vous trouble.

— Je ne crois pas qu'Auguste ait eu le temps de lui raconter... Du reste, cela ne le regarde pas!...

— Vous vous trompez, ce n'est pas de moi qu'il s'agit. Je ne suis qu'un incident, une cause plutôt. Il est docteur, et vous l'avez mis à la porte au moment où il se rendait compte de la maladie de votre mari, au moment où vous aviez un intérêt à la mort qui devait suivre, et vous ne devinez pas que, s'il a un soupçon, ce soupçon est horrible!

Madame Thérion poussa un cri sauvage; un éclair sortit de ses yeux, sa prunelle changeante eut des tons aunes, fauves et verts à la fois; elle grandit, usurpant le blanc du globe de l'œil où elle s'éteignit dans les larmes.

— Horrible! horrible! répéta-t-elle; si cet homme le veut, je suis perdue!

Puis, passant d'une impression à une autre avec rapidité:

— C'est impossible! Auguste est mort poitrinaire. Le médecin de Trouville l'a vu cracher le sang. Marguerite l'est aussi, je suis en train de démontrer à son fiancé que ce mal est un héritage de famille.

— Soyez prudente, Caroline, je vous en prie, vis-à-vis de M. Guérin: il me paraît très-intelligent, et vis-à-vis de Justine aussi : cette fille sait trop de choses.

— Elle m'est dévouée...

— On achète ces dévouements-là !

Madame Thérion avait déjà repris son calme et son assurance.

— Vous voyez noir aujourd'hui, répondit-elle, je vous trouble, nous nous troublons... Nous nous entendons de manière à nous faire frémir tous les deux, et pourquoi? je vous le demande : quelles preuves y a-t-il contre nous?

— Il y a nos imprudences et vos craintes, plus j'y songe, plus je trouve que nous nous conduisons comme des enfants.

Faisons notre promenade de demain, puisqu'elle est décidée, et cessons ensuite de nous voir pendant plusieurs mois.

Elle approuva, elle n'exprima aucun regret sur la dureté de cette précaution.

— Il faut que je vous quitte, dit-elle. Justine attend au dehors, on pourrait la remarquer.

Elle pria Gabriel de se mettre à la fenêtre et d'examiner quelles ombres et quels êtres il y avait dans la rue.

Il regarda en fumant pour se donner un air insouciant et naturel.

— Pas un homme, dit-il.

— C'est bien, je pars, ne m'accompagnez pas. Justine me suffira.

Il se disposait à la suivre, au moins jusqu'à la porte de la rue. Elle refusa. Elle avait goûté tout à coup ses conseils de prudence; sa rencontre avec M. Davelles, ses craintes de la soirée, la jetaient dans un courant d'idées d'une réserve excessive, courant contraire à ses instincts.

Mais les réactions étaient chez elle fréquentes et spontanées, il n'y avait qu'une chose qu'elle n'oubliait jamais : le but que visait son intérêt ou sa passion. C'était là sa supériorité.

Elle ramena sur son visage les plis de son voile ample et épais, pour mieux échapper aux regards curieux de la servante du propriétaire, qui allait lui ouvrir la porte extérieure, selon l'usage des villes de province, où les concierges sont peu goûtés. Elle franchit lestement cette porte, qu'on referma aussitôt sur elle. Ses yeux cherchèrent Justine. La rue semblait déserte.

Elle fit quelques pas, espérant que sa femme de chambre sortirait de quelque angle obscur formé par les nombreuses baraques de bois qui tenaient lieu des maisons absentes en assez bon nombre dans l'unique rue de Barèges. Justine ne parut pas, mais un homme surgit de l'autre côté de la rue, la traversa et alla franchement à madame Thérion, qu'il salua avec respect.

Reconnaître M. Davelles, se troubler ou s'écrier, eût été le fait d'une autre femme. Caroline rendit le salut d'un air distrait, n'accordant aucune attention à celui qui l'abordait et continuant sa marche. Elle fit mieux que cela : ses idées de prudence et ses instincts de bravoure se mêlant, elle se retourna aussitôt comme si elle réparait une erreur très-justifiable dans une rue mal éclairée.

— Monsieur Davelles, je crois? dit-elle en s'inclinant de nouveau.

— Oui, madame, excusez-moi. Je passe et je me présente en voyageur pressé, ne m'attendant pas à vous voir et à pourvoir vous être utile d'aventure.

Utile, pourquoi? Elle ne le demanda pas.

Elle ne s'étonna pas ; elle s'attendait avec cet homme à de plus forts étonnements.

— Vous êtes bien bon, reprit-elle d'un ton aimable. Si vous avez à causer avec moi, l'occasion est trouvée, accompagnez-moi jusqu'à l'hôtel.

Son calme et son aisance en auraient imposé à tout autre qu'à Maxime Davelles. Il n'était que neuf heures d'ailleurs et sa promenade solitaire n'avait rien de singulier.

— J'allais vous offrir mon bras précisément, répliqua M. Davelles, en homme disposé à user autant qu'elle des formes de la politesse mondaine. Elle accepta bravement et attendit ce qu'il avait à lui dire.

En les voyant, lui gracieux et empressé, elle souriante et attentive, on n'eût jamais dit deux ennemis mortels.

— Vous comptiez, madame, sur votre femme de chambre pour vous accompagner, reprit-il: on est venu la demander de la part de mademoiselle Thérion qui se trouve indisposée. J'ai pensé que vous ne seriez pas fâchée d'en être prévenue.

— En effet, balbutia Caroline malgré son aplomb...

Comment ce diable d'homme savait-il ces choses?

Mais, si l'on avait cherché Justine, on pouvait la réclamer aussi.

Il continua comme s'il lisait dans sa pensée :

Si M. Guérin vous cherche, s'il vous rencontre, ne vaut-il pas mieux que ce soit avec moi?

A cette insinuation, Caroline se redressa.

— C'est bien ; mais pourquoi serait-ce mieux?

Elle riait, forçant son rire et voulant garder un ton léger et railleur.

— Si vous ne le savez pas, c'est que vous doutez de mes paroles, répliqua M. Davelles d'un air très-sérieux. Voilà trois fois que cela vous arrive. Je le constate avec regret. En Italie d'abord, le jour où je vous ai rencontrée avec mon ami Auguste, vous avez cru que je vous donnais un mauvais conseil en vous engageant à ménager ses forces et à lui épargner de brusques transitions de température et de sensations; si vous aviez eu confiance en moi, Auguste vivrait.

Elle tressaillit, attendant une accusation plus précise, mais elle eut le courage de raffermir sa démarche et de ne pas manifester ses craintes.

— A l'heure de sa mort, reprit-il, vous vous êtes encore défiée de moi, car vous m'avez chassé.

— Oh ! protesta-t-elle, effrayée et dominée par une terreur lâche.

— Ne niez pas, affirma-t-il, vous m'avez chassé! Et maintenant, pour la troisième fois, vous en doutez encore au point de trembler.

Elle s'aperçut alors que son bras tremblait sous celui de M. Davelles et fit un mouvement instinctif pour le retirer. Il saisit au poignet ce bras tremblant et le remit doucement à sa place, sous le sien. Elle le laissa faire. Il lui semblait que la main fine du jeune homme était un étau.

— Il arrive souvent, dit-il, avec un accent intraduisible, qu'une femme intelligente comme vous tient dans sa main la vie de ceux qu'elle aime.

Il n'y avait pas à s'y méprendre, cette remarque, dans sa forme bienveillante, était cette fois une accusation.

Elle se dispensa de la comprendre et surtout de la relever, mais elle se dit que le moment de montrer du courage était venu.

M. Davelles lui indiqua la porte de l'hôtel devant laquelle ils étaient arrivés sans qu'elle y songeât, et lui dit en s'inclinant :

— Nous nous reverrons bientôt, j'espère, chez vous, à Guériant, si vous me le permettez.

Il prenait le ton d'un homme qui commande avec modestie.

Heureuse de lui échapper plus facilement qu'elle ne le croyait, Caroline eut un éclair d'audace :

— Pourquoi n'entreriez-vous pas avec moi ? dit-elle si Marguerite est malade, elle a besoin de votre science.

« S'il entre avec moi en ami, pensait-elle, il me justifie, ou il ne sait rien. »

— Non, madame, la présence inattendue d'un docteur troublerait peut-être mademoiselle Thérion. Au revoir !

Et il se hâta de s'éloigner.

3

— Oh! dit-elle en franchissant le seuil de l'hôtel,
il me hait !

***

V

Tout ce que M. Davelles venait de dire à Caroline
se trouva exact. M. Guérin, ne pouvant être d'aucun
secours à sa fiancée, s'était mis à la recherche de
madame Thérion. Il avait manifesté sa surprise
qu'elle fût sortie; car il la croyait retirée dans sa
chambre. Il rentra presque en même temps qu'elle
et l'accabla de questions. Il était fort inquiet, il s'exagérait le mal. Il ne savait trop ce qu'il disait et embar-
rassait beaucoup la jeune femme obligée d'ignorer
et de dissimuler.

Pour en finir avec lui, elle entra dans la chambre
de Marguerite. La jeune fille, quoique un peu pâle,
l'assura qu'elle allait mieux. Ce n'était qu'un peu de
fatigue, un évanouissement passager, rien.

Elle s'excusa d'avoir accaparé Justine et de l'avoir
envoyé chercher par un garçon de l'hôtel. Caroline
accepta ce fait comme une chose naturelle. Quand il
n'y a qu'une rue dans une ville, il est facile d'y trouver ceux qui s'y promènent.

Elle n'en brûlait pas moins d'envie de questionner
Justine.

Marguerite désira être seule pour mieux dormir.

Caroline se retira chez elle avec sa femme de chambre et l'interrogea à l'aise.

— Ah! madame, s'écria celle-ci, j'ai eu bien peur quand j'ai vu M. Davelles!

— Peur de quoi? Comment l'avez-vous reconnu?

— Ce sont des hommes qu'on n'oublie pas. Je l'ai reconnu tout de suite et j'ai compris qu'il savait où vous alliez.

— A moins d'être devin, il ne pouvait pas le savoir, dit Caroline d'un air dédaigneux.

— Ah! madame, il sait tout, répliqua-t-elle. Il m'a dit que vous vous perdiez...

La voix de la femme de chambre, en prononçant ces mots, touchait aux cordes basses de l'émotion.

Caroline lui tourna le dos. Elle fit glisser trois bagues sur son doigt avec le soin qu'elle aurait mis à une importante occupation.

— Déshabillez-moi, Justine.

Elle semblait distraite. Tout à coup:

— Vous disiez? demanda-t-elle.

— Je ne sais peut-être pas bien ce que je dis, mais je prierai Madame de me permettre de quitter son service.

Caroline enlevait une à une les épingles qui retenaient ses cheveux; elle ne s'interrompit pas pour s'écrier:

— Vous êtes folle, Justine!

La femme de chambre étala et peigna avec soin cette splendide chevelure; sous les dents du peigne

elle ondula vivante et dorée par la lumière de la
lampe, brune et blonde comme les yeux étaient
fauves et verts.

Les cheveux massés pour la nuit et retenus par un
léger réseau, Justine répliqua résolûment :

— Folle? non ; cependant il faut que je demande
mon congé à Madame.

La colère s'empara de Caroline : elle tourna vers
cette fille son visage empourpré.

— Voyons ! dit-elle, qu'avez-vous? que voulez-vous?
qu'y a-t-il ?

— Madame peut être sûre de mon dévouement ;
mais, de près, je crains de la trahir.

Par un mouvement irréfléchi, Madame Thérion
rabattit sur le sol son peigne d'écaille qui vola en
éclats.

Justine en ramassa les débris.

— Laissez ! dit Caroline d'un ton bref; au fait, je
suis bien bonne de m'émouvoir.

Elle démêla dans un trousseau de clefs un bijou de
serrurerie et ouvrit son nécessaire de voyage. Elle
y prit, sans compter, de l'or qu'elle mit dans les
mains de Justine.

— Je vous remercie de vos soins, dit-elle. Je vous
regrette, mais je ne crains rien de vous.

— Que Madame me pardonne ! s'écria Justine en
s'inclinant, je lui jure que je lui suis dévouée.

Elle fit glisser l'or dans ses poches.

Cette protestation, ce non-sens, troubla Caroline
encore plus que ce qui l'avait précédé. Elle crut

reconnaître l'œuvre de M. Davelles, mystérieuse, implacable.

— Il lui a parlé, pensait-elle ; qu'a-t-il pu lui dire encore ?

Elle jugea indigne d'elle de paraître seulement y songer.

— C'est bien, dit-elle avec bonté, bonsoir, Justine !

Elle désirait maintenant voir sortir cette fille. Seule elle répéta :

— Elle est folle ce soir ! demain elle n'y pensera plus !

Cependant elle y pensait, elle.

Lasse et découragée, elle s'assit. Sa belle tête descendit lentement sur sa main. Ce ne fut pas pour dormir. Elle resta longtemps dans cette position. La sonnerie de sa pendule secoua son insomnie à deux heures du matin. Elle se coucha brisée.

Le lendemain elle s'éveilla tard et s'éveilla avec l'intention de proposer à Marguerite de renoncer à la promenade projetée.

Comme elle portait la main au cordon de la sonnette pour appeler sa femme de chambre, Marguerite frappa à sa porte en se nommant.

Madame Thérion ne fit que poser ses pieds dans ses pantoufles et alla ouvrir.

— Oh ! la paresseuse ! s'écria Marguerite déjà prête et parée.

— Tu veux donc sortir ?

— Si je le veux ! Frédéric me croirait morte. Je vais bien d'ailleurs.

— Que Justine vienne, et je m'habille dans une demi-heure.

— Si vous le voulez bien, madame, dit Marguerite en riant, je vous servirai de femme de chambre; car la vôtre s'est envolée ce matin, sans dire où elle allait. Elle a pris seulement la précaution de déclarer qu'on ne la reverrait pas.

— Elle est partie? s'écria Caroline toute pâle.

— Qu'as-tu donc ? demanda Marguerite.

— Rien. Je tenais à cette fille... j'étais sotte; ces gens-là, on les remplace!

Une heure après, M. de Verry se présentait avec les guides et les chevaux nécessaires pour entreprendre l'ascension du Néouvielle; traduction libre: Vieille-Neige, du Pic-d'Aubert.

On galopa bientôt, guides en tête, dans la vallée de la Glaire. On riait des torrents et des rochers, obstacles auxquels on accorda d'abord une mince importance. Le Gave, principal torrent de cette vallée, était grossi par une multitude de petits ruisseaux déjà produits par les pluies de septembre. Il emportait les débris du pic d'Ayré dont la gorge, de plus en plus étroite, recevait les rochers croulants. De tous côtés, l'eau naissait, coulait, roulait, pleurait et gémissait sur la montagne. Le vent sifflait ses notes aiguës sur cette basse mugissante.

Cette région, affreuse en toute saison, se présentait comme un chaos mouvant et battu par la tempête.

Il fallait escalader les entassements des blocs écroulés les années précédentes et près de s'ébranler de nouveau.

On gravit donc péniblement le gigantesque escalier de lacs dont les gradins ravinés et effondrés font de profondes entailles dans la base de Néouvielle.

Caroline, ravie, criait ses admirations à chaque endroit périlleux. Elle poussait son cheval en avant sans hésiter et sans souci des conseils des guides. Elle aimait à se griser de sa propre audace en face du danger. Elle se sentait vraiment forte alors, et il lui semblait que rien ne pourrait l'atteindre.

Marguerite et son fiancé, prudents pour elle, engagèrent M. de Verry à la surveiller.

Il avait déjà beaucoup de peine à la suivre en se surveillant lui-même. Il obtint cependant qu'elle s'arrêtât à l'endroit où les cavaliers abandonnent leurs montures.

C'est là que le pic se dresse, paroi presque verticale en apparence. On le croirait infranchissable; mais au bout de cinq heures de marche, on peut y arriver sans grand danger.

Marguerite parla de se reposer. On avait apporté des provisions et des rafraîchissements. On les déposa sur les rochers. On s'assit comme on put : les hommes sur les pierres, les femmes sur des couvertures de voyage pliées.

Caroline avait choisi la place nue, mais sèche. On commença à déjeuner. Le vent soufflait. Elle prétendit qu'il aidait à décoiffer les bouteilles. Ce qu'il y a de certain, c'est qu'il décoiffait les deux femmes.

Mademoiselle Thérion se plaignit du froid; son fiancé l'enveloppa d'un manteau. Elle se leva et fit quelques pas, uniquement pour se réchauffer, dit-elle.

M. Guérin l'imita aussitôt, dans l'intention de lui offrir son bras.

Caroline eut un petit rire nerveux.

— Vous abusez, mon cher Frédéric, de votre état de fiancé. Marguerite ne peut faire en liberté le moindre mouvement. Restez avec nous, elle n'a pas la prétention d'escalader seule le pic.

Marguerite entendit et se retourna en souriant :

— Attendez-moi, dit-elle.

Elle n'avait aucune envie d'affecter devant M. de Verry des allures intimes avec son fiancé. Ce témoin la gênait. S'imaginant qu'il était là pour elle, elle craignait qu'un éclair de jalousie ne passât entre ces deux hommes. Elle souffrait même de cette situation fausse que lui faisait Caroline, bien inutilement. Celle-ci n'avait qu'une idée, prouver à M. Guérin et à Marguerite que le tête-à-tête avec M. de Verry lui était indifférent.

Frédéric reprit docilement son siége, c'est-à-dire son rocher. Une idée ne venant jamais seule, Caroline eut aussitôt celle de tirer parti de sa situation entre les deux hommes pour montrer à M. de Verry que, malgré son deuil, si peu entourée qu'elle fût, elle n'en restait pas moins irrésistible pour tous ceux qui la voyaient.

Pendant que Marguerite s'effrayait de la moindre

secousse comme d'un danger pour son amour, Caroline au contraire recherchait les agitations, prétendant assaisonner, aiguillonner le sien.

Elle remplit le verre de Frédéric et lui passa un mignon panier rempli de fruits.

Il refusa.

Elle prit une poire, la partagea et lui en offrit la moitié.

Il céda pour lui être agréable. Elle mordit dans sa part avec ses dents blanches.

— Quel parfum! dit-elle.

Elle se renversa en arrière comme pour mieux savourer. Sa lèvre pressait la chair fondante du fruit, pendant que son œil provoquait le jeune officier pour l'encourager à en faire autant.

M. Guérin, distrait, essayait de manger et cherchait Marguerite du regard.

— Ah! cria tout à coup Caroline, je glisse!

Elle se jeta sur Frédéric pour se retenir.

Surpris, il faillit tomber lui-même; un bloc de pierre les arrêta.

Le jeune officier se remit debout, M. de Verry releva lestement Caroline. Au lieu de le remercier, elle serra les mains de Frédéric.

— Sans vous, où serais-je?

— Je croyais que c'était sans moi, murmura M. de Verry à son oreille.

— Et sans le rocher, que de sens! reprit-elle en riant.

Je devrais vous prier de m'excuser tous deux. Je suis

remuante! me voilà dans un bel état!... mouillée, je
crois. Oh! ce n'est rien, ne vous inquiétez pas de moi...
La terre est sèche ici. Je ne suis qu'un peu fripée.

Il était impossible de ne pas s'occuper d'elle, elle
cambrait sa taille, secouait sa robe, relevait le bout
de son pied qu'elle posait sur une pierre basse, s'appuyant tantôt sur Frédéric, tantôt sur M. de Verry,
vive, légère, rieuse, active, elle réparait le petit désordre de sa toilette et ne semblait en avoir aucun besoin.

Gabriel dut se contenir pour ne pas céder à la tentation de la prendre par la taille et de l'embrasser.
Frédéric se prêtait à ces caprices d'un air froid. Cependant, son regard ne se détachait plus d'elle.

Dès qu'elle eut fini, elle s'empara d'une bouteille et
entonna avec une verve entraînante ce chant de table
et d'amour dans *Galatée* :

— *Ah! verse encore.*

Elle chantait, elle mimait, elle jouait, elle était adorable; trop adorable pour une veuve de fraîche date.
Personne n'y pensa.

Elle avait un art suprême pour représenter la bac-
chante et rester grande dame. Elle inspirait l'idée des
assouvissements de la passion.

Dans cette volupté, ou cette honte, la vénérer et l'a-
dorer, mêler ces deux points extrêmes de la débauche
et de l'amour pur, respirer les fumets de l'orgie et les
parfums de la vertu, retrouver en elle les amours pas-
sées et les amours futures, la courtisane et la femme,
boire d'un seul baiser tous les enivrements, tel était
l'amour de Caroline.

Ange-Satan, elle faisait rêver du paradis aux lueurs merveilleuses de la passion

Dès qu'on s'attardait à la regarder ou à l'écouter, il était impossible de ne pas tout oublier.

Frédéric avait oublié Marguerite.

Un cri étouffé coupa comme une note lointaine le chant de Caroline.

— C'est la voix de Marguerite, dit le jeune homme.

— C'est celle de la brise. Marguerite a pris un guide et se promène sans nous. Elle ne nous appelle pas, elle suit son caprice.

Madame Thérion parlait d'un ton glacé. Elle était furieuse quand on se détournait d'elle pour s'occuper d'une autre.

Frédéric ne l'écouta plus. Il se précipita du côté des guides, les interrogea et vola sur les traces de la jeune fille.

———

VI

Marguerite, en effet, avait pris un guide. Elle se sentait frissonnante, elle n'avait pas faim. Elle voulait réagir contre le froid par l'exercice. Elle s'imagina qu'on ne serait pas longtemps à la rejoindre. Elle ne comptait pas d'ailleurs s'éloigner beaucoup.

Aussi accessible que Caroline aux aspects grandioses

des montagnes, mais d'une façon plus méditative, elle
voulut voir de près un vaste éboulement qui semblait
barrer la route. Ces ruines de la nature en travail et
ce travail d'où sort la vie posaient mille interrogations
à son esprit curieux et répondaient à ses tristesses intimes.

Le mont Perdu qui les domine fièrement est le co-
losse de ces hauteurs vertigineuses.

L'œil peut errer en liberté sur ses flancs énormes,
pénétrer dans les entrailles du Marboré, son voisin,
et se perdre dans les profondeurs du cirque de Ga-
varnie.

Les montagnes inférieures, d'une hauteur de mille
à deux mille mètres, ressemblent à des collines, les
vallées à des coupes d'émeraude; des vapeurs bleuâ-
tres marquent les plus lointaines.

D'autres vapeurs courent, çà et là, au-dessous des
cimes, et déplacent souvent les merveilleux aspects de
cette immense succession de monts et de vallées. Par
un temps clair, les bas-fonds restent sombres, mais le
soleil éclate sur les glaciers, diamants énormes des
sommets.

Le guide vanta à Marguerite ce splendide spectacle
dont la vue seule peut donner une idée exacte.

Séduite par ce qu'elle voyait et ce qu'on lui promet-
tait, elle marchait toujours, posant ses pieds aux meilleurs endroits et ne sentant pas la fatigue. Mais elle
eut un moment de distraction. En regardant autour
d'elle, elle oublia de regarder à ses pieds, elle rencontra une pierre d'un côté et un trou de l'autre, elle

poussa le cri entendu par Frédéric. Le guide, qui lui traçait le chemin, se retourna pour la retenir.

Mais un homme qui arrivait par la brèche en descendant la montagne fut plus prompt que le guide. Il soutint la jeune fille au moment précis où elle fléchissait et l'enleva rougissante et reconnaissante pour la porter de la brèche jusqu'au champ de neige.

— Merci! disait-elle en lui souriant; je ne suis pas blessée.

— Je l'espère bien.

. Mais il la portait toujours. Le guide, étonné, suivait à distance respectueuse. Il savait son monde; et, à l'air de la jeune fille, aux façons et au costume de l'étranger, il avait compris qu'elle était en bonnes mains. D'ailleurs, l'étranger, — nommons-le tout de suite, Maxime Davelles, — était aussi suivi d'un guide. Les deux guides se réunirent et causèrent ensemble.

Sur le beau tapis de neige vierge M. Davelles posa les pieds de Marguerite. Il la fit marcher avec des précautions maternelles, il l'obligea à s'appuyer sur son bras.

— Je suis bien, dit-elle.

— Tout va donc pour le mieux. J'ai beaucoup à causer avec vous. Quelle belle solitude et quelle belle occasion!

— Il fallait venir nous voir.

— Et rencontrer votre belle-sœur?

— Vous ne l'aimez donc pas? dit Marguerite.

Comme presque toutes les femmes elle procédait par interrogations vives.

— Pour le moment non, pour l'avenir cela dépendra de vous.

— De moi? Je ne puis vous comprendre.

— Ce n'est pas nécessaire; vous comprendrez plus tard.

Doucement il parlait, plus doucement encore il lui souriait. Un fin sourire sur des lèvres spirituelles. De la bienveillance et de la joie presque sur son visage et dans son regard. Ce regard ne quittait pas la jeune fille. Il se courbait pour lui parler. Il retenait sa voix. Il s'était débarrassé pour elle de son air froid et impérieux.

Marguerite, avec lui, se sentait à l'aise comme avec un vieil ami qu'elle n'eût jamais cessé de voir.

— Hâtez-vous, lui dit-elle, si vous avez beaucoup de confidences à me faire : nous ne serons pas seuls longtemps.

— Vous avez laissé en arrière votre société?

— Oui, Caroline et M. Guérin.

— Seulement?...

— Il y a encore M. de Verry.

— Ah!...

Ce fut une exclamation dont le sens se perdit dans la question suivante :

— Ce jeune homme vous plaît-il?

— Je ne le connais pas, je n'ai nulle envie de le connaître, c'est un ami de Caroline.

— Ou un ami de votre frère Auguste?

— Auguste n'avait, à ma connaissance, d'autre ami que vous.

Parlons de mon frère, dit-elle avec émotion; vous avez dû recueillir ses dernières pensées; vous étiez là?

— Oui, j'étais là, mais je n'y étais pas seul. N'importe! je connais la dernière pensée d'Auguste, elle a été pour vous.

— Pour moi! et je ne me doutais pas, je ne savais pas qu'il se mourait!

— On a oublié de vous prévenir.

— Caroline devait être folle de chagrin.

— Probablement. Cette douleur se calmera sans doute; car vous voilà toutes deux en pleine distraction.

— Caroline est souffrante, elle a besoin de voyager; je la suis, mais ce n'est pas pour calmer mes regrets; je les garde avec le souvenir d'Auguste; il m'aimait tant!

Elle s'attendrissait et retenait ses larmes, parce qu'elle n'aimait pas l'éclat de la douleur et parce que ses regrets étaient assez profonds pour n'avoir pas besoin d'éclat.

M. Davelles le comprit ainsi.

— Cependant, si Auguste vous a déshéritée pour laisser sa fortune à sa femme!

— C'était son droit.

— Mais votre dot? Votre mariage?

— Vous avez raison, M. Guérin est obligé de compter sur ma dot, tout en n'y tenant pas... Mais Auguste ne peut l'avoir oublié.

— D'ailleurs, vous pouvez faire un autre mariage, plus riche. .

— Un autre mariage! y songez-vous?

— Oui, j'y ai songé, car enfin, si, faute de dot,
M. Guérin devenait impossible, il faudrait pourvoir à
votre avenir.

— C'est vous qui dites cela? Mais Caroline trouve-
rait bien pour moi sur son héritage les quelques mille
francs qui me sont indispensables.

— Et si elle ne les trouvait pas?

— Vous êtes impitoyable pour elle, vous la détestez
donc?

— Il ne s'agit pas d'elle en ce moment, mais de
vous, dit-il, en évitant pour la seconde fois une réponse directe. Si elle les ne trouvait pas, il faudrait
bien songer à vous marier autrement. Pour ce cas
prévu, voulez-vous vous fier à moi?

— Est-ce que vous allez aussi me proposer M. de
Verry? dit Marguerite avec la franchise naïve des
vraies vierges.

— On vous l'a donc proposé déjà?

— Oui, ma belle-sœur a pris ce soin.

— C'est drôle!

— Oui, c'est drôle! répéta Marguerite dans un autre
sens.

Une femme juge toujours au point de vue comique
les prétentions d'un homme qu'elle n'aime pas.

— Vous le voyez, votre belle-sœur est prévoyante.
Il revenait à son ton habituellement railleur. Mais
j'ai mieux que cela pour vous, un gros millionnaire...

— Encore! s'écria-t-elle emportée par ses senti-

ments : vous ne croyez donc pas à l'amour? Vous n'a-
vez jamais aimé? Vous ne pouvez pas...

Elle s'arrêta étonnée de la pâleur subite de Maxime.

— Non, je ne sais pas... je ne sais plus... reprit-il
extrêmement bas.

Vous avez raison, Marguerite; aimez toujours, quoi
qu'il arrive; c'est la seule vie possible...

Il l'avait appelée Marguerite et il était à son tour si
ému qu'elle s'écria :

— Que me disiez-vous donc?...

— Oubliez-le, vous aimez, tout est dit, tout est décidé, je sais ce que j'ai à faire. On va nous rejoindre.
J'entends des pas, il ne nous reste que des secondes...
N'oubliez pas que votre frère a pensé à vous et m'a
laissé le soin d'y penser... Ne vous attardez pas dans
les montagnes. Depuis le peu de temps que j'ai votre
bras, je sens que vous avez froid. Vous êtes délicate,
défiez-vous du régime et du genre de vie de votre belle-
sœur, dont l'organisation est de fer. Rendez-vous à
Paris au plus tôt, faites ouvrir le testament de votre
frère. Allez m'attendre ensuite à Guériant. Si à Paris
vous aviez besoin de moi, envoyez votre fiancé me demander chez mon ami le docteur Hermès.

M. Davelles remit à la jeune fille une carte qui portait le nom et l'adresse du docteur.

Frédéric, attiré par le cri de Marguerite, arrivait
sur le champ de neige, d'après le conseil des guides.

La jeune fille l'aperçut pendant que M. Davelles lui
donnait ses dernières instructions.

— Il est seul! dit-elle.

4

— Tant mieux !

— Comment ! c'est vous ? Avec elle ? dit Frédéric en tendant la main à Maxime.

— Oui, moi, toujours et partout quand je serai nécessaire à mademoiselle Thérion. Elle vous racontera ce que nous avons dit, le secret n'est pas pour vous, mais pour une autre. Vous devinez ? Si on vous répète, comme on vient de me le dire, combien l'on vous aime, vous serez un homme heureux. Prenez sa main. Et il unit d'un geste Marguerite et Frédéric. J'ai l'air d'un patriarche, ajouta-t-il avec une intonation tristement railleuse, et j'ai eu hier trente ans !

Ne rions pas, c'est plus sérieux que vous ne le croyez : votre belle fiancée, la sœur d'Auguste Thérion, vient de décider de ma vie...

— Elle ! comment ?

— D'un mot, comme font les femmes, sans savoir, parfois ; ce sera bien sans doute, c'était la voix de l'ange. J'obéirai..., dit-il en s'inclinant devant la jeune fille.

Un peu surprise du ton, de l'air et de sa mystérieuse tristesse, elle ne le questionna plus.

— Descendons, dit Maxime ; en ma qualité de docteur, je vous déclare que le froid et le vent de ces hauteurs ne valent rien pour votre fiancée. On n'entreprend pas avec des femmes l'excursion du Néouveille dans cette saison, par un pareil vent.

— C'est Caroline... dit Frédéric.

— Je sais bien, je sais trop ; si vous l'en croyez, elle aura bien d'autres inventions. C'est un esprit plein de ressources.

Était-ce un éloge ou un blâme pour madame Thérion?

M. Guérin et Marguerite ne prirent pas le temps de s'en assurer. Caroline venait à leur rencontre au bras de M. de Verry.

Elle fut très-contrariée de rencontrer ainsi M. Davelles; elle devait s'y attendre plus ou moins, puisqu'elle le savait à Baréges; mais elle avait l'habitude d'écarter les craintes fâcheuses quand elle ne trouvait aucun moyen d'écarter les faits.

A moins que son terrible ennemi n'eût choisi ce moment pour l'écraser, il lui restait cependant quelque espoir de tirer parti de sa situation.

— Du courage! dit-elle bas à M. de Verry, et marchons au feu.

Elle accompagna cette parole d'un rire qu'on pouvait entendre; elle osa être gaie et braver le péril.

— Quelle veuve! pensa Maxime.

Elle se savait devinée..

— Ah! Marguerite, s'écria-t-elle, je ris malgré moi du plaisir de te retrouver saine et sauve! Frédéric en courant après toi nous a si fort effrayés! Quelle audacieuse tu fais! pourquoi nous quitter ainsi? et ici encore!

— Je passais par là, il n'y avait aucun danger, dit simplement Maxime Davelles en saluant.

Oui, il passait comme la veille, de même qu'à Trouville et en Italie, et le danger, s'il y en avait, était pour elle.

Elle avait quitté sans affectation le bras de M. de

Verry en parlant à Marguerite. M. Davelles l'engagea
à le reprendre en lui disant :

— Nous vous laissons, madame, continuer votre
ascension avec Monsieur...

— M. de Verry, se hâta-t-elle de terminer; et pour
achever la présentation, elle ajouta : M. Davelles.

Les deux hommes s'inclinèrent.

— Je connais parfaitement M. de Verry, reprit
Maxime, mais je ne suis occupé que de mademoiselle
Thérion. Elle a besoin de descendre vite et de se réfu-
gier au coin d'un bon feu.

Joignant l'action à la parole, Maxime poussa Frédéric et Marguerite sur la descente; leurs guides les
aidèrent à l'effectuer avec autant de rapidité que de
bonheur, et Caroline, voyant qu'un peu de répit lui
était accordé, en profita pour protester qu'elle ne
quitterait pas sa belle-sœur, et pour prouver sa bonne
volonté en la suivant.

M. de Verry en fit autant, et l'on arriva ensemble à
l'endroit où l'on avait laissé les chevaux. Chacun reprit le sien. Il s'en trouva un en plus pour Maxime
Davelles, qui ne daigna pas même expliquer comment
il se trouvait là si à point exprès pour lui. Caroline
puisa dans ce fait une crainte nouvelle. Maxime avait
sans doute prévu et réglé d'avance leur rencontre,
comme il avait peut-être le projet de régler et de prévoir à l'avenir les détails de sa vie pour la mieux frapper.

Elle essaya de chasser cette crainte par des paroles
joyeuses, selon son habitude. Ses crêpes noirs, si lé-

gers jusque-là, surtout dans cette promenade où elle n'en avait qu'un à son chapeau d'homme, la gênèrent et alourdirent ses pensées à côté de M. Davelles. S'il s'empressait auprès de Marguerite, il n'imposait pas moins du regard le respect de toutes les convenances; devant lui, Caroline était avant tout *veuve*.

Elle contint donc ses yeux, sa langue, ses gestes, et maintint son cheval aussi loin que possible de celui de Gabriel. Maxime était devenu silencieux. Inquiet des suites de cette promenade pour la santé de sa fiancée, Frédéric n'entretenait pas la conversation. M. de Verry semblait désirer fort peu l'entretien de M. Davelles. On n'échangea donc que des paroles de politesse pendant cette descente; en revanche, on se livra entièrement à ses réflexions intimes..

Gabriel de Verry se hâta de secouer cette contrainte dès qu'on entra dans la ville. Il fit ses adieux en homme du monde dont les plaisirs et les intérêts sont ailleurs. Il se sépara complétement et dans les formes les plus parfaites de la société avec laquelle il se trouvait, comme si ce n'eût été qu'une réunion fortuite.

M. Davelles n'accorda pas plus d'attention à ses adieux qu'il n'en avait accordé à sa présence.

Il accompagna Marguerite à l'hôtel et, la trouvant bien, lui conseilla de quitter Baréges le soir même.

VII

Caroline se fit un devoir de suivre à la lettre le conseil de M. Davelles. Elle obligea Marguerite à se reposer et se chargea avec Frédéric des préparatifs du départ. Le soir on était sur la route de Paris.

Maxime s'était éclipsé pour ne pas reparaître, mais Caroline se sentait sous sa surveillance et sous sa main de fer.

Bien différente d'autrefois, elle se montrait pleine de déférence pour ses idées et le plaçait très-haut dans ses discours. Si elle l'avait pu, elle n'aurait jamais parlé de lui; mais Frédéric se plaisait à prononcer le nom de Maxime uniquement parce que ce nom agissait sur sa belle-sœur comme une sensation pénible. Elle rougissait, elle pâlissait, elle changeait d'attitude, de ton et même d'avis. Elle était évidemment tourmentée et se désespérait de le laisser voir.

A mesure qu'on approchait de Paris, c'est-à-dire du moment qui allait décider de sa fortune, elle se demandait, avec terreur, si M. Davelles n'avait pas dans ses mains un testament qui serait sa condamnation.

Marguerite se reposait sur les promesses de M. Davelles. Mais Frédéric comptait les économies de sa pauvreté insuffisantes pour assurer la dot exigée. Il s'attendait au moins à un legs pour cette dot.

Parfois il lui venait à l'esprit que l'intention de

M. Davelles était d'inventer ce legs, à défaut du testateur, en supposant un dépôt fait entre ses mains par le mourant. A cette pensée le front de Frédéric s'empourprait de honte.

Ce don, il était trop fier pour l'accepter; et d'ailleurs, à quel titre? L'amitié de Maxime était au moins bizarre.

— Bizarre comme lui, disait Marguerite.

Cette amitié, qui du frère venait à la sœur, éveillait secrètement sa jalousie.

Marguerite, si attrayante dans son amour naïf, n'avait-elle pas dû refuser le millionnaire que Maxime lui proposait?

Et par ce refus, très-naturel, elle avait ému cet homme si fort, et elle avait décidé de sa vie? Comment? Qu'avait-il entendu par là?

Entre la confiance de sa fiancée, le trouble visible de Caroline et l'autorité que Davelles s'arrogeait, M. Guérin se débattait. Cette situation compliquée d'énigmes n'allait pas à sa nature.

On arriva à Paris. Frédéric et Caroline, également empressés d'en finir, se rendirent aussitôt chez le notaire, où Marguerite les suivit avec sa belle confiance et son beau calme.

Le notaire lui donna connaissance du testament. Il ne contenait qu'un article unique par lequel Auguste instituait madame Thérion sa légataire universelle, sans faire aucune mention de sa sœur. En l'écoutant, Marguerite pâlit un peu.

Elle ne s'était pas attendue à tant de sécheresse dans le fond ni dans la forme.

Les froides salles de l'étude, ce notaire cérémonieux dont les politesses s'adressèrent naturellement à l'héritière, la brièveté de cet acte qui décidait de son avenir, tombèrent sur son inexpérience comme un coup très-rude.

Elle avait été déjà ruinée, elle avait senti les griffes de la misère, cela n'était pas venu par la volonté ou l'insouciance d'un être cher, aimé, regretté, pleuré.

Oh ! c'était étrange, impossible ; son frère ne l'avait pas oubliée à ce point !

Elle regarda instinctivement sa belle-sœur.

Caroline, très-rouge, donnait des signatures, prenait à haute voix des mesures avec le notaire, décidait plusieurs affaires et taillait déjà dans sa fortune. Elle bourra d'or et de billets de banque son mignon porte-monnaie, et, comme il était trop petit, fit une liasse du reste des valeurs qu'elle glissa dans un sac de cuir de Russie à fermoir doré dont elle s'était pourvue en qualité de voyageuse.

Frédéric enrageait ; mais que dire ? Les choses se passaient dans la légalité. Les lenteurs inévitables de cette légalité l'impatientèrent. Il se leva comme s'il voulait partir, les convenances le ramenèrent à sa chaise ; il serra doucement alors la main de sa fiancée. Cette marque de sympathie fit déborder les yeux déjà mouillés de la jeune fille. Deux larmes vivement essuyées roulèrent sur ses joues.

Caroline se tourna de son côté avec un ravissant sourire.

— Quelle vilaine chose que l'argent! dit-elle ; vous m'excuserez. C'est fini, partons !

On se leva.

— Pardon! dit le notaire. M. Davelles, un de mes clients, m'a chargé de remettre cette lettre à M. Frédéric Guérin.

Ce fut au tour de Caroline de pâlir.

Frédéric avança la main pour prendre la lettre et demanda la permission de la lire.

Caroline se sentait mourir. Elle eut à peine la force de rabattre son voile sur ses yeux verts et troublés, sur ses lèvres blanches, sur ses joues couvertes de tons livides.

Frédéric lut tout bas sa lettre. Elle ne contenait que deux lignes :

« M. Davelles attendra M. Guérin, chez le docteur Hermès, tous les jours, à midi. »

Il replia le papier sans mot dire, le remit dans son enveloppe, le plaça sous son paletot et sur sa poitrine, remercia le notaire et offrit son bras à sa fiancée.

Caroline aurait donné une partie de sa fortune pour lire cette lettre. Elle pensa qu'assurer sur l'heure la dot de Marguerite, c'était mettre M. Guérin dans ses intérêts. Mais puisque Frédéric s'entendait avec Maxime, il pouvait refuser la dot et attaquer le testament au nom de Marguerite.

Il pouvait tourner contre elle cet acte de générosité en l'attribuant à ses remords.

Cependant là était le devoir, le salut peut-être ! Mais si M. Davelles voulait la perdre, qu'attendait-il ?

En avait-il les moyens? ne cherchait-il pas à l'effrayer? Et s'il ne cherchait que le bonheur de Marguerite, ce bonheur le désarmerait-il?

Il se livra dans son âme un effroyable combat.

Elle ne voulait pas paraître vile, elle ne voulait pas être dupe. Si elle avait des ennemis capables d'attaquer son honneur, elle ne voulait pas leur livrer sottement et inutilement une partie de sa fortune.

Elle s'arrêta à cette idée, et, soutenue par son orgueil, sortit de l'étude d'un pas ferme.

Cependant, sur l'escalier, elle fit une tentative.

— Prends mon sac, dit-elle à Marguerite, je te le confie.

— A propos de quoi? dit celle-ci avec un peu de raideur.

L'héritage, ce mot fatal qui traverse les familles, brisant les liens, les cœurs, les amitiés et les amours, avait déjà changé les rapports et les convenances entre les deux belles-sœurs.

Elles étaient entrées chez le notaire sur le pied d'une égalité parfaite, elles en sortaient l'une en souveraine, l'autre en esclave qui dépend d'un caprice, d'une fantaisie, d'un mouvement d'humeur.

Mais l'esclave était née libre et fière et se jurait déjà de ne jamais courber le front.

— Depuis que ce sac contient de l'argent, j'ai peur de le perdre, reprit Caroline; je suis si distraite!

— Je n'aime pas à garder l'argent des autres.

Et Marguerite refusa le sac.

— Et moi, je ne sais pas garder le mien! dit madame

Thérion en remettant à son bras la chaîne du fermoir.
Si tu ne m'aides pas, si tu ne me conseilles pas, toi,
si raisonnable, je serai vite ruinée !

Cette prière pleine de vagues promesses et de généreuse insouciance parut suffisante à Caroline, car
elle continua en s'adressant à Frédéric :

— Puisque nous voilà entre nous, dites-nous donc
ce que vous écrit M. Davelles ?

— Peu de chose, madame, un renseignement tout
personnel. ·

Au ton de cette réponse, elle jugea inutile d'insister,
elle mordit légèrement ses lèvres qui s'empourprèrent
ainsi que ses joues.

Frédéric se disposait à traverser la rue avec sa
fiancée.

— Je vous prie de me laisser Marguerite, lui dit-
elle ; je ne puis me dispenser d'aller voir à Passy mon
amie madame de Rives. J'y passerai probablement le
reste de la journée, et il est plus convenable que Marguerite vienne avec moi que de se promener avec
vous tête à tête.

Frédéric eut l'air si contrarié qu'elle ajouta :

— Je voudrais vous emmener, mais il faudrait
écrire votre qualité de fiancé sur votre front, exhiber
le futur, comme des provinciales.

M. Guérin ne tenait pas à se montrer ridicule. Elle
avait raison. Il s'inclina furieux qu'elle eût raison. Il
mit les deux femmes en voiture et resta seul et désœu-
vré sur le boulevard. Le boulevard, c'est-à-dire le
cœur de Paris vivant et joyeux. Était-ce vraiment être

seul ? Il y avait là des cafés ouverts, des femmes
parées et souriantes, comme aux temps heureux, des
passants affairés ou flâneurs. Quelques retours de
villégiature, quelques chevelures blondes savamment
étalées sur les épaules des pécheresses, quelques
pousses hâtives des fleurs de l'hiver, une fraîche sen-
teur de Paris renouveau secouant la poussière de l'été
et les souvenirs de l'étranger ou de la province.

Les gens tristes ou préoccupés sont seuls partout.
Frédéric s'assit devant un café, demanda un bock,
qu'il ne consomma pas, et un journal qu'il ne put lire.
Les passants, il ne les distingua pas. Marguerite
était entre ses yeux et le monde.

De quel droit Caroline l'avait-elle séparé de sa
fiancée, de sa femme ! Du droit des convenances. Il
savait cela, et c'était précisément ce qui l'inquiétait.
Si Caroline, armée de ce droit, aller le gêner et le tor-
turer jusqu'à son mariage ! Elle le pouvait..... Ils
avaient vécu tous trois très en dehors du monde, depuis peu de temps, il est vrai. Le chagrin, la solitude
les avaient dispensés d'accorder grande attention aux
usages reçus. Clore cette vie d'intimité par le mariage
ou la rompre devenait urgent. N'était-ce pas d'ailleurs
pour cela qu'il était venu à Guériant et qu'il attendait
encore le bon plaisir de madame Thérion ?

Attendre encore, toujours, arrêté par une crainte
ou par un obstacle, attendre peut-être le moment où
il serait forcé de s'éloigner pour ne pas compromettre
sa fiancée. Était-ce possible ? Ah ! s'il n'eût pas été
plus de midi !

M. Guérin se promit de voir M. Davelles le lendemain et de prendre un parti définitif immédiatement
après.

Pendant ce temps, madame Thérion présentait Marguerite à madame de Rives comme sa sœur, et madame de Rives à Marguerite comme son amie intime.

Madame de Rives habitait à Passy, rue de l'As-
somption, une jolie villa qui lui appartenait. Elle
avait adopté ce séjour pour toute l'année parce qu'elle
n'était pas riche; ce qui ne l'empêchait pas d'avoir sa
livrée, sa voiture, et de recevoir beaucoup de monde.
On allait chez elle, l'hiver, en sortant du Bois. On y
prenait une tasse de thé ou une tasse de lait, on y goûtait comme au Pré-Catelan. Elle gardait rarement à
dîner quelques rares intimes. Le plus souvent ses
amis l'emmenaient à Paris, dans le monde, où elle
était accueillie comme une femme qu'il est de bon
goût de connaître. Telle était la vie qu'elle menait
avant le siége et qu'elle comptait bien reprendre.

Elle avait tant de relations! Elle était si bienveillante! si gracieuse! Et puis, elle n'était plus jeune;
elle n'avait jamais été que médiocrement jolie, elle
ne représentait pas la rivale que redoutent les femmes.
Elle ne représentait pas non plus la vieille femme que
redoutent les hommes.

Elle avait l'âge indécis des derniers beaux jours fé-
minins. Elle était fort agréable et si spirituelle cau-
seuse qu'on la préférait à bon nombre de jolies femmes.

Son mari, qui vivait encore, ne comptait pas, l'honnête homme! Il avait fort maladroitement géré sa

fortune et celle de sa femme. Madame de Rives était partie de là pour en prendre le gouvernement d'une main habile. Elle s'était fait une position assez enviable.

Elle donnait à dîner trois fois par an, et l'on briguait l'honneur d'être admis à ces dîners, où il y avait peu de monde, mais où tous ses amis prenaient place à leur tour. On le savait, on connaissait sa position de fortune, elle ne cachait pas ce qu'elle appelait gaiement sa misère.

Elle ne cachait pas non plus que son mari l'avait ruinée. On la plaignait comme une victime. On admirait encore son hospitalité — modeste — ainsi qu'elle disait.

Elle avait sauvé de sa ruine un bon cuisinier et de belles fleurs, deux grands débris. Sa serre lui attirait des visiteurs et des cadeaux. C'était sa seule faiblesse d'aimer les fleurs rares et son seul malheur de ne pouvoir se les donner. Ses amis réparaient si bien ce malheur qu'on ne s'en apercevait pas. De tous côtés, elle recevait des caisses magnifiquement garnies.

— Comme on me gâte! disait-elle.

Ce fut là sa première parole après les premières politesses.

Elle surveillait un arrivage. Elle montra avec orgueil de magnifiques cactus à Caroline et à Marguerite. — C'est le duc de... qui m'envoie sa carte, dit-elle. — Retour d'Angleterre.

Pour Marguerite, Caroline fut obligée de traduire.

— Mademoiselle ne connaît pas encore ma misère! s'écria madame de Rives en riant.

Marguerite était, en effet, très-ignorante de ces sortes de malheurs. Elle pensait à son fiancé, à sa position dépendante, à son avenir incertain. Elle entrevoyait les conséquences cruelles de cette situation dont elle avait conscience depuis une heure seulement. Elle aurait eu besoin de se recueillir, d'asseoir ses idées, pour préparer sa conduite. Elle ne se trouvait plus à sa place au milieu de ces fleurs et de ces femmes dont le langage ne pouvait plus être le sien.

Par une de ces ironies qui ne sont jamais épargnées aux cœurs souffrants, madame de Rives, sous un prétexte futile, sortit avec Caroline et la laissa seule dans la serre, prétendant qu'elle y était en joyeuse compagnie de ses sœurs fraîches comme elle.

Ces dames ne sortaient que pour quelques minutes : ces quelques minutes durèrent une heure, une heure qui fut bien employée.

— Vous voilà donc veuve! et une belle veuve! s'écria madame de Rives dès qu'elles furent seules; vous donnez envie de l'être.

Madame de Rives disait en riant ces énormités, dans sa bouche elles passaient pour inoffensives.

— Hélas! dit Caroline.

— Ne soupirez pas; avec moi, c'est inutile. Votre mari n'avait rien d'amusant. Je l'ai vu une fois, je l'ai jugé, il a bien fait de mourir. Et maintenant qu'allez-vous faire?

— Rien, m'ennuyer... J'ai ma belle-sœur.

— Qui ressemble beaucoup trop à son frère, je devine. Eh bien! il faut s'en débarrasser en la ma-

riant ; elle est jolie, il y a de la ressource. Je vous
aiderai.

— Merci ! Le mari est trouvé.

— Si tout est fait, je n'ai plus rien à faire. Pressez
la noce pour être libre cet hiver.

— Si cela se pouvait ! mais je suis l'héritière de mon
mari, et ma belle-sœur ne peut se marier que si je lui
donne une dot.

— Le futur est donc bien exigeant ?

— Non, 24,000 fr. suffiraient ; la dot de la femme
d'un capitaine.

— Votre mari était millionnaire, et vous vous
plaignez !

— J'en sacrifierais le double volontiers ; mais je
soupçonne ma belle-sœur d'avoir de plus grandes prétentions. Je crois que son fiancé lui donnera le conseil
d'attaquer le testament fait en ma faveur.

— Est-ce légalement possible ?

— Je ne m'en suis pas encore informée et je ne le
crois pas, mais ce n'est pas tout. Il y a une chose qui
m'effrayerait davantage. On pourrait essayer de me
compromettre, je dirais même qu'on a déjà essayé.

— Comment cela ?

— Mon mari avait un ami qui s'est lié avec le
fiancé de Marguerite. Ces deux hommes s'entendent
pour me détester. Il y a entre eux une intrigue dont
je ne saisis pas bien les fils. Elle a été nouée contre
moi, j'en jurerais ; ma conduite va être sévèrement
jugée et interprétée. Je n'oserai plus faire un pas ni

voir personne ; je deviendrai éternellement ennuyée et ennuyeuse.

— Vous ! s'écria madame de Rives ; quelle adorable ennuyeuse ! Voyons, n'y a-t-il aucun remède à tout cela ?

— Peut-être y en aurait-il, si vous acceptiez l'hospitalité à Guériant pendant quelques jours, tant que le spleen ne vous gagnera pas.

— Puisque vous avez besoin de moi, je me dévoue.

Madame de Rives se dévouait de la sorte cinq ou six fois pendant la saison qu'e,le passait dans différents châteaux où elle était invitée.

Caroline la remercia chaudement, fit l'éloge de sa prodigieuse complaisance : elle allait avoir un appui, un charmant conseiller.

— Une jeune veuve sans expérience comme moi est bien à plaindre !

— Fiez-vous à moi, je me charge de votre belle-sœur d'abord. On a les hommes quand on tient les femmes.

Ce petit rôle protecteur plaisait à madame de Rives.

— Je vous la livre. Mais pas un mot de mes intentions sur la dot. Je me réserve. J'agirai selon la ligne de conduite qu'on adoptera à mon égard.

L'intention vraie de Caroline était d'esquiver l'obligation de doter sa belle-sœur. Ce n'était pas qu'elle tînt à cette petite somme d'argent, mais elle tenait à dépenser et à prodiguer son argent pour elle.

Rien d'ailleurs ne la sollicitait à faire le bonheur de Marguerite comme celle-ci l'entendait. La fortune

de son mari lui semblait en toute justice lui appartenir.
Elle en avait pris possession en se mariant, Auguste
était incapable d'en disposer sans son avis. A sa mort,
cette fortune lui revenait. Quoi de plus simple?

A son point de vue, mademoiselle Thérion n'avait
été jusque-là qu'un obstacle, une gêne ou un ennui.
Et maintenant qu'elle se sentait maîtresse souveraine,
elle avait bien le temps de songer à un caprice amoureux d'une belle-sœur qu'elle n'aimait pas, et qui ne
l'aimait peut-être pas !

Elle redoutait d'ailleurs les demandes et les exigences
des parents pauvres. Pour que Marguerite n'eût jamais
besoin d'elle, il ne fallait pas la marier à M. Guérin.

Un officier condamné à traîner sa femme et ses
enfants de garnison en garnison dépense beaucoup et
gagne peu. Ce serait un ménage besoigneux, ce serait
de rudes épreuves pour la délicate santé de Marguerite. Ce serait un perpétuel recours à la générosité de
Madame Thérion.

Elle ne voulait pas de ces ennuis. Elle tenait à la
bonne opinion du monde et de son entourage. Elle
était résolue à servir son égoïsme d'une manière qui
aurait les apparences et les avantages de la générosité, en mariant Marguerite à un homme riche qui
ne lui demanderait rien.

M. Guérin, un maladroit, n'avait pas daigné remarquer qu'elle était dix fois plus belle que sa fiancée !
Cela lui importait peu, cependant c'était un hommage
qui manquait à sa beauté : autre sujet d'en vouloir à
Frédéric.

Elle ne communiqua pas ces réflexions à Madame de Rives, mais elle lui représenta M. Guérin comme un sauvage de la pire espèce.

— Vous aurez de la peine à l'apprivoiser, lui dit-elle.

— Bah! j'écrirai au duc et à M. de Verry de venir nous rejoindre ; si le fiancé boude, nous le laisserons dans son coin.

Là-dessus on rit, on fit des projets. Les souvenirs d'un premier veuvage revinrent. On s'amusait autrefois ; mais par ces temps de guerre, de désastres, que ferait-on? quand irait-on dans le monde? — Ah! si je n'étais pas en grand deuil, disait Caroline, je trouverais le moyen de m'amuser encore à Paris!

— Ce n'est plus la même chose ; mais on s'arrange, dit Madame de Rives.

— Et moi je me dérange. Je deviens une femme sérieuse, reprit Caroline en riant. Nous oublions Marguerite, acheva-t-elle.

Marguerite, heureuse d'abord d'être livrée à elle-même et à ses pensées, avait fini par trouver que ces dames agissaient avec un singulier sans-gêne.

Madame de Rives se chargea de le lui faire oublier; elle la retint à dîner avec Caroline, s'occupa d'elle particulièrement et lui déclara qu'il n'y avait rien de spirituel pour une jeune fille comme d'épouser un homme riche.

Marguerite répondit que cet esprit-là lui manquerait. En digne amie de madame Thérion, madame de Rives avait déjà trouvé la même combinaison qu'elle.

— J'ai déjà proposé M. de Verry, dit Caroline toujours prête à donner le change sur ses sentiments de ce côté.

Et l'on vous a refusé, je parie? dit madame de Rives joyeusement. Ce pauvre de Verry, il n'a pas de bonheur! C'est cependant un homme très-couru; pour ma part, je le trouve fort bien; mais j'en connais d'autres qui le valent. Amenez-moi mademoiselle Thérion quelquefois cet hiver; elle n'aura qu'à fixer son choix.

Marguerite ne fit aucune opposition à ces projets. A quoi bon? cela ne lui parut pas seulement discutable.

Au retour dans la voiture, l'éloge de madame de Rives fut constamment dans la bouche de Caroline. Elle était bien heureuse d'avoir revu cette amie si chère; cela l'avait consolée et fortifiée.

A partir de ce moment, elle osa se montrer plus franchement satisfaite de son sort. Elle commençait à croire à la solidité de sa situation, se disant que, si M. Davelles possédait un second testament, il l'aurait déjà montré. Elle tenait l'argent, elle était armée pour la lutte.

VIII

Le lendemain, Frédéric se dirigea vers les Champs-Élysées, rue Montaigne; il sonna au n°....

Quoiqu'il fût midi, la porte était fermée comme dans les maisons qui n'ont qu'un seul locataire. C'était une porte pleine à un seul battant, une porte discrète. Quand elle céda, il en remarqua l'épaisseur. Il ne vit pas de concierge, mais un huissier se trouva prêt à introduire le visiteur. Il lui fit traverser un long couloir et plusieurs pièces vides complétement : pas un meuble, des murs nus.

Une dernière porte donna accès dans un cabinet rempli, plutôt que meublé, de sculptures et de tableaux qui avaient dû coûter un prix fou.

Il n'y avait là que des objets d'art. Du vieux chêne massif admirablement fouillé par un ciseau patient. De grands siéges et de grandes toiles. Des statues dans les coins et, sur la cheminée, une femme couchée en marbre et si belle qu'on l'eût jurée vivante. Des originaux, des modèles uniques, des choses rares entassées, posées sans ordre, mais tirant l'œil comme des merveilles.

M. Davelles se trouvait seul dans ce cabinet à l'arrivée de Frédéric.

— Asseyez-vous, dit-il, et causons librement. Mon ami Hermès emménage à peine, comme vous voyez, et n'habite pas encore ici.

Frédéric ne connaissait pas le docteur Hermès, qui devait cependant être un homme connu, à en juger par la richesse de son désordre.

— C'est vous qui m'appelez ?

Cette forme interrogative employée par M. Guérin disait, du premier mot, à M. Davelles, que le jeune capitaine ne comptait rien lui demander.

                                                        5.

Frédéric s'assit sur ce mot et attendit.

— J'ai besoin de votre confiance, reprit-il. Vous ne connaissez de moi que mon amitié pour Auguste : une joie morte. Vous la connaissez même fort peu. Permettez-moi de vous en parler aujourd'hui.

— Je ne vous le permets pas, je le désire.

— J'ignore si vous appréciiez Auguste autant que moi, j'en doute. C'était un cœur solide, mais qui s'ouvrait difficilement. Un peu défiant, comme les gens nerveux et les tempéraments faibles; il fallait qu'une circonstance ou un attrait très-vif forçât sa réserve habituelle. Généreux par nature, il n'aimait pas à s'occuper de lui. Il vivait, enfermé dans le cercle intime des affections choisies; il croyait aux amours sérieuses, il ne savait pas rire du cœur et le railler.

Par ce côté, il se trouvait, au collége, en désaccord avec ses camarades. La jeunesse actuelle s'exerce, avant tout, à rire et à railler. Le mot a tué le cœur ; le calembour tuera l'esprit. — Avec un extérieur très-calme, Auguste était facile à s'exalter. Quand on le blessait, il avait des rages féroces. Il mettait beaucoup de temps à se fâcher et beaucoup de patience à écouter les plaisanteries qui lui déplaisaient. Cela enhardissait ses camarades. Ils prenaient pour un esprit faible ce pâle garçon, à l'air froid, à la riposte lente. Ils s'avisèrent un jour, pour l'émouvoir, de rire de la tournure et des façons provinciales de Madame Thérion, sa mère, entrevue au parloir par plusieurs d'entre eux, au moment où elle prodiguait à son fils, homme déjà, les caresses et les recommandations qu'on fait à un enfant. C'était la douce erreur des mères, autrefois, de voir toujours l'enfant dans leurs grands fils ; leur erreur aujourd'hui est de voir un grand homme dans le plus insignifiant gamin qu'il leur soit donné de mettre au monde.

Comme tous les enfants bercés par cette tendresse prévoyante et dominante Auguste adorait sa mère.

Il devint furieux au premier mot moqueur et allongea sa main au milieu de ses camarades ; elle alla s'aplatir sur la joue du plus rieur.

Ce fut le signal d'un affreux désordre ; on était en pleine récréation, on se rua sur Auguste, on l'aurait écrasé si je ne m'étais trouvé là. Je jouissais d'une grande considération au collège. J'avais le bras le plus fort et la bourse la mieux garnie de l'endroit : l'une était au service de mes amis, l'autre de mes ennemis. On le savait, on me respectait en conséquence.

Le calme se rétablit tout à coup. Les professeurs s'en mêlèrent uniquement pour administrer une punition générale.

Cela ne valut pas des sympathies à Auguste, mais cela me le fit connaître tel qu'il était et lui acquit mon amitié. Il me la rendit avec dévouement, avec déférence, comme à un être supérieur. Je n'ai pas pu déraciner en lui cette idée de ma supériorité. Il m'aimait comme il aimait sa mère, son père, sa sœur, à l'excès, avec adoration.

Il avait le caractère éminemment français. Rebelle

au joug en apparence, il était facile à séduire et à dominer. Il aimait à choisir sa chaîne et à la porter :
cette chaîne, il la lui fallait, il n'aurait pas su vivre
sans cela ; il aurait été irrésolu, fantasque et incapable. Et cependant quel charmant esprit ! Loyal et fort,
plus fort que moi, quand il était avec moi.

J'eus le malheur de voyager. Il devint riche, indé-
pendant ; c'était trop pour lui, il se maria.

J'étais en Grèce. La lettre qui m'annonçait ce mariage quinze jours avant sa célébration m'arriva huit
jours après qu'il fut célébré.

Je connaissais la nouvelle madame Thérion.

— Vous la connaissiez ? interrompit Frédéric, j'en
étais sûr !

— Je ne vous l'ai jamais caché. Madame Thérion,
née mademoiselle Maria-Caroline du Béran, est ma
cousine au troisième degré, mais elle n'a jamais parlé
à Auguste de cette lointaine parenté qui lui pesait, et
voilà pourquoi vous l'ignoriez.

De plus en plus précis, M. Davelles intéressait vivement Frédéric. Il se garda bien de l'interrompre. Il
s'attendait à obtenir l'éclaircissement des côtés mystérieux de cet homme singulier.

— Par malheur, je vous l'ai dit, je voyageais, je né-
gligeais la seule amitié qui me restât ; je me croyais si
sûr de la retrouver quand je rentrerais en France !

J'avais besoin de m'instruire, d'étudier les hommes,
de faire de moi un être complet, armé par le travail
pour la lutte.

Je m'étais convaincu, bien jeune, que la vie d'un

homme n'est qu'une lutte contre les hommes. Je ne croyais pas que la fortune pût suffire à mes joies. J'étais ambitieux à ma manière. Vous dire, à ce sujet, ma pensée, serait long; je m'imaginais, en un mot, que je devais donner un but raisonné à mon existence pour en faire une vie sinon heureuse, du moins supportable.

Nous rappellerons cela plus tard et souvent, l'occasion ne nous manquera pas, j'espère. En attendant, je me résume :

Madame Thérion n'avait pour moi aucune sympathie. Je la rencontrai en Italie avec Auguste que je trouvai déjà pâli et changé. Elle repoussa les conseils que je lui donnai pour la santé de son mari, elle me fit comprendre que je ne devais pas chercher à les revoir.

Mon ami lui appartenait, elle tenait son bonheur dans ses mains de femme, je m'inclinai. Je rentrai en France pour me battre et défendre mon pays contre l'invasion. Auguste m'approuva et continua à m'écrire.

Je me suis rendu à Trouville parce qu'il m'y a appelé. J'ai passé un quart d'heure, seul avec lui, un rapide quart d'heure pendant lequel j'ai recueilli ses derniers désirs, ses vrais désirs, son testament libre, volontaire, mais non exécutoire devant la loi.

Ces volontés, j'ai juré que je les accomplirais jusqu'au bout, mais, pour cela, votre confiance m'est nécessaire.

Les intentions de madame Thérion s'opposeront peut-être aux miennes.

— Dites certainement, interrompit Frédéric.

— J'ai dit peut-être. Mes désirs deviendront les siens, si je lui prouve que ses intérêts sont semblables aux miens et aux vôtres.

— Votre intention est sans doute de lui faire rendre une partie de la fortune qu'elle a accaparée à son profit?

Frédéric formulait nettement sa pensée, il allait droit au but, c'était cette forme franche qui le faisait accuser de rudesse par madame Thérion.

— Une partie? reprit Maxime; non, je ne prends pas de demi-mesures.

— Tout? vous voulez dire tout? s'écria Frédéric; vous auriez ce pouvoir-là?

— Je n'ai d'autre pouvoir que ma volonté et ma fortune, répondit M. Davelles avec le mystérieux sourire qui lui servait quelquefois à accentuer ses paroles.

— Ce sont les vrais pouvoirs de ce monde. Mais, par rapport à moi et à mademoiselle Thérion, je désirerais savoir comment vous l'entendez. Auguste vous a-t-il chargé de faire passer sa succession des mains de sa femme dans les mains de sa sœur? Avez-vous un moyen pour cela?

— Vous me demandez beaucoup de choses. Je ne puis vous répondre, ne sachant pas moi-même ce qui arrivera. A mesure que j'agirai, vous verrez.

— Je croyais pouvoir connaître le dernier testament d'Auguste, dit M. Guérin un peu blessé de cette persistance dans le mystère.

— Il contient un secret qui ne ppartient pas tout entier. Si j'avais pu vous l'appre. re, je ne vous aurais pas demandé une confiance aveugle.

— Aveugle! répéta Frédéric.

Il n'osa dire plus. Maxime avait ce ton d'autorité calme avec lequel il dominait son interlocuteur, la sincérité et la loyauté de sa pensée sortaient de ses lèvres avec chacune de ses paroles et frappaient comme une vérité.

— Aveugle! répéta-t-il.

Il y eut un silence entre ces deux hommes. M. Davelles, sûr de sa conscience, attendait. Frédéric cherchait une inspiration de la sienne.

— Cependant, reprit-il après une minute d'hésitation, il y a ici une question d'argent et une question d'honnêteté. Cette fortune qui me reviendrait comme époux de Marguerite, un testament me l'enlève. Je ne pourrais l'accepter au nom de ma fiancée que s'il m'est prouvé que la dernière volonté d'Auguste était de la lui rendre.

— Voilà un scrupule qui vous honore! s'écria Maxime. Donnez-moi votre main, mon cher Frédéric, je serai heureux de la serrer.

M. Guérin fit un pas en avant, tendit sa main à M. Davelles; il était subjugué, mais il gardait sa pensée.

— Vous m'excuserez, dit-il, j'ai la même manière de penser et de parler.

— Rassurez-vous, vous ne me gênez pas, vous me rendez fort! répondit M. Davelles en accompagnant ces paroles d'une pression franche. Si cette fortune voùs revenait un jour, ce serait dans des circonstances qui ne vous laisseraient aucun doute. Vous devez comprendre que garder un secret n'est pas manquer de sincérité.

Vous êtes le seul à qui j'aie parlé de mes projets; à tout autre je n'en aurais pas dit autant. C'est encore un secret que madame Thérion ne doit pas connaître et qu'il est bon de laisser ignorer à votre fiancée. Elle n'est pas forte, quoiqu'elle possède les apparences de la santé. Épargnons-lui les inquiétudes de l'attente et les émotions de la lutte, donnons-lui de l'espoir et faisons-lui une vie facile et calme.

— Vous êtes donc de l'avis de Caroline? s'écria Frédéric.

— A propos de quoi? demanda M. Davelles avec surprise.

— A propos de la santé de Marguerite. Madame Thérion la croit prédisposée à devenir poitrinaire.

— Elle vous a dit cela?

— Oui, elle a même ajouté que la vie de garnison lui serait préjudiciable.

— Elle a raison en ceci, mais comment a-t-elle si bien deviné et pourquoi vous a-t-elle parlé de la sorte?

— J'ai pensé que c'était pour m'engager à donner ma démission et à vivre en bourgeois.

— Avec quelles ressources? Puisqu'elle est si bien instruite, elle devrait savoir que ce n'est pas tant la vie de garnison, mais une vie de fatigues et de privations qui n'irait pas à votre fiancée. Veut-elle vous amener à renoncer à cette jeune fille en vous forçant

à reconnaître que vous ne pouvez la rendre heureuse ?
Elle a ses projets par rapport à Mademoiselle Thérion
ou par rapport à vous. Vous avez bien fait de m'éclairer à ce sujet ; il est temps d'agir et même de se
hâter.

— Elle a ses projets, murmura Frédéric ; lesquels ?
peut-être celui de me séparer de Marguerite et de lui
offrir un autre amour dans un autre mari ?

Et tout à coup, conduit par cette défiance à un
brusque revirement, il s'écria :

— Et vous, dit-il, pourquoi me faites-vous remarquer ma misère et mon impuissance ? Pourquoi me
dites-vous aussi que mon bonheur pourrait devenir
impossible et que mon amour tuera celle que j'aime ?

M. Davelles ne voulut pas remarquer l'irritation qui
perçait dans ces questions multipliées.

— Parce que je suis sûr de la sauver et d'assurer
l'avenir de votre bonheur. Que faut-il pour cela ? Peu
de chose : que vous me laissiez agir. Marguerite n'est
pas et ne deviendra pas phthisique, elle n'a pas plus
de prédisposition à cette maladie qu'à une autre.
Elle a un tempérament faible, voilà tout. Elle a vécu
dans de bonnes conditions pendant ses premières
années. Son frère se nourrissait au collége de la poussière de la classe ; elle respirait l'air vivifiant de Laveray. Mais elle a grandi vite et beaucoup. Au sortir
de cette pénible croissance, elle a subi de rudes
épreuves, elle ne s'est jamais trouvée dans une position stable et heureuse depuis la mort de son père.
Mon opinion est qu'elle a besoin de repos et de soins

intelligents, du bien-être autour d'elle et dans son esprit. C'est ce que je veux lui donner.

— Vous avez juré de me désespérer!... J'étais venu avec l'intention d'en finir. Je voulais presser notre mariage. Je ne possède que 7,000 francs, mais j'ai un oncle qui représenterait peut-être la valeur des dix-sept qui me manquent. Cette représentation suffit. J'avais là un espoir plus prompt, sinon plus sûr, que cet espoir lointain dont vous parlez; mais s'il faut vraiment de la fortune à Marguerite...

— Attendez un an, je ne vous demande pas davantage.

— Vous m'avez parlé autrement il y a un mois.

— Il y a un mois vous pouviez espérer quelque chose de la bonne volonté de Madame Thérion. Elle ne connaissait pas peut-être parfaitement tous ses droits sur la fortune de son mari, et rien ne prouvait que le testament olographe d'Auguste fût valable. Il a été reconnu tel, elle n'a donc aucune crainte de ce côté, aucune concession à faire par conséquent, aucun intérêt à vous ménager comme avant, où elle se disait que sa position dépendrait de Marguerite, si celle-ci héritait.

— Je comprends : au lieu de dépendre de nous, c'est nous qui dépendons d'elle !

— Justement.

— C'est trop clair ; mais il y a six ans que j'attends!..

— Tenez-vous à épouser dans un mois? La somme qui vous manque sera mise à votre disposition par mon notaire ; vous me la rendrez après votre mariage, car je sais bien que je ne suis pas un ami assez vieux pour vous l'offrir.

Cette générosité délicate effaça les défiances de Frédéric et emporta ses irrésolutions.

— Ah ! vous trouvez le moyen de me convaincre ! s'écria-t-il. Il faut que Marguerite soit heureuse avant moi, avant tout, n'est-ce pas ?

— Il le faut pour obéir à Auguste ; il le faut aussi pour vous qui souffririez de la voir souffrir.

— Je m'en remets à vous : allez, agissez, hâtez-vous, comme vous disiez.

— Ne quittez pas votre fiancée, quoi qu'il arrive, jusqu'à ce que vous m'ayez revu, dit Maxime en reconduisant Frédéric à travers les appartements déserts.

IX

Quand Madame de Rives arriva à Guériant, Caroline avait déjà donné au château un air de fête. Le suprême abandon des grandes douleurs cessait d'y régner. Sauf les vêtements noirs de Marguerite et les crêpes de madame Thérion, tout y riait. Et encore ces crêpes plissés, découpés et noués par les doigts artistes d'une couturière parisienne, avaient fort bon air. Le jais brillant relevait la chevelure aux teintes blondes et faisait valoir la blancheur du cou. On avait aussi la ressource d'une fleur cueillie par distraction dans le parc et posée avec plus de distraction encore dans les cheveux.

En peu de jours la belle châtelaine avait pris d'une main active la direction de l'intérieur comme de l'extérieur. Elle s'enfermait à l'heure du courrier pour dépouiller sa correspondance. Elle écrivait quantité de lettres. Le matin, elle recevait les fermiers et le notaire de Guériant qu'elle avait mis en rapport avec celui de Paris pour avoir du même coup sous la main tous les intérêts qui concernaient sa fortune. Elle donnait ses ordres à ses gens pour la journée et les dressait par ses conseils aux usages d'une bonne maison.

Guériant avait été un peu négligé sous ses deux derniers propriétaires. Le parc, envahi par des pousses désordonnées, semblait destiné à des arbres d'épaisse futaie. Sous le jet de la sève en pleine liberté, les allées avaient disparu. Les points de vue étaient changés ou barrés. Les plus belles fleurs repoussaient d'elles-mêmes, simples de forme, méconnaissables, rappelées par la nature à l'état de nature, comme les sauvageons aux pieds des églantiers. Un botaniste se fût réjoui de l'ample moisson. Plus de produits monstrueux, inventés par le jardinier pour charmer l'œil et tromper la nature. Le vent, la pluie, avaient travaillé ensemble en l'absence de la main de l'homme, transportant çà et là le germe et la semence, et faisant fraterniser les ronces arborescentes. Elles

se mêlaient et se liaient de telle sorte qu'on dut tracer
à coups de hache les lignes courbes des sentiers perdus
et retrouvés.

Cela fit du mouvement, amena des ouvriers. Madame Thérion se plaignait de la lassitude occasionnée
par les soins nombreux qu'exigeait cette rénovation.
Elle ne voulait pas qu'on l'aidât, prétendant assumer
sur elle toute la peine. Elle courait du parc au château, surveillant les appartements destinés à ses invités et ordonnant des apprêts du meilleur goût.

Elle laissa Marguerite et Frédéric parfaitement
libres pendant qu'elle attendait madame de Rives.

La jeune fille, habituée à la franchise confiante de
son fiancé, s'informa du résultat de son entretien avec
M. Davelles. Frédéric ne lui avait pas caché le contenu
du billet qu'il avait reçu chez le notaire. Fidèle aux
précautions exigées par Maxime, il écarta les idées
fâcheuses pour sa fiancée et l'assura que M. Davelles
comptait toujours arriver à la conclusion de leur mariage malgré les obstacles.

— Je crains qu'il n'y en ait plus que vous ne pensez,
dit-elle en faisant allusion à la proposition émise par
Madame de Rives.

Mais elle ne voulait pas non plus attrister Frédéric :
elle garda ses inquiétudes pour elle, et tous deux,
pour la première fois depuis longtemps, eurent une
pensée qu'ils n'osèrent se dire. Malheureusement,
l'éloquente franchise de leur regard parla; ils se devi-
nèrent, et le nom de Caroline, le véritable obstacle,
s'échappa de leurs lèvres.

— Rassure-toi, dit Frédéric avec tendresse : si elle ne veut pas, on forcera sa volonté.

— Pour qu'elle nous jette une aumône? demanda-t-elle en se redressant avec fierté.

— Pour qu'elle nous rende justice.

Aussi digne•qu'elle de ton et d'attitude, Frédéric la persuada.

— Nous verrons, dit-elle; mais, quoi qu'il arrive, ne nous quittons pas !

— C'est précisément ce que m'a conseillé M. Davelles.

Dans la pensée de Caroline, au contraire, l'œuvre de désunion allait commencer.

Au moment de l'arrivée de son amie, elle jeta ces mots à l'oreille de M. Guérin :

— J'espère qu'à présent vous allez vous observer.

S'observer! comment? à propos de quoi? Il ne lui semblait pas avoir mérité cette dure leçon. Madame de Rives entrait : impossible de s'expliquer devant elle. Il devait bientôt comprendre.

Madame Thérion présenta Frédéric à son amie, avec accompagnement de sourires flatteurs et d'éloges.

— Un homme charmant, un officier d'avenir, dit-elle. M. Guérin a bien voulu nous accorder le temps de son congé pour le passer à Guériant, et, avec l'indulgence de l'amitié, se dévouer à nous consoler comme vous.

— Ah! M. Guérin est un de vos amis? remarqua madame de Rives avec la nuance d'indifférence polie indispensable pour la présentation la plus insignifiante.

Marguerite, l'esprit éveillé par son cœur, saisit parfaitement le sens de cette présentation si bien arrangée
pour imposer à M. Guérin l'obligation d'accepter le
rôle d'un visiteur banal. L'orgueil et la sincérité de son
amour l'emportèrent sur la nécessité de ménager sa
belle-sœur. Elle se leva pour répondre aux politesses
de madame de Rives et en même temps elle désigna
M. Guérin :

— Monsieur est mon fiancé ! dit-elle.

Caroline rougit, ce qui lui arrivait seulement lorsqu'elle était violemment contrariée. Elle parut faire un
effort pour se contenir.

— Excusez ma belle-sœur. Elle a le caractère très-
jeune et ne comprend pas qu'on ne raconte guère ses
affaires de famille du premier mot ; nous avons le
temps de causer entre nous de ce projet de fiançailles,
sans aller vous en ennuyer dès l'abord, comme d'une
chose prodigieusement intéressante.

— C'est une chose prodigieusement intéressante pour
moi, dit Frédéric, mais ce n'est pas, en effet, le moment
d'en parler.

Il étouffait sa colère, voulant rester modéré, voulant
attendre l'heure de faire remarquer à Caroline son
changement de ton et de conduite.

Depuis la lecture du testament, il n'avait plus été
question des soins à donner à Marguerite pour sa santé,
ni de médecins à consulter. Madame Thérion affectait de
penser que les conseils de M. Davelles étaient suffisants
et ne ramenait pas l'entretien sur ce sujet, qui pouvait
conduire de nouveau sur ce terrain glissant de la dot.

En femme du monde, madame de Rives accorda peu d'attention à cet incident qui ne la concernait pas. Elle s'installa au château avec ses nombreux colis. On eût dit qu'elle venait pour rivaliser de toilette avec vingt femmes élégantes. Elle déclara n'avoir apporté que des choses très-simples.

C'étaient d'adorables costumes de toute longueur et de toutes nuances, copiés avec intelligence sur les costumes de ses aïeules et racontant l'histoire des belles femmes de France depuis Louis XIV jusqu'à l'Empire.

De vrais déguisements d'opéra appropriés à la scène du monde.

Cette façon de s'habiller, en donnant un caractère à la coupe des vêtements et au mélange des couleurs, continuait à paraître plus élégante que la coupe uniforme, autrefois adoptée par la mode, pour durer six mois. — Cela permet à une femme de goût et d'esprit, disait madame de Rives, de créer elle-même, chaque jour, une mode nouvelle en faisant de nombreuses excursions dans le domaine de l'histoire ou de la fantaisie.

Changer deux fois l'année la forme et l'étoffe des vêtements de la femme était suffisant pour satisfaire les couturières et ruiner les maris : deux points essentiels de notre civilisation.

Mais ce n'était pas assez, il paraît, pour que la femme participât d'une manière sensible au progrès du luxe et de l'industrie.

Elle a donc fait mieux et plus : elle a répudié Long-

champs, ce dictateur qui revenait à jour fixe, bourgeoisement, chaque année promulguer ses lois.

Folle et insoucieuse, elle a galopé autour du
Lac, entraînant avec elle la mode du jour, pour enterrer celle de la veille, et se plaignant depuis 1870
de ne pouvoir en enterrer davantage. Elle a créé des
plages où elle étale en liberté les toilettes les plus
inattendues et les plus excentriques. Elle a mis au pil-
lage tous les produits du monde. Elle les a utilisés
avec une grâce étonnante. Elle a tellement changé,
transformé et augmenté sa taille et sa beauté, qu'il
est difficile quelquefois de la reconnaître et de lui as-
signer le monde auquel elle appartient.

Les célibataires se livrent avec rage à cette étude, et
ne se plaignent pas trop de ce qu'elle leur coûte.

Madame de Rives présentait cette physionomie insaisissable de la femme rompue au jeu de la comédie
mondaine et des hasards de l'excentricité. Peu lui importait d'être prise pour une autre! Elle seule savait
ce qu'elle était et ce qu'elle voulait être.

Elle connaissait d'ailleurs le moyen de ramener à
elle les opinions égarées. Elle se croyait certaine du
bon goût de ses chiffons. Elle possédait le fier regard
qui voile la nudité du corsage et la maigreur des
épaules. Elle était grande dame quand elle le voulait
et autant qu'elle le voulait. C'était une femme aux
idées assouplies malgré la raideur de ses jupons blancs
et de ses petits cols d'homme.

Caroline admirait en elle la science du détail. Bon
nombre de femmes ajoutent un grand prix aux petites

6

choses. Elles fatiguent et dominent ainsi les esprits les plus sérieux, parce qu'il est difficile de les suivre dans les nombreux mystères de l'intonation, du geste, du regard, du sourire et de l'arrangement. Elles se sont créé une langue et un monde frivoles, à l'aide desquels elles gouvernent le monde grave, le vrai, qui n'a pas le loisir de s'arrêter aux légers détails de la route, mais qui les juge charmants ou stupides selon la mode adoptée.

La femme sait bien qu'elle est, selon son caprice, l'éternel obstacle, comme l'éternelle promesse, l'éternelle grâce comme l'éternelle extravagance.

Les Parisiennes connaissent l'emploi du temps. Au bout de vingt-quatre heures, madame de Rives avait étudié les ressources de Guériant.

Une habitation confortable, un parc remis à neuf, des paysages passables, une rivière impossible pour la navigation, des champs et des bois où l'on pouvait découvrir quelques lièvres et quelques lapins, et un village où vivaient en assez bonne intelligence un maire, un instituteur, un notaire, un curé.

— Quatre imbéciles, par conséquent, se dit-elle, des gens à ne pas voir. Ah! pauvre Caroline! il faut que je la sauve de tout cela!

Elle se hâta d'annoncer la visite prochaine d'un de ses amis, le duc de ***.

— Je compte également sur M. de Verry, dit-elle.

Frédéric et Marguerite se regardèrent avec surprise.

— Déjà des visites! pensèrent-ils.

Madame de Rives les examinait, elle se pencha du côté du jeune homme d'un air gracieux :

— Votre dévouement pour deux femmes tristes et ennuyées est un bel exemple à suivre, lui dit-elle.

Cette politesse, dont il démêlait mal le sens, gêna Frédéric.

— De la part de M. Guérin, c'est naturel, répondit Marguerite naïvement.

— Oh! très-naturel en effet! Je suis de votre avis. Seulement, j'ai trouvé qu'un seul dévouement pour trois femmes, c'était... c'était, reprit-elle, trop ou pas assez, comme vous voudrez.

Elle riait. Cette gaieté déplut à Marguerite et encore davantage à Frédéric. Rien de prude comme un homme amoureux devant la vierge qu'il aime.

Caroline ne se mêla pas à l'entretien, elle posa ses mains sur un piano ouvert, ébaucha une mélodie qui, sous ses doigts habiles, soupira une plainte émue, puis elle alla baiser au front madame de Rives comme une femme languissante que rien ne charme et ne ranime.

— Pauvre amie! s'écria celle-ci, comme vous avez besoin de moi!

De fait, pour une Parisienne, Caroline était à faire pitié.

Marguerite n'osa faire montre de sympathie pour la douleur de la jeune veuve; elle se sentait mise à l'écart, peu à peu, et repoussée avec son fiancé et ses chagrins qui valaient bien ceux de sa belle-sœur.

Le duc de... arriva le soir même et M. de Verry le lendemain.

On présenta le duc à mademoiselle Thérion.

C'était un fort bel homme de cinquante-cinq ans.

Dès le premier moment, il fit franchement la cour à la jeune fille. Il le fit avec tact, avec mesure et sans nul souci de rivalité.

Caroline continuant à traiter M. Guérin comme un simple ami, Marguerite ne pouvait rappeler sa qualité de fiancé à chaque nouvelle présentation.

Cela avait été possible une fois, et vis-à-vis d'une femme.

Elle supporta comme elle put les galanteries du duc, exquises dans leur forme, d'ailleurs. Frédéric seul en pouvait souffrir. Une femme, si jeune qu'elle soit, met aisément sur le compte de sa beauté les hommages qu'on lui adresse.

Marguerite s'y habituait comme à un langage aimable, quand Frédéric y puisait un sujet de rage froide. Sa physionomie sévère s'accentuait encore, ses yeux lançaient des éclairs, ses lèvres se serraient, contenant leurs paroles de peur d'en prononcer de terribles. Le malheureux capitaine se sentait devenir horriblement jaloux.

Jusque-là, Marguerite ne s'était occupée que de lui. Elle avait vécu uniquement des douces espérances de son amour, et tout à coup, un homme, presque un vieillard, autorisé par sa position, sa fortune, par les usages et les convenances mondaines, travaillait ouvertement, sous ses yeux, à la lui enlever!

La voix de Caroline vint couper ces réflexions juste à point; on eut dit qu'elle les devinait :

— Vous n'êtes pas en gaieté aujourd'hui, lui dit-elle.

On lui demandait de la gaieté quand on le torturait! Certes, c'était elle qui avait arrangé cette infernale combinaison! Et elle osait s'informer obligeamment de sa tristesse! Et elle n'avait pas peur qu'il éclatât!

Elle s'approcha de lui doucement et plus doucement encore lui dit :

— Vous n'êtes pas raisonnable... Nous causerons de cela avec Marguerite.

Ah! l'on causerait de cela, enfin! Ah! il n'était pas raisonnable! Mais qu'allait-on lui proposer? Quel appel ferait-on à sa sagesse?

Il regarda Marguerite, pour se rassurer et s'étayer de ce côté-là. Elle lui répondit avec ce beau sourire qui ne lui avait jamais menti.

Une minute après, Caroline eut l'occasion d'ajouter, sans que personne l'entendît :

— Et pas généreux.

Frédéric se tourna vivement vers elle.

— Et pas prudent devant le monde, continua-t-elle.

Le monde! le monde! toujours le monde! Mais il l'exécrait ce monde-là!

— Nous étions si bien entre nous! murmura-t-il pour l'imiter en trompant les oreilles des personnes présentes.

Le duc s'était emparé de l'attention des deux autres femmes par un récit plaisant, et s'inquiétait peu de la conversation de Caroline et de M. Guérin.

— Vous ne songez qu'à votre bonheur, et vous oubliez celui de Marguerite, puisque vous n'êtes pas en position de le faire; il serait mieux d'y renoncer.

— Y renoncer! répéta Frédéric en élevant la voix, y renoncer! C'est vous qui dites cela, madame?

Marguerite entendit, et sans savoir au juste ce dont il s'agissait, fit un mouvement pour échapper au duc.

— Laissons-les causer, dit celui-ci avec discrétion.

Forcée de rester, elle écouta d'une oreille.

— Prenez garde, Marguerite vous entend, vous ne faites rien pour la ménager; au fait, cela vous regarde, et je suis bien sotte de m'en mêler; vous n'avez nul besoin de mon consentement, et il est certain que je ne vous le refuserai pas d'ailleurs. Je vous avertis selon ma conscience. Elle se refuse à cette union qui ne peut être heureuse. Je ne la favoriserai donc pas. Je dois cela à Marguerite.

Cette petite tirade débitée à demi-voix et froidement, cet appel à la conscience irrita le jeune homme jusqu'à la colère.

— Mais vous en favoriserez une autre! demanda-t-il d'un ton sourd, l'œil fixé sur le profil du duc.

— Mon souci le plus cher est d'assurer convenablement l'avenir de ma belle-sœur.

Elle se leva, sans attendre la réplique, prête à sortir des lèvres de Frédéric. Elle alla vers le duc et son amie, comme pour s'occuper de ses hôtes en maîtresse de maison attentive. Marguerite, atterrée par quelques paroles saisies au vol, se leva aussi et alla vers son fiancé. Cela fit un déplacement très-naturel en apparence, et cela empêcha le jeune homme de s'élancer

vers le duc. Son regard plein de colère venait d'indiquer ce danger à madame Thérion. Elle essayait de
parer le coup.

Hors d'état de se contraindre, Frédéric dit à la jeune
fille, très-bas et rapidement :

— Il faut que je parle au duc, puis vous me direz
si vous voulez bien quitter le château avec moi.

Elle n'eut pas le temps de répondre. Un domestique
vint jeter le nom de M. de Verry dans le salon.

Elle serra la main de son fiancé en signe d'assentiment; mais avec la finesse des femmes elle profita du
mouvement que produisait l'entrée de M. de Verry
pour s'échapper avec lui sans s'inquiéter de ce qu'on
penserait.

M. de Verry se faisait toujours annoncer dès qu'il
entrait dans un salon, même dans la plus grande intimité. — C'est une prudence dont il est bon de ne se
départir en aucun cas, disait-il.

Caroline s'aperçut de la retraite de Marguerite et de
Frédéric. Le duc et madame de Rives réclamèrent la
jeune fille; mais la liberté de la campagne justifia
cette prompte sortie.

Les deux jeunes gens se dirigèrent vers le parc.
Dès qu'ils furent hors de portée des oreilles des domestiques, M. Guérin dit avec animation :

· — Il n'y a plus à douter ni à attendre, ma chère
Marguerite. Votre belle-sœur vient de me dire nette-
ment qu'elle refusait de participer à notre mariage.
Il ne dépend donc plus que de notre volonté.

— Vous oubliez M. Davelles.

— C'est lui qui nous oublie. Nous sommes à Guériant depuis quinze jours, et il y en a plus de huit que nous subissons la maussade compagnie de ces messieurs.

— M. de Verry parle chaque soir de son départ.

— Et chaque matin il n'y pense plus.

— Il attend peut-être que le duc et Madame de Rives soient disposés à le suivre. Ces trois personnages ne sont pas gens à rester ici, isolés.

— Ah! vous avez deviné cela! mais ils ne sont pas gens non plus à y rester sans autre attrait que quelques maigres parties de chasse, croyez-le, le duc surtout... celui-là abuse un peu trop de ma patience; mon intention est d'avoir aujourd'hui même une explication avec lui sur les intentions de votre belle-sœur.

— Les intentions de ma belle-sœur ne font rien aux miennes, que je sache. Vous mêlez inutilement le duc à ce qui nous intéresse. Vous m'avez parlé de quitter le château. Quels sont vos projets?

Marguerite, faible de santé, était très forte de caractère. L'énergie ne lui manquait jamais parce que sa pensée ne vacillait pas.

Frédéric, très exalté quand la passion parlait, n'en était pas moins accessible à l'impression que produisait cette droiture si calme et si résolue.

Sa colère tomba. A qui aurait-il pu en vouloir? Où donc était le rival? Elle ne pensait qu'à lui.

— Ma chère Marguerite, dit-il avec une humilité franche, vous serez toujours meilleure que moi;

J'avoue que ces hôtes importuns me désespèrent. Je devine qu'on cherche à m'éloigner de vous. Mais vous ne le souffrirez pas, et cela me suffit. Je ne désire qu'une chose : m'éloigner avec le titre d'époux en vous emmenant. Les jours de mon congé s'envolent comme des heures. Il sera bientôt trop tard pour conclure notre mariage avant la fin de ce congé, qui m'a été donné dans ce but par mes chefs. Il faut donc prendre un parti, si M. Davelles n'en prend pas un pour nous.

— C'est bien simple, dit Marguerite : je suis majeure et je ne possède que ma liberté : la voici.

Elle tendit la main à Frédéric qui la baisa avec transport.

— Arrangez-vous pour que notre mariage se célèbre dans quinze jours à Guériant. Vous avez sans doute les papiers et les autorisations nécessaires?

— Tout est prêt, signé, parafé.

— Il ne reste qu'à le déclarer à Caroline. Je m'en charge, dit-elle.

S'en charger et réussir était à peu près impossible, d'après ce que madame Thérion venait de dire à Frédéric. Marguerite ne l'espérait pas, mais elle croyait user d'un droit. Elle voulait affirmer sa volonté et prendre acte de sa situation. Les obstacles viendraient la heurter, mais non l'ébranler. On les franchirait comme on pourrait.

Il y a dans l'amour jeune des élans de vaillance qui ressemblent à de la témérité. On ignore comment on arrivera, mais on marche droit au but.

Rien n'eût été difficile, cependant, comme de vaincre un tout petit obstacle, le premier, le moins grave,
si madame Thérion l'eût voulu. Madame de Rives ne
la quittait jamais dès l'heure du déjeuner, et jusque-là,
Caroline, nous l'avons dit, dirigeait sa maison et gou-
vernait ses affaires. On eût été mal venu à l'interrompre
le matin, seule son amie avait ce privilége.

· Quand ces dames étaient ensemble, la conversation
ne tarissait pas ; on entendait leurs rires discrets, si
l'on passait près de l'appartement de madame Thérion. D'ailleurs, leurs appartements communiquaient
par une petite porte. A deux heures du matin, souvent, leurs fenêtres éclairées, quand tout reposait au
château, témoignaient du plaisir qu'elles éprouvaient
à prolonger la veillée.

Caroline gardait sa part d'inquiétude sous ce débor-
dement de bavardages et de confidences. Malgré son
amitié pour madame de Rives, elle n'avait pas encore
prononcé devant elle le nom de Maxime. Elle souriait
aux histoires comiques, aux projets galants de son
amie, aux conquêtes faites ou à faire. Madame de
Rives en voyait partout. Le duc sacrifié à Marguerite,
chose lestement convenue, les deux amies comptaient
se partager leur monde. Elles triaient les meilleurs
lots.

— Gardez votre liberté ! répétait madame de Rives.

Caroline approuvait ; elle songeait même à se débarrasser de M. de Verry, qui devenait trop pressant.
Depuis que le blond gommeux perdait l'attrait du fruit
défendu, il lui semblait perdre de ses séductions.

— Pourquoi l'avez vous engagé à venir? dit-elle à son amie.

— J'ai rêvé qu'il vous plaisait, n'en parlons plus et servons-nous-en pour faire contre-poids au duc. Ce sera difficile. Le duc est lourd, et M. Guérin ne demande qu'à le terrasser. Il tourne vers lui des yeux féroces qui le perceraient, s'ils pouvaient.

— Et Marguerite n'a l'air de rien comprendre! Elle est d'une tranquillité désespérante entre ces deux hommes. Si je ne la connaissais pas, je dirais qu'elle n'en aime aucun.

— Que voulez-vous qu'elle fasse? Ce n'est pas à elle à se débarrasser du capitaine. Vous devriez lui donner à entendre qu'il faut qu'il aille terminer son congé ailleurs.

Cette conversation avait décidé Caroline à parler franchement à Frédéric.

Ce qu'elle avait dit, cependant, ne lui paraissait pas suffisant, à moins que M. Guérin ne la prît au mot, et. cela lui semblait peu probable. L'amour-propre froissé l'engagerait seul à se retirer, et l'amour de Marguerite serait plus fort.

Cette rivalité entre le duc et le capitaine allait peut-être amener un éclat qui eût singulièrement contrarié les deux amies. Si elles se souciaient peu de M. Guérin, elles tenaient à ménager le duc qui, la chose dévoilée, aurait pu les accuser de l'avoir attiré dans un guet-apens. On ne l'avait nullement prévenu de la liaison de Marguerite et du jeune capitaine. C'eût été le décourager d'avance, car il n'était pas capable de se mettre en travers du bonheur de personne.

· Dans cette situation, nouée par elle, encore sous le coup de la crainte de Maxime, dont l'arrivée à Guériant pouvait d'un jour à l'autre compliquer ou briser ces fils tendus, madame Thérion désirait précipiter un dénouement.

Débarrassée de M. Guérin, elle avait un ennemi de moins, et, pour peu que Marguerite fût d'accord avec elle, par coquetterie ou par ambition, elle devenait bien forte.

Le duc était pour la jeune fille un parti magnifique, contre lequel il n'y avait vraiment, selon le monde, rien à dire. Est-ce que l'honneur du nom, l'éclat de la position et de la fortune, ne comblent pas aujourd'hui les abîmes de l'âge, même aux yeux de la jeunesse?

Il s'agissait de séduire Marguerite à l'aide de l'éternelle pomme d'or, ce fruit envié des filles d'Eve.

On l'attira mystérieusement, un matin, dans la chambre de madame de Rives, pour lui montrer des bijoux de Froment-Meurice, merveilles d'art plutôt que de luxe. Marguerite aimait les jolies choses, les objets de toilette, les bijoux, ces fantaisies délicates qui plaisent aux femmes et dont elles font, en les portant avec goût, une partie d'elles-mêmes. Elle prit un véritable plaisir à plonger les yeux et les mains dans les écrins de l'élégante Parisienne.

Quand on eut admiré, discuté la beauté et la finesse des pierres, de la monture, du travail, madame de Rives soupira.

— Ce n'est rien cela, dit-elle, j'espère que vous aurez mieux, chère Marguerite, vous nous éblouirez avant peu par vos diamants.

Elle ne fut pas surprise parce qu'elle ne voulait pas l'être. Elle était entrée chez l'amie de Caroline avec l'idée arrêtée de profiter de la première circonstance venue pour obtenir un entretien de madame Thérion sur le sujet qui l'intéressait. Elle ne tenait pas à se laisser détourner de ce point essentiel par des propositions oiseuses. Elle ne chercha même pas à comprendre.

— Est-ce que vous n'aimez pas les diamants? reprit madame de Rives.

— Moi! je les adore.

— Vous ne seriez pas femme, sans cela.

Et la tentatrice fit étinceler devant ses yeux ravis un collier superbe, rivière de brillants accompagnée de pendeloques magnifiques.

— Comme cela vous irait! dit-elle.

Suivant l'impulsion donnée, Marguerite passa le collier autour de son cou. Sur sa robe noire et touchant à ce cou frais et jeune, l'effet était éblouissant.

7

— Vous êtes trop belle! tant de jeunesse nous écrase, ma chère Caroline.

Caroline était en veine de modestie ce jour-là.

— Il n'y a pas moyen de lutter, remarqua-t-elle, avec la peau et le teint de Marguerite.

— Quelle belle mariée elle fera sur les marches de Saint-Thomas-d'Aquin!

— Je préfère me marier à Guériant, dit Marguerite.

— Vous demanderez l'agrément du duc, chère mignonne, je suis sûre qu'il n'aura rien à vous refuser.

Les natures franches ont des brusqueries de langage que le monde n'admet pas. Marguerite étouffa dans sa gorge les paroles qui lui montèrent aux lèvres, et, de peur d'exprimer trop bien sa pensée, se mit à rire. Ce rire forcé se traduisit par des secousses nerveuses et se prolongea malgré elle.

— Qu'as-tu? qu'as-tu donc? s'écria Caroline.

— J'ai, dit-elle, que vous me faites de la peine, tout en le sachant bien.

— Oui, dit bravement madame de Rives, elle le sait, et elle le fait parce qu'elle vous aime.

— Eh bien! si elle m'aime, qu'elle me permette d'être heureuse : il en est temps!

— Chère Marguerite! chère sœur! veux-tu nous écouter un peu? Nous voilà comme trois amies, bien seules. Nous n'avons rien à te défendre, moi pas plus que madame de Rives, à qui tu as inspiré en peu de jours une vive sympathie. Qui ne t'aimerait pas? Tu es si parfaite! si aimante! Oui, celui dont tu veux me parler t'aime, je n'en doute pas. Qu'est-ce que cela prouve? que tu le mérites, voilà tout! Le duc, qui peut choisir parmi les plus riches héritières de France, t'aime aussi à en perdre la tête, et, comme tu ne lui as jamais accordé un regard, son amour est encore plus désintéressé.

Marguerite cherchait à l'interrompre, elle ne le lui permit pas.

— Je t'entends, je te comprends. Tu es fiancée à M. Guérin. Il y a eu promesse de mariage entre vous à une époque où ce mariage était possible. Eh bien! il ne l'est plus aujourd'hui. Tu ne penses qu'à lui en l'épousant, et moi je pense à toi. Je ne le connais guère, au fait, cet ambitieux capitaine, et je ne suis pas tenue de le voir du même œil que toi. A mon sens, s'il t'était vraiment dévoué, il n'attendrait pas davantage, il se retirerait.

— Et pourquoi? demanda la jeune fille d'un air résolu, malgré l'émotion qui faisait trembler sa voix.

— Parce qu'il devrait préférer ton bonheur au sien. Il tient à t'épouser pour te condamner à une vie mesquine et presque misérable. Est-ce que tes doigts de duchesse se plieront aux travaux grossiers d'un ménage hanté par les soucis d'argent, les privations journalières dont on se lasse vite, en dépit de l'amour qui les fait accepter?...

— S'il était plus riche, s'il m'offrait un meilleur avenir, je ne l'aimerais peut-être pas autant.

— Adorable cœur!

— Adorable! répéta madame de Rives. Elle va au-

devant de son malheur avec une ingénuité ravissante ;
heureusement vous êtes là.

— Oui, mais comment l'arrêter ? Aidez-moi, mon
amie ; cette enfant m'effraye… que deviendra-t-elle,
toujours voyageant, emportant son ménage avec elle
comme on emporte sa tente au Sahara ? Est-ce une
existence, cela, sans fortune ? Il est vrai que Marguerite peut compter sur mon aide, au besoin…

Madame Thérion pesa sur ce mot.

— Je ne la refuserai pas, mais je ne vous l'ai pas
demandée, protesta la jeune fille d'un ton d'orgueil et
de fermeté absolue.

— Fière et folle, va ! tu me ressembles, et je t'aime !
Embrasse-moi. Ne repousse pas mes caresses, belle
dédaigneuse ! Voyons, entendons-nous. Tu t'obsti-
nes ?

— J'aime !

— Avec ce mot-là, on se perd… Enfin, cela te plaît,
soit ! Reste une question de savoir-vivre. Le duc ne
doit rien connaître de notre différend.

Il est mon hôte, je ne puis lui faire part de ton refus chez moi, ce serait le mettre à la porte. D'un autre
côté, M. Guérin ne garde aucune mesure. Il roule des
yeux furieux et provocants dès que le duc lui adresse
la parole. Cette situation offre un danger ; vous ne
voudriez pas, je suppose, ma chère Marguerite, être
la cause d'un duel entre vos deux prétendants ?

— Je n'ai jamais donné d'espoir au duc, ses prétentions ne me regardent pas. Cependant, je conçois
que je suis un sujet de discorde. J'engagerai M. Gué-

rin à faire à Paris les préparatifs de notre mariage, je rentrerai dans mon pensionnat en attendant, et je n'en sortirai que le jour de la célébration. De cette façon-là, le danger sera écarté.

Cette combinaison mettait à néant les combinaisons de madame Thérion, et par ce seul motif lui déplaisait singulièrement. L'orgueil parlait du reste très-haut à ce caractère dominateur.

— Est ce que je souffrirais cela ! Est-ce que je veux te voir marier ailleurs que chez moi ! Je parlerai moi-même à M. Guérin. Il doit avoir des dispositions à prendre, en effet. Il lui faut vingt-quatre mille francs d'abord...

Elle brûlait le terrain. Elle voulait être impitoyable.

— J'ai calculé que nos économies, les siennes, et quelques diamants de ma mère, sauvés d'un premier désastre, produiraient à peu près cette somme. Nous mêlerons nos ressources. Quand on est pauvre, on s'aide.

C'était presque un reproche. Caroline l'accepta comme un enfantillage. Elle tendit la corde jusqu'à la briser.

— Est-ce qu'il y a des à peu près dans les questions d'argent ? Et les frais généraux ? et ton installation ? et ton trousseau ? et mille choses ? Elle est superbe, vraiment ! Tu mériterais que je donnasse à M. Guérin la dot que je te destine, si tu te maries convenablement. Tu verrais que tu serais encore pauvre !

Elle avait lâché sa réserve, une promesse qu'elle comptait bien ne pas tenir. Le duc était assez géné-

reux pour reconnaître une dot qu'il ne toucherait
pas.

— Comme nous devons ennuyer madame de Rives!
dit Marguerite, qui regardait la discussion comme ter-
minée.

— Jamais, chère petite. Je serais si heureuse de
contribuer à votre bonheur ! C'est moi qui vous ennuie
avec mes sermons. Allez retrouver M. Guérin et lui
dire que vous triomphez.

— Nous irons ensemble ! s'écria Caroline. J'ai
encore une prière à lui adresser, c'est un dernier devoir.

Les deux belles-sœurs descendirent dans le salon du
rez-de-chaussée, lieu de réunion générale des habi-
tants du château. A cette heure matinale il était désert.

Le duc et Gabriel avaient été lancer leurs chiens
sur les traces supposées du gibier absent. Frédéric
terminait une promenade solitaire et rentrait à Guériant quand la châtelaine le fit demander. Il se hâta
de se rendre au salon, où elle l'attendait, et fut surpris
de l'y trouver avec Marguerite, les mains dans les
mains. Il respira. Sa poitrine était si oppressée depuis
quelques jours !

— Asseyez-vous, cher monsieur, j'ai de longues
excuses à vous adresser. Je vous prie de ne pas m'en
vouloir, j'ai essayé de vous enlever votre fiancée et je
ne l'ai pas pu !

Elle avouait, elle s'accusait, que s'était-il passé ?

— Madame...

— Ne cherchez pas à me dire des choses aimables ; vous me détestez, n'est-ce pas ?

Elle retenait toujours Marguerite ; mais elle regardait le jeune homme avec ces yeux qui l'avaient déjà ébloui une autre fois.

— Non, madame, non ! je vous jure !...

— Prenez garde au faux serment ! Eh bien ! mon cher Frédéric, vous l'emportez sur ma sagesse ; après cela, je suis une sagesse bien jeune !

— Et bien attrayante, madame, reprit-il, poussé sans savoir pourquoi à lui dire qu'il la trouvait belle.

— J'ai pensé que vous auriez des égards pour l'ennemi vaincu, en vaillant capitaine. Ceci doit se passer en famille, si vous m'en croyez ; sauf madame de Rives, qui s'intéresse aux amours de Marguerite, laissons partir les indifférents. En attendant, vous prendrez vos mesures ; vous avez sans doute des démarches à faire qui vous obligeront à nous quitter pour quelques jours ?

— Oui, madame, en effet, dit Frédéric, qui ne s'était pas attendu à tant de facilité.

Il pensait à l'oncle dont la bonne volonté mettrait peut-être à sa disposition la somme nécessaire pour compléter ses économies.

— Je croyais que tout était prêt ! fit remarquer Marguerite.

Ignorante du prix de l'argent dont elle avait manqué si peu de temps dans sa vie, ayant été d'ailleurs entourée de gens qui avaient pourvu plus ou moins bien à ses besoins, mademoiselle Thérion ne possédait aucune idée exacte de l'effet que ses maigres économies allaient produire dans l'emploi. Elle n'avait pas parlé à son fiancé de la vente de ses diamants qu'elle venait. du reste, de projeter à l'heure même dans le feu de sa discussion avec Caroline. Elle considérait cette idée comme un expédient qui suffirait à tout, et elle en était très-fière. Elle se proposait de surprendre son fiancé en lui remettant le prix de cette vente quand elle serait conclue. Elle ne se plaignit pas quand Frédéric lui répondit :

— Oui, ma chère Marguerite, tout est prêt, mais quand il s'agit d'un mariage, il y a au dernier moment beaucoup à faire.

Elle pensa qu'elle aurait le temps de se rendre à une ville voisine et d'y trouver un bijoutier acheteur.

Caroline était satisfaite, elle avait réussi à éloigner M. Guérin

Pour si peu de temps que ce fût, elle était bien résolue à l'employer à le séparer de Marguerite.

Ce capitaine entêté d'amour lui déplaisait de plus en plus. Elle se leva en disant :

— Nous aurons aussi à nous occuper de la toilette de l'épousée.

Elle se donnait d'avance un prétexte pour entraîner la jeune fille où elle voudrait, en l'absence de Frédéric.

Au moment où son mariage décidé ne lui laissait plus d'inquiétude du côté de Caroline, le souvenir de la promesse faite à M. Davelles revint à Frédéric comme un remords.

Emporté par sa jalousie contre le duc et les vives craintes qu'elle avait fait naître dans son esprit, il s'était senti poussé à brusquer la situation. Maintenant, l'accord produit, il se voyait de nouveau face à face avec la parole autorisée de Maxime, qui lui avait dit :

— Vous souffrirez de voir souffrir Marguerite.

Il arrêta Caroline qui se diposait à sortir du salon.

— Avant de m'éloigner, lui dit-il, même pour peu de jours, je tiendrais à faire part à M. Davelles de nos arrangements. Et comme il doit venir au château, j'attendrai son arrivée.

Caroline se retourna sèche et raide :

— Que vous importe sa venue ? si vous êtes absent, nous l'instruirons.

Elle reprit sa marche.

— Frédéric a raison, dit Marguerite. M. Davelles est le seul ami qui nous reste ; nous lui devons du moins de l'attendre pour le prévenir.

— Quels singuliers amoureux vous faites ! s'écria la jeune veuve avec impatience. Vous êtes pressés, et vous voulez attendre ; vous m'accablez de sollicitations, et vous refusez de jouir de votre bonheur dès que je cède à vos désirs. Je ne suis pas cependant aux ordres de vos caprices ; j'ai mes affaires et mes amitiés aussi. Celle de M. Davelles ne me paraît pas mériter l'intérêt que vous y attachez ; j'ignore les belles promesses qu'il a pu vous faire et les mensonges qu'il a pu vous dire ; mais je sais qu'un beau jeune homme, riche comme lui, ne s'amuse pas à perdre son temps pour une belle jeune fille pauvre.

Comme vous, je connais parfaitement les façons d'agir de M. Davelles. Je le connaissais avant mon mariage avec Auguste. Il m'a fait une cour acharnée autrefois, quand j'étais pauvre. J'aimais trop Auguste pour le recevoir chez mon mari, et je respecte trop cette chère mémoire pour l'attirer chez moi.

Rien n'était ferme et bien accentué comme le débit de Caroline. Elle persuadait par le seul accent de sa voix flexible, nous l'avons dit déjà, et achevait de convaincre avec le jeu de sa physionomie mobile et expressive.

Ce qui frappa Frédéric et ce qui ressortait de son discours, c'était le caractère donjuanesque qu'elle prêtait à Maxime.

Son intérêt pour la sœur d'Auguste se trouvait si facilement expliqué de la sorte ! Cependant, saisi par cette explication inattendue, Frédéric se taisait, s'étonnant que son instinct jaloux lui eût révélé d'avance ce danger. La jeune fille dédaigna cet avertissement.

—M. Davelles est un ami que j'estime, protesta-t-elle.

Ne voulant pas même entendre ce que Caroline allait répliquer, elle sortit précipitamment.

— Les anges sont ainsi ! remarqua madame Thérion. Ils jugent les faiblesses humaines du haut de leur candeur.

L'incident semblait vidé, et assurément le coup était porté, quand Marguerite rentra rayonnante au bras de Maxime Davelles.

— Voilà l'ami que je vous amène, dit-elle.

Ce fut d'un effet encore plus frappant.

XI

Caroline recula et pâlit. Devant cet homme qu'elle accusait tout à l'heure nettement, elle chercha à s'enfuir.

Frédéric, au contraire, la tête haute, s'avança pour jeter au visage de Maxime, avec sa loyauté d'homme, l'accusation qu'elle avait lancée dans sa perfidie de femme.

Il ne s'aperçut pas du trouble affreux de madame Thérion, ce trouble qui la vendait.

Maxime écarta d'une main Frédéric en lui disant :

— Nous causerons tête à tête dans un moment.

Impassible, selon son habitude, il poursuivit Caroline, qui reculait encore sous son regard fixe arrêté sur elle.

— J'ai à vous parler tout de suite ! s'écria Frédéric.

Maxime n'eut pas l'air d'entendre. Il se rapprocha de la maîtresse de la maison, et gracieusement lui offrit son bras pour la conduire vers un canapé.

Marguerite s'empara également du bras de Frédéric.

— Il t'a dit : Dans un moment. Viens !

Elle ne lui permit ni de répondre, ni de résister. Elle l'entraîna.

Frédéric la suivit dominé par sa chère influence, mais bien résolu à reprendre au passage M. Davelles quand il sortirait du salon.

Devina-t-elle sa résolution?

Il est certain que ses yeux aimés et connus révé-
lèrent à leur insu une partie de leurs intentions. Elle
ne le quitta pas, et, ne pouvant se décider à s'éloigner
franchement, en attendant la fin de l'entretien de
Caroline et de Maxime, elle se promena avec lui au
dehors, devant les fenêtres fermées où il avait lieu.

Cette agitation de la marche contint l'agitation
morale du jeune homme. Il se sentait singulièrement
blessé de la conduite de Maxime à son égard. Il s'in-
dignait à la pensée qu'on eût cherché à se jouer de sa
franchise et de sa crédulité. Il se voyait déjà bafoué,
trahi. Son honnêteté de soldat, un peu ombrageuse,
n'admettait aucun détour. Étant même donné l'amitié
de Maxime, il ne souffrait pas que cette amitié égarât
un seul de ses regards sur sa fiancée.

Quoi! parce qu'il était beau, riche, puissant, cet
homme lui accorderait son amitié protectrice, comme
une grâce des grands seigneurs d'autrefois! Son sang
plébéien se révoltait à cette pensée. Mille folles imaginations se heurtaient dans son cerveau. Le purita-
nisme inflexible des amours absolus lui soufflait la
haine de Maxime. M. Davelles eût-il toujours respecté
sincèrement sa fiancée, il lui en voulait d'aimer les
jolies femmes et par conséquent de la trouver belle.
Cela lui semblait suffisant pour constituer une offense
de sa part et de la part de tous ceux qui oseraient
lever les yeux sur cette femme choisie et vénérée. Les
amours vrais ont de ces rages absurdes.

M. Guérin était très-jaloux, parce qu'un grand

amour n'existe pas sans une grande jalousie. Son naturel et les circonstances y contribuaient sans doute. Rendu défiant par la recherche du duc, humilié de se trouver au-dessous, par sa position, des hommes qui entouraient sa fiancée, il souffrait profondément, et sa souffrance se traduisait en irritation.

Mettons aussi cette irritation sur le compte d'une ardeur de tempérament entraîné par la chasteté d'une passion aussi pure qu'absorbante et qui se faisait jour à la première occasion.

Les jeunes filles élevées bourgeoisement et vertueusement, comme Marguerite, ne comprennent pas toujours ces élans impétueux du cœur qui bat pour elles dans une poitrine d'homme. Les belles Parisiennes se font un jeu de les comprendre et de ne pas en avoir l'air ; mais elle possédait l'intelligence du cœur et elle n'était pas Parisienne.

En plein soleil, entre l'habitation aux fenêtres ouvertes, aux volets déployés, et le parc riant encore sous les volées des feuilles mortes, elle jeta ses deux bras autour du cou de Frédéric.

— J'en ai le droit, dit-elle en se cambrant pour mieux l'attirer et le dévorer des yeux : je vais être ta femme.

Le jeune homme étouffa un cri de rage ou d'amour, il ne savait au juste ; il pressa d'un baiser rapide, fort, les belles lèvres qui s'offraient à lui, et, plus effrayé qu'elle, il vit au bout de son regard briller, entre deux arbres, sous un rayon blond, une tête blonde.

C'était M. de Verry qui rentrait bredouille.

— On vient! murmura-t-il éperdu.

— Qu'importe! dit-elle, je t'appartiens!

Et, sublime d'audace, elle resta suspendue à son cou assez de temps pour lui rendre son baiser.

Le duc suivait M. de Verry lentement. Ils passèrent à deux pas des fiancés, le premier sifflotant un air de chasse, le second un peu courbé, tous deux avec leurs carniers vides, leurs costumes de chasseur en parfait état et l'esprit à mille lieues de ce qui venait de se passer.

— Nous n'avons fait qu'une promenade, dit M. de Verry en saluant.

— Je ne sais décidément pas chasser le petit gibier, dit le duc.

Ils montèrent chez eux s'habiller.

Qu'importait à M. Guérin les petites vanités de ces deux hommes? Aimé, préféré à eux, à tous, il était certain de satisfaire sa grande vanité... lui.

Le baiser de Marguerite ne l'avait pas tant rassuré qu'il l'avait élevé. Il venait de boire la première goutte de ce vin enivrant. Il s'en était déjà grisé et il avait encore soif. Il regardait d'un œil jaloux et terrible la coupe remplie pour lui seul.

Cependant Maxime avait fait asseoir Caroline. Il était resté repectueusement debout.

Se voyant seule avec lui, elle reprit un peu courage. Elle était débarrassée de Frédéric, ce brutal, pensait-elle, prêt à répéter, sur l'heure, ses accusations. Elle se flattait de les retourner contre lui, au besoin.

Et puis, c'était le moment d'en montrer du courage,
quand même. C'était le moment où M. Davelles allait
dévoiler ses intentions. Sans cela pourquoi serait-il
venu? Séparés, désunis depuis dix années, quel motif
à ce rapprochement?...

Le passé lointain, le passé de l'enfance et de la jeunesse, ne l'avait-il pas oublié?...

Était-il capable d'oublier, ce beau jeune homme
aux sourcils noirs, au masque énergique? Le pouvait-
il d'ailleurs quand un nouveau sujet de haine s'ajoutait
à l'ancien?

Mais tenait-il sa vengeance ou la cherchait-il?

Là était le point, le doute.

Avait-elle des moyens de salut? lui accorderait-il
quelque répit?

Elle avait étudié sa situation, songé à sa défense,
réfléchi, trouvé même des arguments, des moyens, et,
dans cette minute précise, elle les jugeait mauvais,
pitoyables!

M. Davelles l'examinait avec attention, tranquillement, à l'aise, de la façon d'un homme qui, sûr de lui,
prend son temps.

Cet examen la gênait. Elle voulut justifier cette gêne.

C'était aussi justifier sa fuite du premier moment.

— Comme je vous reçois mal! dit-elle. Excusez-moi.
Nous avions avec M. Guérin une conversation... très-
sérieuse. C'est un drôle de garçon! il entend si mal
les choses!

— Peut-être.

— Asseyez-vous, je vous prie.

— Volontiers.

Docilement, il prit une chaise et l'apporta près d'elle. Il s'assit, ôta un gant, celui de la main droite. Il la posa sur son pantalon brun et courba son buste, selon l'attitude d'un auditeur bienveillant.

Sur le vêtement sombre la main se détachait blanche et si bien dessinée, que Caroline la remarqua. Elle jeta un coup d'œil indifférent sur sa personne. Il était parfait non-seulement de rectitude, mais de cette force qui éclate chez l'homme complet comme une grâce. Rien de féminin, rien de grossier, rien de rude, rien que l'inflexible volonté du regard.

Au bord des paupières, le velours des cils noirs traçait cependant la ligne courbe des yeux passionnés. Cette ligne harmonisée avec l'arcade sourcillière et la prunelle ardente représentait les voluptés et les colères contraintes ou débordantes de ce puissant caractère.

— Peut-être, avez-vous dit?

Elle eut une expression d'insouciance. Réagir contre l'impression qu'il lui produisait, c'était beaucoup pour elle.

— Au fait, cela ne me concerne pas, s'il est inquiet, jaloux et agressif pour tout le monde. Cette pauvre Marguerite a choisi là un rude amour.

— On ne choisit pas l'amour, il nous choisit, madame; vous le savez bien.

Et de nouveau il la courba sous son œil pénétrant.

— Cependant... reprit-elle en essayant de relever la tête.

— Ne luttez pas contre lui, ce serait inutile... Ne luttez pas contre moi, ma chère cousine.

Il osait rappeler leur parenté, il évoquait près de Caroline Thérion le souvenir de Maria du Béran, de celle qui avait été dédaignée et maudite? C'était certainement le signal de sa vengeance, et elle devait s'attendre à tout.

Il rapprocha sa chaise du canapé, elle recula instinctivement.

Il étendit le bras pour l'atteindre.

— Donnez-moi votre main, ma chère cousine, reprit-il.

Refuser, elle en eut envie, elle n'osa. En l'accordant, elle s'efforça de ne pas trembler. Il la retint captive.

— Ne pensez-vous pas, dit-il, que cette petite main est capable d'attirer et d'accaparer tous les amours?

Éloge ou blâme, elle voulait répondre, et elle cherchait ses paroles, elle, si vaillante à la repartie. Elle s'indigna contre elle-même et se lança dans la voie ouverte par un effort de bravoure :

— Non, dit-elle. Si j'avais eu cette vanité, vous me l'auriez enlevée depuis longtemps, mon cher cousin.

Elle secoua sa belle tête pour rejeter en arrière les boucles de cheveux qui descendaient sur son cou. Dans ce mouvement, elle se dégagea et se redressa sans affectation. Elle se posa franchement en face de Maxime comme une femme qui ne doute pas d'elle, malgré sa modestie.

— Vous êtes dans l'erreur, aujourd'hui surtout, et grandement, car c'est pour vous que je viens.

Cette affirmation cachait sans doute un affreux double sens.

— Et pour Marguerite! dit-elle en souriant.

Elle dédaignait sa frayeur, et sa frayeur la regagnait.

— Je suis dévoué en effet à mademoiselle Thérion.

— C'est ce que je disais à Frédéric. Encore une chose qu'il a mal comprise.

« Ah! si je réussissais à les diviser! » pensait-elle.

— Que peut-il mal entendre? nous nous sommes parfaitement expliqués à ce sujet.

Elle s'en doutait, elle fut satisfaite de savoir à quel point ils s'entendaient.

— Ceci, madame, est une question secondaire, reprit Maxime; revenons à la principale, à celle qui m'amène.

Qu'allait-il dire? qu'était cette question principale? Il y en avait plus d'une de grave pour elle. Non! Il n'y en avait qu'une! celle dont M. de Verry lui avait parlé, un soir, à Baréges, ce soupçon qui l'épouvantait... ce soupçon qui, doublé de haine, pouvait la faire descendre au rang des criminels.

— Je viens, continua-t-il avec un calme qui lui parut redoutable, vous apporter quarante millions et votre secret.

— Mon secret? balbutia-t-elle, effarée, stupide.

C'était cela! plus de doute! quelle honte! et cela lui arrivait à elle! et ce serait encore plus horrible, si la main de la justice effleurait seulement un pan de sa robe!

Elle oubliait les quarante millions, ce chiffre attratif.

— Votre secret, c'est mon excuse, c'est un de ces amours involontaires dont je vous parle, dit-il.

— Oh! murmura-t-elle de plus en plus atterrée.

Elle attendait le nom de M. de Verry, ce caprice blond qui ne la charmait plus et qui, sans doute, la perdait.

Et il était au château! Elle aurait dû fuir Gabriel, Maxime, Frédéric, le monde entier. Mais les coupables seuls fuient. Elle était innocente! Elle le prouverait! Est-ce qu'elle était faite pour une pareille situation? pour une pareille honte? Est-ce que.....

Sa pensée devenait chaos, les idées contraires se choquaient dans sa tête. Sa terreur la trahissait. Elle le sentait.

— Je n'ai pas de secret! s'écria-t-elle.

Elle avait pu nier. Elle se leva, elle étouffait, il lui fallait de l'air.

— Je n'ai pas fini, remettez-vous, asseyez-vous, veuillez m'écouter.

Elle obéit, se jugeant sotte. Il accentua et précipita ses paroles.

— Il y a longtemps de cela, et vous n'y voudriez plus songer, et vous espérez l'oublier, l'étouffer! On n'étouffe pas l'amour, ce principe de l'être. On n'oublie pas les rêves de la passion, ce principe de la jeunesse. On les éloigne, on les dédaigne, et plus tard ils reviennent : échéance joyeuse ou terrible, vous direz comme moi, madame: Il y a longtemps que vous m'aimez!

Elle l'aimait, elle? Elle bondit! Elle fut debout en même temps que lui, car il se leva aussi vivement. Ils se trouvèrent face à face, l'un près de l'autre, les yeux étincelants, la bouche entr'ouverte, elle par l'indignation, lui par un sourire.

Il maintint son regard fixe et brillant à la hauteur du sien.

— Vous m'aimez! reprit-il avec assurance; malgré le passé et les souvenirs qui vous engagent à me haïr; malgré mon caractère qui vous porte à vous défier de moi, et malgré mes quarante millions.

Il pesa sur ce chiffre. Il l'éblouit. Distraite de sa frayeur, elle pensa qu'elle n'aurait jamais dû s'en faire un ennemi.

— Je ne prétends pas vous haïr, dit-elle, et je prétends ne pas aimer...

— C'est un de ces amours fatals qu'on n'appelle pas, mais qu'on subit.

Elle restait immobile, fière encore, soutenant son rôle et recommençant à espérer qu'elle le soutiendrait jusqu'au bout.

Il l'attaquait justement du côté où elle se croyait invulnérable.

— Quel jeu jouez-vous? dit-elle. Je porte le deuil d'un amour à peine refroidi et d'un homme que vous aimiez.

Elle faisait de la dignité, elle reprenait l'offensive, mais quel souvenir elle avait éveillé!...

— Je ne l'oublie pas, dit il, c'est ce qui m'enhardit. Le mort que nous regrettons et que nous regretterons ensemble toujours a permis, a même ordonné l'union que je veux contracter avec vous. Il vous a léguée à moi. Et ce legs est aussi indiscutable que le testament par lequel il vous a laissé sa fortune, parce que je l'ai accepté des mains du mourant, parce que j'ai juré au cadavre qu'il serait accompli, parce que ses os disjoints aujourd'hui se choqueraient de désespoir, dans l'ombre du caveau, s'il ne l'était pas !

Elle sentit un léger frisson, comme une brise de la tombe. Il y eut une pose qu'elle ne chercha pas à interrompre.

— Parce qu'enfin, reprit-il, il vous fait vraiment riche. Riche! et riche de quarante millions!

Était-ce possible?

Comment! cette dernière volonté d'Auguste qu'elle avait tant redoutée était un legs d'amour?

Elle murmura :

— Ces choses-là se lèguent-elles?

— Cela dépend des droits qu'on a sur une femme, dit Maxime hardiment. Vous devez savoir à quel titre Auguste pouvait disposer de vous?

Il fit un pas, il la touchait presque. Sous son œil vif, elle resta fascinée.

« Auguste lui a tout dit ou tout avoué, » pensa-t-elle.

Il reprit:

— Pour moi, je ne veux savoir qu'une chose aujourd'hui : c'est que vous m'appartenez!

Et, subitement, il l'enveloppa de ses bras et l'étreignit.

Elle eut un cri.

Ce cri, il l'étouffa de sa main gantée, sans presser ses lèvres.

— Je vous veux! dit-il.

Ses bras de fer liés autour de sa taille la renversèrent malgré sa résistance. Elle sentit qu'il était très-fort physiquement et qu'elle ne gagnerait rien à se débattre. Et puis elle avait moins peur sans savoir pourquoi. Elle était chez elle d'ailleurs; elle se disait qu'elle n'avait qu'à appeler et qu'elle serait forte moralement devant l'agression.

Peu soucieux de la colère qu'il lisait dans son regard, il l'emporta comme une enfant et la replaça sur le siége qu'elle avait quitté.

Il l'y replaça tout en la maintenant.

— Vous me faites violence, monsieur! protesta-t-elle.

— Non! Vous m'aimez!

Il glissa à ses genoux sans l'abandonner.

Il pencha sa tête sur la poitrine de la jeune femme que soulevait une respiration agitée. Il approcha doucement ses lèvres de ses lèvres et ses yeux de ses yeux.

— Es-tu belle! lui dit-il.

Il employa l'accent d'une admiration profonde, si profonde que sa voix en fut légèrement voilée...

— Et cependant, ajouta-t-il, je te jure de te respecter toujours!

Il détacha ses mains nouées autour de sa taille et dégagea ses bras sans se hâter.

Elle se laissa faire et, ne le sentant plus près d'elle, elle ne respira pas, elle souffrit.

Elle souffrit par suite d'une sensation qu'elle n'avait pas encore éprouvée et qui avait fait vibrer son être au contact violent de cet homme jeune et beau. Forcée de voir cette tête mâle, de sentir ce corps souple, ferme, cette chair de marbre comme la sienne, ces proportions sculpturales, cette bouche dédaigneuse et cet œil encore plus velouté et plus magnétique que le sien, elle en avait été remuée, elle que rien ne remuait quand elle voulait rester insensible.

— Vous voulez que je sois votre femme? Vous voulez avoir le ridicule d'aimer votre cousine? dit-elle, moitié railleuse, moitié vaincue.

Il ne répondit pas directement.

Il l'obligea à se relever.

— Acceptez mon bras, dit-il, et venez. Allons annoncer notre mariage à votre monde, sur-le-champ. Car vous devez avoir du monde au château?

— Oui, des importuns, dit-elle en pensant avec inquiétude à M. de Verry.

— N'importe! ce sont vos hôtes. Permettez-moi de leur présenter madame Davelles, baronne d'Ostanges, comtesse de Neubourg.

Ces titres résonnèrent à l'oreille de la jeune femme comme l'appel du clairon à celles d'un cheval de race.

Elle fut conquise; mais elle eut le bon sens de se retenir.

— Et mon deuil? dit-elle.

— Vous avez raison, je suis si heureux que j'oubliais...

Maxime n'oubliait que ce qu'il voulait paraître oublier.

Il continuait à l'envelopper de son regard et à la soumettre à l'attraction de son pouvoir magnétique. Il tenait son bras sous le sien, sa main prisonnière dans ses doigts, et s'avançait vers la porte qu'il franchit avec elle.

— Nous n'annoncerons pas notre union à votre belle-sœur; elle s'étonnerait peut-être de cette résolution si proche d'une tombe. Laissons-la s'habituer à notre entente; l'heure de l'instruire viendra d'elle-même.

Elle approuva; elle ne tenait pas à soulever trop de questions à la fois; il y en avait encore de pendantes.

Ils eurent bientôt retrouvé Frédéric et Marguerite.

M. Davelles gardait madame Thérion à son bras. Bienveillant et empressé, il s'approcha de la jeune fille.

— Nous sommes d'accord, madame et moi, dit-il d'un air heureux, tout à fait d'accord.

— Certainement, appuya Caroline du même air.

— Madame me retient au château; belle fiancée, accordez-moi le salut de bienvenue.

Il lui serra la main, à l'anglaise, et gaiement se pencha à son oreille.

— Vous serez bien heureuse! lui dit-il. Et plus haut la désignant à Frédéric:

— Cette joie la fait rougir, elle est adorable!

Mélange de naïveté audacieuse et de pudeur fière,

Marguerite ne possédait pas ce front immuable de la femme bronzée au feu de la rampe mondaine.

Elle pâlissait et rougissait facilement.

Frédéric ne s'habituait pas à la voir changer de couleur, les plus légères émotions de ce cœur naïf avaient leur écho dans le sien.

Mal disposé comme il l'était par son accès de jalousie, il interpréta d'une façon fâcheuse le ton joyeux de Maxime et l'influence qu'il exerçait sur sa fiancée.

« Caroline a dit vrai, cette fois, pensa-t-il; elle-même semble déjà séduite. »

— Je désirerais vous parler, dit-il à M. Davelles.

— Moi aussi, répondit Maxime. Madame Thérion voudra bien m'accorder ma liberté jusqu'à l'heure du dîner.

Caroline s'empressa d'accéder à cette requête. Elle se crut tout à fait sauvée. Elle avait le temps de renvoyer M. de Verry.

Les deux femmes rentrèrent au château.

———

XII

Maxime était vraiment satisfait. Il avait obtenu de madame Thérion la chose la plus importante à son point de vue: son consentement à leur mariage; la plus difficile peut-être: maîtriser les sentiments d'une femme, et d'une femme comme Caroline, n'est pas chose aisée.

L'épanouissement de son visage marquait cette satisfaction réelle. Chez cet homme habituellement grave la joie frappait. Sa physionomie cependant revêtait des douceurs étranges. L'ironie reparaissait au fond. C'était la douceur et la joie des dominateurs, de ceux qui peuvent, de ceux qui savent, de ceux qui rient quand ils n'ont plus de larmes, et qui se vengent quand ils ont pleuré.

Cet air de satisfaction persistante déplut à Frédéric.

— Qu'avez-vous décidé? lui demanda-t-il.

— Tout.

— En effet, c'est vous qui réglez tout ici, et nous sommes soumis à votre agrément.

Le ton légèrement agressif qu'employa M. Guérin tomba sur la joie de Maxime et l'abattit. Devenu glacial, il répondit :

— Oui, puisque c'est indispensable.

— Vous me l'avez dit : il vous faut des aveugles. Mais s'il ne me convenait pas de l'être?

La mauvaise humeur de Frédéric nota ces paroles. M. Davelles ne s'en montra ni surpris ni inquiet. Il resta froid ; sa froideur était une partie de sa force.

— Ce sera comme vous voudrez, répondit-il.

— Je vous annonce alors mon prochain mariage ; il aura lieu dans un mois. Je suis las de disputer ma fiancée aux désirs et aux audaces de ceux qui l'entourent.

Maxime marchait en écoutant Frédéric d'une façon
paisible. Sa haute taille se mouvait avec le noncha-
loir des hommes très-grands. Il y avait de l'abandon
dans sa démarche et de l'insouciance dans son attitude.
Sur ses lèvres un sourire. Ce sourire irrita encore
Frédéric.

— Ce que je vous dis vous met en gaîté, à ce qu'il
paraît?

— Non, cela me rappelle le souvenir d'un homme
très-amoureux et très-jaloux. Pour se guérir il prit
deux épées, en offrit une à son rival, et se fit mettre
trois pouces de fer dans la poitrine comme un maladroit.

— Monsieur! interrompit Frédéric, prenant le mot
pour lui et l'histoire comme une allusion détournée.

— Ce maladroit, c'était moi, acheva Maxime sans
remarquer l'interruption. Je vis la mort de très-près
à la suite de ce beau coup d'épée; et, depuis, je ne
passe pas deux jours dans une ville sans aller m'exercer à la salle d'armes. C'est une bonne précaution. On
est moins tenté de chercher querelle aux gens quand
on est à peu près certain de les tuer. C'est au moins
l'effet que cela m'a produit. Cependant, on ne peut
toujours éviter une rencontre; dans ce cas, si le
motif est sérieux, je connais un moyen d'en finir très-
vite.

Maxime captivait l'attention de M. Guérin. Laissant
gronder sa colère, Frédéric attendait le moment d'é-
clater. Il tenait à savoir comment on le prenait.

— Je vais vous montrer cela. Ma voiture attelée

m'attend dans l'avenue. J'y ai deux paires de pistolets : l'une est chargée, l'autre ne l'est pas. Vous choi-
sirez, au hasard, une arme dans chaque paire, ce qui
fera deux pistolets dont l'un sera chargé et l'autre ne
le sera pas. Nous irons les essayer dans la campagne ;
ici, nous effraierions ces dames.

De quel essai parlait-il? Y aurait-il des poitrines pour
cible?

Ils trouvèrent la voiture à quelques pas.

— Montez, dit M. Davelles.

Frédéric avait autant de courage que de jalousie. Il
monta. Les deux adversaires s'assirent chacun du côté
opposé. La voiture roula. M. Guérin affecta le silence.
Maxime le rompit.

— J'ai aussi un mariage à vous annoncer, dit-il, le
mien, avec madame Thérion.

— Vous épouseriez Caroline! s'écria Frédéric au
comble de l'étonnement.

— Ne vous ai-je pas dit que votre fiancée avait décidé de ma vie? c'est de cette décision-là dont je par-
lais. Sans elle, je n'aurais peut-être pas eu le courage
de la prendre. Il faut que la pureté des innocents vous
donne la force de punir les coupables.

— Mais alors, reprit Frédéric, alors.... je ne comprends plus. Elle vous haïssait : vous avez donc un
philtre ?

— Oui, dit négligemment Maxime.

— Vous possédez l'art de séduire les femmes?

L'amertume remontait aux lèvres de Frédéric.

— Oui, j'ai quarante millions.

— C'est affreux ! ce que vous dites.

— Affreux comme la réalité.

— Est-ce que vous pensez cela de toutes les femmes ? demanda M. Guérin, toujours poussé par sa passion jalouse.

— Non, il y a des anges qui savent aimer, mais on n'en trouve guère de notre temps. Votre fiancée est un de ces anges ; elle mérite le bonheur, et la fortune en plus ; elle les aura. Elle a condamné ma vie, sans le savoir, à une œuvre terrible. J'avais la mort d'Auguste à venger, je connaissais le véritable auteur de cette mort, je pouvais le déshonorer, le perdre ; mais il fallait pour cela ne ménager personne, et les éclaboussures de son déshonneur seraient peut-être retombées sur la robe de noces de Marguerite Thérion. J'ai eu peur pour elle. Marguerite vivra en paix, heureuse à votre bras. Elle verra mourir Caroline sans se douter de rien.

— Comment!... Caroline ?... Ah, vous m'épouvantez !

— Vous ne voulez pas être aveugle, ayez le courage de regarder. Je ne vous demande pas d'avoir celui de vous taire, je suis sûr de votre silence...

— Caroline serait ?...

— Un assassin ! Non peut-être comme vous l'entendez. Elle a tué Auguste, comme elle tuerait votre fiancée, si vous et moi n'étions pas là. Cette femme a le génie de la passion, haine ou amour. Elle agit de telle sorte, que nul ne peut l'accuser et que la justice légale ne peut l'atteindre.

Je lui dis la mort de la première, de la seule femme
que j'aie aimée, et le coup d'épée dont je viens de
vous raconter l'histoire. Si j'avais eu le temps de prévenir Auguste, il ne l'aurait jamais épousée. L'éclairer
après, c'était impossible, parce que c'était le briser;
et j'espérais d'ailleurs qu'elle n'aurait aucune haine à
exercer sur lui. Elle avait mieux, les excès, les folies
de l'amour. Le caractère et les caprices de cette
femme ont des abîmes. Je ne la connais pas, moi qui
vous en parle et qui devrais la connaître si bien!

C'est une cruelle étude à laquelle je vais me dévouer avec zèle. Savoir jusqu'à quel point elle est
coupable, jusqu'à quel point la loi de compensation
et de justice doit peser sur elle, telle est ma tâche.

— Et c'est pour la remplir que vous en faites votre
femme?

— Le mariage est le seul droit légal qu'un homme
puisse avoir sur une femme, droit de vie et de mort
pour celui qui sait en tirer parti.

— Vous m'effrayez. Votre conscience vous autorise-
t-elle à en tirer ce parti-là?

— Préférez-vous que je livre à la publicité le peu
de preuves que je puis avoir contre cette femme, au
risque de salir le nom que porte votre fiancée? Il en
est temps encore.

— J'aimerais mieux... dit Frédéric hésitant.

— Non! laissez passer la puissance, la justice de
l'or, c'est la mienne, il le faut : j'ai juré à Auguste
mourant qu'il serait entièrement vengé. Pour cela je
veux connaître parfaitement la coupable; nul n'est

infaillible... Si je me trompais! si elle était moins infâme que je ne le suppose, si elle n'avait trahi que moi, j'aurais bien moins le droit de la punir.

— Vous vous accordez donc, dans certains cas, le droit de remplacer par votre justice privée la justice légale et publique?

— Oui, dans les cas où celle-ci est impuissante et à la condition d'être plus juste qu'elle. Il y a tant de coupables qu'elle n'atteint pas ou qu'elle atteint mal! Il y a tant d'erreurs judiciaires et de crimes inconnus! Il y a tant de criminels honnêtes, si je puis m'exprimer ainsi, et sur lesquels elle n'a aucune action! Tant de criminels qui se font illusion et qui se croient innocents parce qu'ils n'emploient ni le fer, ni le poison, ni aucun moyen matériel pour se débarrasser de leurs victimes! Ils tuent avec élégance.

— Si vous admettez cela pour vous, il faut l'admettre aussi pour votre voisin, pour vos ennemis comme pour vos amis, pour tout le monde, en un mot; la justice n'est digne de ce nom que lorsqu'elle est la même pour tous.

— Je n'ai pas la prétention de refaire le Code à mon usage. Je me trouve devant un cas exceptionnel et hors la loi; j'agis en conséquence, d'après le sens loyal de ma pensée et de ma nature.

— Que chacun de nous en dise autant, et chacun se croira autorisé à se faire justice soi-même.

— Me donnez-vous tort? et prétendez-vous défendre l'accusée? dit Maxime.

— Non, mais je suis intéressé à sa condamnation, et

mon silence vous la livre... C'est une femme, et...

— C'est une femme ! interrompit Maxime avec un
accent de raillerie, un être faible, voulez-vous dire ?
Non ! un être lâche ! Ah ! parce que c'est une femme,
elle se servira de sa main mignonne, elle se servira de
ses yeux de sirène et de ses dents de tigresse ; elle
mentira, mordra, déchirera, et nul n'aura le droit de
s'en défendre et de la mettre hors d'état de nuire !
C'est une femme ! Un barbare seul s'attaque à une
femme. Voilà ce que vous pensez ? Eh bien ! soit. C'est
de la barbarie comme le cas de légitime défense.

N'était-ce pas de la barbarie, et de la barbarie pous-
sée jusqu'au raffinement, lorsqu'elle tuait avec un baiser ? De la barbarie civilisée, d'accord. Croyez-vous
qu'il y ait une grande différence entre un civilisé et
un sauvage ? Il y a ceci : le sauvage tue en plein soleil,
en pleine colère, en pleine passion, parce qu'il ne
rougit pas de sa haine ni de sa vengeance : le civilisé,
sans haine et sans colère, tue dans l'ombre, parce
qu'il a peur du gendarme !...

M. Davelles retenait sa voix trop vibrante, ce n'était
plus l'homme glacé du début de l'entretien. Sa lèvre
sculptait la pensée, son œil lançait la flamme. Son
geste contenu crispait sa main nerveuse sur les coussins
de sa voiture. En finissant, il donna l'ordre de s'arrêter. Il désigna à Frédéric une boîte longue placée à
côté de lui :

— Les pistolets sont là, dit-il : choisissez.

Il descendit le premier. A terre, il se dressa de toute
sa hauteur, il marcha ferme et droit, il parut grandi.

Il s'éloigna de sa voiture et de ses gens, sans regarder derrière lui, avec une superbe désinvolture.

Frédéric le suivit. Sa pensée creusait les mystères du crime qu'il venait de lui révéler. Ils allèrent ainsi à la suite l'un de l'autre, en silence, pendant dix minutes.

Maxime avait pris un sentier tracé dans une prairie ; un bois coupa le sentier. Les deux jeunes gens s'enfoncèrent dans les arbres ; ils disparurent aux regards ; l'endroit était désert. Dans une clairière, Maxime dit :

— C'est là.

Frédéric s'arrêta surpris. Pourquoi était-ce la ?

— Avez-vous les armes ? êtes-vous prêt ? lui demanda M. Davelles.

— Oui, je suis prêt à vous serrer la main, si vous me le permettez, répondit-il.

— Voilà ma main, soyons frères ! s'écria Maxime.

Et plus bas, se penchant vers lui :

— Le crime prouvé, si vous demandez la vie de la coupable, elle vous sera accordée : mais vous ne la demanderez pas !

Un indicible sentiment d'amertume et de dégoût éteignit ces dernières paroles.

Frédéric frissonna à la pensée de Caroline, de ses yeux charmeurs et de sa bouche menteuse, comme à la pensée d'un monstre.

Ils rentrèrent au château également curieux de la revoir et soucieux d'avoir à lutter contre elle.

XIII

Le premier mouvement de madame Thérion fut de
prévenir M. de Verry de l'installation de M. Davelles
au château. Elle avait les résolutions promptes...

— Prudemment, vous devez partir, lui dit-elle.

Gabriel était prudent, mais il n'était pas lâche ;
il ne provoquait pas l'ennemi, mais il ne lui tournait
pas le dos: sauf son état d'homme du monde disposé à
adopter la nuance du jour lustrée de tons gras ou de
gomme adoucissante, il ne voulait pas avoir peur.

— Il fallait m'avertir, répondit-il, que M. Davelles
nous poursuivrait jusqu'ici.

Elle y avait déjà pensé, comme à un expédient honnête ; elle l'aurait employé, si M. de Verry eût prolongé
son séjour, et s'il n'eût pas chaque soir annoncé son
départ pour le lendemain.

Elle fit remarquer qu'en cédant au désir de madame
de Rives, qui l'avait engagé à venir, il s'était départi
de cette prudence qu'il lui avait conseillée le premier.

— Pour ne jamais faillir à de semblables résolutions, madame, il faudrait ne pas aimer, répondit-il
avec sincérité. Vous êtes trop séduisante. Quant l'aimant attire, le fer marche.

— C'est joli, cela ! dit-elle avec un petit rire. Mais,
hélas ! nous n'avons plus le temps de nous dire de

jolies choses. La situation est grave. Cédons à la nécessité.

Son rire fut coupé par la mélancolie de ces consi-
dérations sérieuses et un peu banales, pensait-elle.
Elle ne trouvait rien de mieux.

— Il n'y a pas de nécessité qui me fasse fuir devant
un homme, répliqua M. de Verry. Je partirai, un de
ces jours, comme j'en avais l'intention, mais non tout
de suite.

Elle n'insista pas, c'était impossible.

Elle n'avait pas prévu cette complication. Très-lu-
cide, très-spontanée, elle se fiait à ses premiers aper-
çus ; elle le regrettait parfois, elle ne changeait pas de
procédé pour cela. Avec infiniment d'esprit et de
finesse elle se lançait en aveugle dans la direction qui
lui semblait d'abord la rapprocher de son but. Elle
ne voulait pas voir l'obstacle, se flattant de le tourner,
et y réussissant d'ordinaire parce qu'elle n'épar-
gnait pour cela ni la ruse, ni les séductions de sa
beauté.

Il en résultait un vrai gâchis dans ses conceptions
les mieux venues : mais elle se plaisait dans ce bar-
bouillage, elle se débattait avec une certaine satisfaction dans ces arcanes mystérieux, elle perdait et retrouvait avec de grands frissons le fil du labyrinthe ;
elle allait, venait, agissait, souffrait ; son cœur battait :
c'était sa vie.

Que faire? que devenir pendant les heures qui la
séparaient encore du dîner? Causer avec M. de Verry,
cela lui était maintenant insupportable. Réfléchir à ce

qui allait arriver quand ces deux hommes auxquels
elle avait donné des droits sur elle, seraient placés à
la même table, l'un à côté d'elle, l'autre forcé de
céder la seconde place près de la maîtresse de la maison à madame de Rives, qui ne se séparait pas de
de son son amie.

Jusque-là, le duc avait occupé la première, entre
Caroline et Marguerite; Frédéric venait après, et
M. de Verry, tenant à ne porter ombrage à personne
et à n'attirer l'attention de personne, se mettait à côté
de son excellente amie, madame de Rives.

Il n'était pas jaloux du duc, il se trouvait assez près
de Caroline pour prendre sa part des mots qu'elle
jetait à sa voisine et qui n'étaient pas les plus mauvais.
Dès que le duc s'occupait de Marguerite et que Frédéric fronçait les sourcils en l'observant, il accaparait
les deux femmes. Il s'établissait entre ces trois personnes un courant d'idées. Le trio causait, riait, à
faire envie aux autres convives; cela suffisait pour
rétablir la conversation générale et arrêter à temps
tout conflit entre le duc et Frédéric.

Mais M. Davelles allait sans doute ne céder sa
place à personne. M. de Verry serait contrarié de le
voir plus près que lui de Caroline, et que de rivalités
à part celle-là pouvaient éclater!

Comment s'était-elle soumise si vite à cet audacieux
ennemi?

Comment avait-elle senti son courage se fondre et
ses sens s'émouvoir?

Oh! cette étreinte dominatrice, ces bras de fer, ces

lèvres qui l'avaient brûlée à distance, elle ne les oublierait jamais !

Quelle beauté ! quelle puissance mâle ! C'était vraiment l'homme, l'être aux affinités inconnues. Elle y songeait en frémissant d'espoir. Elle et lui, quelle puissante dualité !

Et l'image s'obstinait, enchanteresse et superbe, et le danger s'effaçait, et M. de Verry n'existait plus !

— Mais où êtes-vous donc, chère belle ? qu'avez-vous ? que faites-vous ? vous êtes invisible aujourd'hui !

Madame de Rives avait pénétré dans l'appartement de madame Thérion et l'arrachait ainsi à ses ardentes pensées, en même temps qu'elle l'arrachait du fauteuil où elle s'était plongée pour s'y livrer.

— Vous n'avez donc rien trouvé de mieux pour employer la journée par le beau soleil qu'il fait que de vous enfermer chez vous ?

— Je n'ai pas songé, en effet, qu'il vous prendrait envie d'en profiter.

— Mademoiselle Thérion a suivi votre exemple, M. Guérin est sorti. Je reste entre ces deux messieurs. Ils ne trouvent pas ma conversation assez intéressante, ils proposent une promenade. J'imagine avec ma modestie ordinaire que la promenade ne sera peut-être pas plus intéressante que la conversation, si vous ne la faites pas avec nous.

D'un air nonchalant et préoccupé, Caroline se disposa à suivre son amie.

— Vous avez eu une visite ce matin, reprit celle-ci. Lucie, ma femme de chambre, m'a parlé, la curieuse, d'un magnifique équipage et d'un beau jeune homme.

— Oui, j'allais vous l'annoncer. C'est M. Davelles, un cousin ; il vient au château pour quelque temps.

— Nous n'avons, je crois, jamais parlé de ce cousin-là, reprit madame de Rives, comme une personne qui rassemble ses souvenirs.

— Nous étions un peu en froid.

— Et qu'est-il, ce cousin? Un homme aimable? une bonne acquisition pour notre société?

— Je ne sais pas, dit Caroline.

— Ni moi non plus.

Caroline sourit et n'ajouta pas un mot. Elle avait pris un chapeau et des gants; elle ouvrit la porte de sa chambre, madame de Rives la referma en riant.

— Je vous ai dit que Lucie était curieuse. Eh bien! ce n'est pas Lucie, c'est moi!

— Curieuse, à propos de quoi?

— Vous le demandez? Nous avons traité ce matin un sujet palpitant d'actualité: le mariage de votre belle-sœur avec le duc ou avec M. Guérin. Vous me quittez tous deux pour aller en conférer avec l'incommode capitaine, et, depuis ce moment, je n'entends plus parler ni d'elle, ni de vous, ni du fiancé; en revanche j'entrevois un fort bel homme, certes, à votre bras.

— Mon cousin...

— Votre cousin, soit, mais cela ne fait rien à la question.

— Pardon! M. Guérin et M. Davelles sont très-liés.

— Eh bien, après !...

— M. Davelles est le comte de Neubourg.

— Celui que votre père voulait vous faire épouser quand vous étiez jeune fille ?

— Précisément.

— Vous ne pouviez pas le souffrir, m'avez-vous dit ?

Caroline ne répondit pas.

— Il était ou devait être très-riche ?

— Il a quarante millions.

— Quarante millions ! s'écria madame de Rives. Il fallait me dire cela du premier mot, j'aurais compris. Il fera ici ce qu'il voudra, ce nabab. Et le duc ?... Vous me mettez là dans une position très-embarrassante...

Elle s'assit pensive pour chercher un expédient.

— Et ces messieurs ? dit Caroline.

— Les hommes sont faits pour attendre, répondit madame de Rives.

— Et les femmes pour espérer.

— Vous êtes bien laconique aujourd'hui !...

Les ambitions nouvelles de Caroline lui imposaient une réserve inaccoutumée. Cependant le nom de Maxime revenait sans cesse sur ses lèvres. Elle éprouvait le besoin de le prononcer.

— Ne cherchez pas, dit-elle ; ce mariage nous aurait donné bien de la peine. M. Davelles prendra probablement l'initiative de la rupture avec le duc.

— Vous me faites frémir. Ce sera joli !

— Mon cousin de Neubourg sait son monde.

Madame Thérion entendit une voiture rouler dans l'avenue.

Pour dissimuler son inquiétude elle se rapprocha d'une fenêtre qui dominait son parc.

Et cependant, si son cœur battit quand elle reconnut dans le parc M. Davelles rentrant avec M. Guérin, ce ne fut pas de crainte.

Madame de Rives avait aussi entendu rouler la voiture. Elle se leva.

— Serait-ce lui?... Allons le recevoir. On ne boude pas un homme qui a quarante millions, dit-elle en riant.

— Il se présentera lui-même à l'heure du dîner; jusque-là, il désire être libre.

Madame de Rives dut modérer sa curiosité. Elle était désireuse de faire la connaissance du riche millionnaire, malgré les désagréments qu'elle redoutait. Ce qui brillait l'attirait irrésistiblement.

Elle se contenta de rejoindre le duc et M. de Verry avec Caroline. Et, n'y pouvant tenir, elle leur parla du nouvel hôte du château. Elle eut soin de lui donner son titre de comte.

— Davelles? dit le duc, je connais ce nom-là... Oui certes, c'était celui d'un vaillant capitaine qui servait sous les ordres de mon père au temps du premier empire. Mais il signait Davelles bourgeoisement et rien de plus. Ce capitaine devint colonel, si je ne me trompe. Le brave Davelles fut blessé près de Friedland dans une attaque meurtrière où il fit beaucoup de mal à l'ennemi. Pour sa part il perdit une jambe. Il eut

on congé. Mon père ne le revit plus. Il le citait toujours comme un rude soldat quand il nous racontait
es campagnes.

Mieux qu'une autre, Caroline aurait pu renseigner
e duc. Elle laissa parler madame de Rives. Celle-ci
ffirma avec l'assurance des ignorants, que le père de
I. de Neubourg n'avait rien de commun avec le colonel
avelles, quoiqu'il portât le même nom.

La conversation courut bientôt sur d'autres sujets.
I. de Verry eut à souffrir des préoccupations de Caro-
ine. Il était de ceux qui aiment une femme en raison
es difficultés que présente sa conquête. Ce qui l'at-
achait à madame Thérion, c'était l'art qu'elle mettait
 se garder même après s'être donnée.

Elle lui appartenait depuis peu de temps, et encore
'était si peu! à peine savait-il si elle avait été à lui, à
eine avait-il effleuré les réalités qu'il s'était pro-
mises.

Il la désirait surtout à cause de ce rapide souvenir.
Les joies entrevues avaient fouetté son sang de coco-
dès blasé. Prêt à devenir le gommeux du lendemain,
il secouait sa torpeur, et s'éveillait homme. Il regrettait, il souffrait, donc il aimait.

Cela le gênait; il n'était pas encore habitué à vivre
de la sorte. Il avait laissé couler ses jours sans les
compter, comme un riche à qui rien ne doit manquer,
la jeunesse pas plus que le reste.

A cette façon d'agir on s'use. En revanche, on prend
rang dans la société. — Quelle société? — Il y en a
plusieurs, de très-distinctes; il est bon de préciser.

M. de Verry n'estimait que la société élégante, oisive, inutile et poitrinaire, de jeunes fous et de jeunes femmes, ceux-là qui se croient dignes de l'admiration de leurs contemporains, parce que cinq à six journaux citent leurs chevaux, leurs paris et leurs fêtes; ceux-là dont la seule raison d'être est de dévorer en parasites le fruit du travail de la société vraie, agissante et productive.

Caroline aussi regrettait, non les heures perdues pour le bonheur, comme M. de Verry, mais ce qu'elle appelait un caprice maladroit.

Elle n'avait jamais marchandé avec un caprice, elle prétendait que le seul moyen d'en finir avec une fantaisie est de la s tisfaire, aussi ne connaissait-elle, en fait de sentiment comme en fait de règle, que sa fantaisie.

Elle avait heureusement quelques instincts d'un ordre élevé comme celui de l'orgueil; sans celui-là elle aurait roulé de caprice en folie sans savoir où.

Elle était donc ennuyée parce qu'il s'obstinait, et parce qu'elle se trouvait liée à lui, moins par le plaisir évanoui, moins par la faute que par l'imprudence.

Cette imprudence cependant la rassurait un peu. Il en avait sa part, et elle était telle qu'il ne devait pas tenir à s'en vanter.

On se promena dans le parc une demi-heure. M. de Verry donnait le bras à Caroline. Il put sans affectation l'entretenir de leurs intérêts personnels.

— Le croiriez-vous? commença-t-il, j'ai été jaloux

pendant quelques minutes de M. Davelles, quand vous m'avez annoncé son arrivée, je me suis dit bientôt que c'était folie.

— Et vous avez bien dit, appuya-t-elle.

— Que puis-je craindre? Qui nous désunirait? Vous-même, si vous le vouliez, vous ne le pourriez pas.

— Ah! vraiment?

Un accent de doute, de raillerie, de dédain, ajouta à ces deux mots une signification faite pour déconcerter M. de Verry.

— C'est ainsi, reprit-il tranquillement. Est-ce que certaines complicités ne lient pas autant qu'un contrat?

— Je ne le pense pas, dit-elle.

Et plus fière à mesure qu'il montrait son assurance :

— Aurions-nous commis, sans que je le sache, quelque crime ensemble? continua-t-elle en élevant un peu la voix.

Elle riait; elle avait ce courage. Il en fut stupéfait; il ne savait pas qu'un seul homme au monde avait le pouvoir de la faire trembler.

— Plus bas! dit-il.

— Vous voyez bien! reprit-elle. Vous ai-je d'ailleurs rien promis?

— Non. J'ai mieux qu'une promesse, j'ai...

— Faites-moi grâce. Vous avez mille fois raison. Soyez certain qu'en ceci ma volonté seule aura quelque valeur.

On vint à ce moment-là avertir Caroline que M. Davelles l'attendait au salon. Elle s'excusa auprès de

M. de Verry et le laissa avec le duc et madame de
Rives assez mécontent d'elle et encore plus mécontent
de lui.

— Je me suis conduit comme un sot! pensa-t-il, est-
ce qu'on dompte ces belles orgueilleuses? C'est égal,
si elle m'échappait, je serais capable...

Il ne savait de quoi, au juste, par défaut d'habitude.

Il avait des soupçons de colère, des velléités de bru-
talité. Il ne se reconnaissait plus, lui, si parfait de mesure et de tact...

XIV

Les heures qui s'étaient écoulées depuis le matin
avaient permis à Caroline de reprendre possession
d'elle-même. La petite guerre qu'elle venait de soute-
nir avec M. de Verry ne l'effrayait pas beaucoup. Elle
entra au salon et salua M. Davelles avec une parfaite
aisance.

De son côté, Maxime était revenu à ses habitudes de
froideur. Il avait l'abord d'une politesse glaciale. Si sa
physionomie n'avait pas été tout à fait française, on
aurait pu dire qu'il était d'une raideur britannique.

Caroline s'attendait à un autre accueil. Elle se flattait déjà que le vainqueur devait être un peu vaincu
par elle, ne s'imaginant pas que l'amour pût exister

sans une prépondérance marquée de la femme sur l'homme.

Elle se trouva donc rejetée et comme dédaignée une fois de plus par cet homme fou d'amour le matin même. Ce contraste la blessa et l'inquiéta surtout.

Que s'était-il donc dit entre M. Davelles et M. Guérin, et qu'avait pu dire ce dernier? Avait-il nommé M. de Verry, éveillé les soupçons de Maxime? Il en fallait si peu à cet esprit pénétrant pour deviner la vérité !

Elle se mit de nouveau à redouter M. de Verry et ses exigences d'amant éconduit. Elle passait facilement d'une impression à une autre. C'était le fond mobile de son caractère. Il la sauvait ou la perdait selon la circonstance ; Maxime était assez habile pour en profiter en effet. Pour le moment il suivait le plan qu'il s'était tracé ; celui de la soumettre à son humeur et à ses caprices sans se plier aux siens. C'était toujours la guerre, la lutte dans les petites choses comme dans les grandes.

Les petites choses mènent autant que les grandes à la découverte de la vérité. Les agents de police reconstruisent un crime à l'aide des plus légères traces laissées par le criminel. C'est un métier dans lequel les habiles inventent ce qu'ils n'ont pu retrouver. C'est un métier qui, pour toucher chaque jour aux misères révoltantes, aux dégradations ignobles, ne manque pas d'attrait. La saveur du crime affriande. Les débats judiciaires seront toujours des drames du plus vif intérêt, — histoire des vices de l'humanité, dévorée page à page, avec fièvre, par les honnêtes gens. — Est-ce de l'épouvante ou de la fascination ? L'un et l'autre. Caroline, belle et calme, attira Maxime par ce charme atroce, l'énigme de l'horrible.

Il la pria de le présenter à ses invités.

— Venez, dit-elle, ils m'attendent dans le parc.

Il lui offrit son bras comme le matin, et comme le matin elle en fut heureuse. Il lui reprit ainsi son âme, sans effort, et la remit sous sa puissance. Il ne dit pas un mot, il ne fit pas un geste, dans le court trajet qui les séparait de ceux qu'elle venait de quitter.

Elle puisa des émotions dans ce silence, elle l'expliqua, le commenta tout bas, et se repentit de mille torts, excepté du seul qu'il cherchait à lui trouver. Celui-là, elle espérait n'avoir plus besoin d'y songer.

— J'aperçois M. de Verry, dit tout à coup Maxime, me voilà en pays de connaissance.

— Il prend bien les choses, pensa-t-elle.

On se rencontra, on se salua, les présentations eurent lieu. Maxime n'accorda qu'une mince attention à madame de Rives. Celle-ci l'ayant appelé : monsieur le comte, il se tourna de son côté pour lui dire :

— Mon père, madame, pouvait compter quinze campagnes, il avait pris part à autant de batailles, enlevé plusieurs drapeaux à l'ennemi et mérité la croix, cependant, il ne portait pas son titre : je n'ai encore rien fait, permettez-moi de suivre son exemple au moins en ceci.

Cela dit, il détourna la conversation, ce qui empêcha de s'appesantir sur cet incident.

Caroline se borna à appeler Maxime monsieur Davelles. Marguerite et M. Guérin, qui survinrent, en
firent autant. Le reste de la société les imita. Madame
de Rives, contrariée d'avoir mal réussi du premier coup,
accepta au dîner avec empressement de s'éloigner un
peu de Caroline, pour se rapprocher du nouveau venu.
Celle-ci, avec beaucoup de tact, jugea à propos de
faire place à Maxime entre elle et son amie ; cela ne
dérangeait personne et mettait l'impérieux jeune
homme auprès d'elle, à sa gauche.

— Du meilleur côté, lui dit-elle avec un adorable
sourire.

Il répondit en homme du monde, qu'il ne pouvait
être plus favorisé.

M. de Verry, un peu inquiet, un peu repentant, se
déclara très-satisfait de la présence de M. Davelles
au château.

Madame de Rives s'occupa beaucoup de M. de Verry
et l'occupa beaucoup.

Il avait grandi à ses yeux parce qu'il connaissait
Maxime, le riche cousin de son amie. Car Maxime
avait du premier mot établi sa parenté avec madame
Thérion.

M. de Verry échappa avec peine à ses nombreuses
questions, directes et indirectes. Elle lui rappelait
trop ce qu'il savait, ce qu'il préférait oublier au sujet
de Maxime. M. Davelles précisa pour lui la situation
en parlant de leur unique rencontre sur le Néouvielle.

— Votre nom m'a frappé ce jour-là, monsieur, lui

dit-il. Voici pourquoi : votre père se battait, en 1794, sur le Rhin. Le mien, soldat de la République, s'y trouvait et défendait son pays. Le vôtre croyait devoir l'attaquer. Ils se rencontrèrent un jour sur le champ de bataille, après s'être connus, à Paris, dans des temps plus paisibles. M. de Verry, grièvement blessé, tomba. Il se vit près d'être foulé aux pieds par la cavalerie française, qui arrivait au galop, balayant tout.

Il pria mon père de l'achever. Celui-ci le chargea sur son cheval, piqua vers l'ennemi et le déposa au milieu des Prussiens comme s'il se débarrassait d'un cadavre. Il faillit être enveloppé. On ne comprit rien à cette hardiesse du lieutenant Davelles. Il se rua sur les Impériaux au fort de la mêlée, de telle sorte qu'il la fit passer pour ce qu'elle était : un acte de courage. M. de Verry guérit, et ils se retrouvèrent encore combattant chacun de son côté. Cette fois ce fut votre père qui tira le mien d'un mauvais pas en lui disant :

— Après des rencontres comme les nôtres, on peut rester ennemis, mais non cesser de s'estimer.

De cette inimitié d'autrefois fallait-il conclure à une haine dans le présent aussi loyale, mais implacable ?

M. de Verry eut le bon goût de laisser au passé la charge du passé. Il ne s'était jamais inquiété beaucoup de ses opinions personnelles dans des questions aussi graves. S'il se fût agi de sa belle pouliche ou de l'attelage de Mlle X..., il se serait peut-être ému, mais en dehors il ne se sentait guère exclusif. Il eût été ennuyé de falloir prendre un parti vivement.

Au faubourg Saint-Germain, dans un vieil hôtel aristocratique, à côté d'une marquise jeune et belle, il se disait avec orgueil le fils de ses pères. A Guériant, entre le fils du colonel Davelles et le fils d'un duc de l'empire, en face du capitaine Guérin, né d'un petit bourgeois, il était de son temps.

Donc, s'il laissa percer une pointe de fierté au souvenir de son père, il ne marchanda pas l'éloge à celui de Maxime. Il fut le premier à tendre la main à son rival. Celui-ci l'accepta avec cette politesse calme qui lui appartenait et arrêtait au début le progrès d'une relation commencée.

Du reste, Maxime se prêta aux gaîtés de la conversation. Il admira la souplesse de l'esprit de Caroline. Elle fut certes aimable pour lui d'une façon très-remarquable et sut cependant ne déplaire à personne. Les hommes se levèrent de table, enchantés par les sourires qu'elle avait habilement distribués. Les femmes eurent d'elle des mots flatteurs qui faisaient valoir leur beauté, chacun content de sa part ne demanda qu'à contribuer aux plaisirs de la soirée.

Caroline s'excusa de leur modestie. Elle remercia ses hôtes de vouloir bien embellir sa retraite forcément monotone.

On apporta une table de whist pendant qu'elle parlait. Elle profita de ce petit mouvement pour adresser ce regret à Maxime :

— A quelle vie êtes-vous venu vous condamner? lui dit-elle.

Cela fut accompagné par un regard de charmeresse. Qui ne l'eût comprise et remerciée !

— Vous aimez la musique ? lui demanda-t-il.

— Toujours.

— Eh bien ! nous allons nous amuser. Laissez-moi faire.

Elle supposa qu'il cherchait à donner le change à ses hôtes, réservant la passion pour elle.

Madame de Rives, qui volontiers faisait un rob, préférait causer ce soir-là. Au lieu de s'approcher de la table de jeu, elle s'assit près de Maxime et lui dit :

— La soirée est fort belle, et la lune, admirablement suspendue au-dessus des arbres, ressemble à une lampe céleste. J'aime rêver à la lune en bonne compagnie et en joyeuse humeur. Si nous sortions !

Elle s'attendait qu'en homme aimable Maxime allait s'empresser de lui offrir son bras.

— Je suis à vos ordres et à ceux de ces dames, répondit M. Davelles ; mais je vous préviens que je suis peu rêveur et que la lune me fait toujours rire.

— A propos de quoi ? s'écria Madame de Rives, qui riait d'avance par flatterie.

— A propos des mystères qu'elle a éclairés et des amours qu'elle a trahis. C'est une savante ; si elle parlait, je sais beaucoup de femmes qui se cacheraient.

— N'êtes-vous pas aussi savant qu'elle ? dit M. Guérin en donnant dans le jeu de Maxime, parce qu'il vit Madame de Rives se lever, et couper la conversation par un mouvement dirigé vers la porte et destiné à entraîner le reste de la société.

— Non certes, je ne suis qu'un voyageur, c'est-à-dire une sorte de sauvage qui ne connaît plus la

langue et l'histoire du monde où il est né. Après huit
jours d'absence, un Parisien revient provincial, après
huit ans, c'est un Chinois, pis, un fossile.

Madame de Rives, qui tenait déjà le bras du duc
et touchait à la porte, fit volte-face.

— Je n'ai jamais vu de Chinois, dit-elle en riant:
permettez...

Elle se planta devant Maxime et, toujours espérant
en être remarquée, le caressa d'un œil doux en l'exa-
minant.

Cette petite audace, tempérée par l'expression du
regard, valut à Madame de Rives un sourire qui l'enleva.

— Vous nous abandonnez, madame? dit Maxime.

— Non, certes. Venez avec nous dire bonsoir à la lune.

— Madame Thérion m'a promis un peu de musique.

— Oh! alors je reste. Caroline est si bonne musicienne et daigne si rarement se faire entendre!

On ouvrit le piano, on chercha des morceaux de
chant.

Madame de Rives s'empressa de reprendre sa place
près de M. Davelles.

— Si je n'étais pas un sauvage, madame, je vous
dévoilerais un de ces jolis mystères révélés par cette
indiscrète que vous aimez, dit celui-ci en montrant
l'astre rayonnant.

— J'adore les histoires! s'écria Caroline.

— Et moi la musique! Vous êtes ravie de détourner
notre attention, belle chanteuse; mais nous n'écoutons
que vous...

Elle s'avança vers le piano et arrangea une page musicale déjà fort bien arrangée sur le pupitre, et, bas à Caroline.

— Chantez, chantez vite...

Un peu surprise, Madame Thérion regarda le visage de son amie. Madame de Rives était évidemment inquiète et pâle.

La veille encore, Madame Thérion aurait arrêté l'histoire de Maxime par un accord rapidement frappé. Elle manqua cet à propos en songeant qu'il en serait peut-être contrarié. Elle lui laissa une minute pour poursuivre ou se taire à son gré. Ce ne fut pas réfléchi, mais instinctif. Elle redoutait de lui déplaire sans s'en rendre compte.

— Madame de Rives est bien inspirée, reprit Maxime. Pour un méchant rayon de lune venant sottement éclairer un mari trop bon ou trop aveugle, il ne faut pas déranger notre plaisir, et puis j'aurais mauvaise grâce à raconter devant des Parisiens, comme ces messieurs, des histoires qu'ils savent mieux que moi.

A un signe impérieux de Madame de Rives, Caroline attaqua la ritournelle. Il était temps : son amie rougissait au point de faire remarquer sa rougeur.

Le duc avait eu deux mouvements de colère comprimée par M. de Verry, qui lui disait en désignant Madame de Rives :

— Vous la compromettriez !

Caroline n'avait qu'une voix de salon, mais sa méthode parfaite la faisait merveilleusement valoir. Les savantes modulations de cette voix développaient

dans son chant la gamme des séductions. On voyait
sous sa lèvre rouge de petites dents blanches, tran-
chantes, enchâssées dans le corail des gencives
comme des perles bien montées. Un sang pur et abon-
dant colorait cette bouche parfaite et si sensuelle
qu'elle semblait, en s'ouvrant pour chanter, aspirer
des baisers invisibles. On s'oubliait à la regarder encore plus qu'à l'entendre.

Madame de Rives eut le temps de se remettre; elle
applaudit plus que personne.

— On ne chante plus aussi bien qu'à Guériant,
dit-elle.

Elle s'avança d'un air dégagé vers le duc.

— Vous seriez bien aimable d'engager Mademoiselle
Thérion à nous faire entendre sa jolie voix. Je suis
certaine que vous réussiriez et nous aurions un vrai
concert.

Madame de Rives voulait prendre sa revanche. Indiquer les intentions du duc et en même temps la
bienveillance de Marguerite pour lui, c'était contrarier Maxime et Frédéric, c'était répondre au premier par une dénégation éclatante; car, elle n'en doutait pas, l'histoire à moitié racontée par celui-ci la
concernait ainsi que le duc.

— Il n'est pas besoin d'autres sollicitations que la
vôtre, chère madame, dit franchement Marguerite, il
suffit que vous le désiriez.

Et elle s'avança vers le piano. En même temps
M. Davelles s'approcha du duc et lui dit à demi-
voix :

— Vous m'excuserez, monsieur, si je vous adresse une question brusque. E le peut éviter ici bien des malentendus et m'épargne à moi-même la maladresse que je commettrais en désobligeant un homme comme vous.

Le duc s'inclina légèrement en signe d'acquiescement hautain.

— J'arrive de Bucharest avec des idées assez nettes sur l'avenir des Serbes, reprit Maxime en souriant, mais très-fausses peut-être sur les petits intérêts des personnes réunies chez ma cousine. Cependant, ce que je sais, ce que je crois bien connaître, c'est un intérêt de famille dont vous pouvez n'être pas instruit. Vous a-t-on averti que Mademoiselle Therion est fiancée à ce jeune capitaine depuis longtemps?

D'un rapide regard il désigna Frederic.

Le duc recula du coup comme s'il prenait son élan pour se jeter sur Maxime. Avec un effort d'énergie, se modérant aussitôt, en homme du monde, il répondit :

— Non, monsieur.

Spontanément, par un retour de sa nature loyale, il ajouta :

— Je l'ignorais et je vous remercie de me l'apprendre.

Madame de Rives mourait d'envie d'écouter ce qu'ils se disaient; mais c'eût été manquer à toutes les lois de la discrétion, et d'ailleurs Marguerite réclama son attention en lui disant :

— Je commence.

Ce qu'elle chanta fut mal écouté, quoiqu'elle eût une jolie voix et du goût. Caroline l'accompagnait, Frédéric la dévorait des yeux pendant que Madame de Rives, aussi curieuse qu'embarrassée, disait à M. de Verry :

— Imitez-moi, allons faire un tour de parc à la fin de la romance.

Il s'inclina en signe d'assentiment.

Maxime avait quitté le duc et s'était assis du côté droit du piano en face de Caroline, qui lui souriait.

Chacun étant occupé et groupé selon son choix, Maxime, le morceau fini, se pencha vers Caroline, et Frédéric vers Marguerite. Madame de Rives sortit sans affectation, avec M. de Verry et le duc, en jetant ces paroles au milieu du salon :

— Nous allons prendre l'air.

— Et nous allons nous amuser, dit Maxime dès qu'ils furent sortis, je veux chanter pour vous.

Il ouvrit la partition de la *Favorite* et il choisit dans le rôle de Fernand les chants de mépris et d'amour qu'il accentua fortement d'une voix bien timbrée, ajoutant la passion à l'harmonie et le jeu au chant. Il eut des cris de délire et d'horreur, il jeta ses notes à pleine voix et il les parla. C'était la musique vivante et complète, l'angoisse qui torture, la voix qui pleure. Musicienne et comédienne, Caroline adorait cette façon d'interpréter la musique. Elle se retrouvait dans son élément.

Quand il fut fatigué, il lui montra Frédéric et Marguerite réfugiés dans un coin du salon, ravis de leur isolement et très-préoccupés d'eux-mêmes.

— Voilà, lui dit-il, deux êtres heureux sans arrière-
pensée.

— Et vous ?

— Moi, j'ai souffert.

— C'est le passé ! dit-elle avec un petit geste destiné à l'effacer.

— Le passé et ses souvenirs, c'est le poison du
présent. La mémoire impitoyable le rappelle quand
on voudrait l'oublier, et cela avec son cortége de regrets et de défiances, ses fautes et ses remords.

Elle secoua la tête pour nier, avec un rire d'ange
naïf.

— J'ai une mémoire cruelle, reprit-il ; quelquefois
mon cœur tressaille comme s'il venait d'être frappé, à
propos d'une vieille misère. Si avec mon organisation
nerveuse j'avais commis quelque crime, le souvenir
me tuerait. Avez-vous jamais pensé, madame, à ce
qu'il y a d'épouvantable pour un criminel dans le nom
seul de sa victime? ce nom qui doit lui revenir sans
cesse à l'esprit, ce nom qu'il frémit d'entendre et qui
peut être prononcé tout à coup devant lui! Longtemps avant sa mort Auguste m'écrivait à propos de
Madame Lafarge dont la presse parisienne s'occupait
comme d'une criminelle des plus intéressantes. Elle
venait de mourir dans les Pyrénées, et elle avait le
privilége de passionner le public au sujet de sa fin,
comme pendant sa vie. Triste privilége ! disait Auguste. Avez-vous visité le tombeau de Madame Lafarge
à Ussat?

— Non, je ne suis pas allée à Ussat, dit-elle ennuyée

de la tournure que prenait la conversation. Vous avez des idées sombres ce soir.

— Ah! je me trompe. Vous êtes allée aux Eaux-Bonnes; vous y avez passé quinze jours seulement. Vous logiez près du jardin Darralde que vous affectionnez ainsi que la promenade de Gramont?

« Pourquoi ces détails précis? » pensa-t-elle. Elle était impatientée, agacée, et n'osait le laisser voir. Auguste lui avait sans doute raconté, dans ses lettres, leurs promenades; mais ce rappel du passé devenait assommant. Est-ce qu'il aimait les rabâchages?

Elle se le demanda et ne put réussir à se le persuader. La physionomie de Maxime était trop fine et trop spirituelle.

Elle inclina légèrement son buste par un plongeon gracieux, simple affirmation de politesse, et se leva pour quitter le tabouret de piano qu'elle n'avait pas cessé d'occuper.

— Attendez un peu, dit-il, j'ai quelque chose à vous montrer.

Il semblait à mille lieues de s'apercevoir de son impatience.

Il avait même un air de satisfaction.

Il tira d'un portefeuille en cuir de Russie à fermoir d'or une feuille de saule sèche.

— Voilà, dit-il, une feuille du saule qui pleure sur le tombeau de madame Lafarge. Je l'ai détachée moi-même avec soin pour la joindre à ma collection. J'ai rassemblé plusieurs objets qui ont appartenu à de grandes criminelles, les Françaises principalement,

qui ont tué, empoisonné leurs parents ou leurs maris
pour une raison ou pour une autre ; il y en a beaucoup plus qu'on ne croit ; c'est étonnant comme les
femmes aiment à se défaire d'un mari !

Assis en face d'elle dans une attitude insouciante,
il la fit tressaillir avec ses derniers mots, sa persistance sur ce sujet lui rappelait les soupçons qu'elle
avait redoutés ; et, précisément à cause de cet effroi,
elle s'efforça de prendre gaiement ces réflexions lugubres.

— Ce doit être la faute des maris ! Vous aurez là
une belle collection !

Son effort n'alla pas loin, la gaîté mourut sur ses
lèvres avec ses paroles auxquelles elle ne prêta qu'un
accent équivoque.

Pourquoi l'épousait-il s'il doutait d'elle ?]

Elle se rassurait avec cette pensée et cependant elle
levait ses grands yeux sur lui par un sentiment d'inquiétude profonde.

— Je vous la montrerai, dit-il, elle sera splendide.

— Je n'y tiens pas !

Cela lui échappa, elle s'en repentit aussitôt.

— Bah ! on s'habitue à cela ! Une femme souvent
malgré la délicatesse de ses nerfs, est moins impressionnable qu'un homme.

Il posa une main sur son épaule et approcha son
oreille de sa poitrine, comme pour écouter le bruit de
sa respiration dans les cavités pulmonaires.

— Ce n'est pas vous qui mourrez poitrinaire !
dit-il.

Ce dernier trait la toucha plus que les autres. Son cœur bondit et battit une charge rapide pendant qu'elle restait impassible en apparence. L'oreille exercée du docteur saisit ce battement anormal.

Il releva la tête.

— Votre cœur se révolte. Prenez garde! là est le danger...

Il affectait l'accent de la plaisanterie.

— S'il se révolte, ce n'est pas contre le vôtre.

Satisfaite de cet à-propos, elle reprit ses airs de souveraine.

— Je le sais bien!

Ce mot eût été, dans la bouche d'un autre, une fatuité. De la part de Maxime, c'était une simple conviction énoncée avec sa sûreté ordinaire. On eût dit qu'il lisait dans les cœurs.

— Je ne vous en remercie pas moins de me le dire, ajouta-t-il.

Madame de Rives rentra au salon avec le duc et M. de Verry.

— C'est dommage, nous causions si bien!

Ce regret de Maxime, Caroline le partagea tout en respirant plus à l'aise. L'amour de ce singulier jeune homme l'oppressait.

Marguerite, malgré sa naïveté, s'était trouvée debout au milieu du salon, à quatre pas de Frédéric, pour recevoir madame de Rives avec un mot de politesse.

— Comme vous nous avez privés de vous!

Les femmes les plus franches ont de ces à-propos.

— Excusez-moi, je vous ai enlevé ces messieurs, mais je vous les ramène.

Madame de Rives, mieux dressée aux joutes de la parole, lui répondait par une méchanceté. Le sel et la grâce n'y manquèrent point. Ce fut perdu : si on le sentit, personne ne voulut le remarquer.

La soirée se termina au bout de quelques minutes.

— On se couche de bonne heure à la campagne, dit madame de Rives en donnant la première le signal du repos.

———

X V

Retirée chez elle, Caroline entendit bientôt madame de Rives frapper à la porte de communication qui réunissait leurs appartements. Elle ne mit pas un vif empressement à lui ouvrir, la pensée de Maxime l'absorbait.

Les événements de cette journée avaient reporté les intérêts de sa vie au chapitre de l'imprévu. Elle recommençait l'amour à la page où jeune fille elle l'avait laissé. Comment cela se faisait-il ? Le cœur ne change donc pas ? Les années s'écoulent, le temps brise et bouleverse, la mort frappe, et la passion, cette flamme, cette ardeur dévorante, resterait immuable ?

Cependant Maxime, lui, avait changé. Cette douce fille qu'il lui avait préférée, au château de Neubourg, la malheureuse Audrette, ne laissait-elle aucune empreinte sur le cerveau de cet homme qui disait ne pouvoir oublier?

Dans ce temps-là, choisie par la mère de M. Davelles comme sa fiancée, Marie-Caroline du Béran n'avait été pour lui qu'un obstacle. Par quel mystère de mansuétude ou de passion pouvait-il aimer maintenant celle qu'il avait maudite comme la cause de son malheur? celle qui avait fini par lui rendre sa haine?

La cause? il ne fallait pas chercher, c'était la beauté.

Caroline croyait au triomphe immanquable d'une belle femme. Elle n'ignorait aucune des puissances de la ligne et de la forme, ce qui tire et dompte l'œil. Jeune, elle n'était point belle. L'âge ingrat de l'adolescence, l'âge des maigreurs disgracieuses et des pâleurs verdâtres s'était prolongé pour elle. En ne l'aimant pas alors on lui avait rendu justice, elle le sentait un peu tard.

Quelle est la femme qui s'avoue sa laideur?

Quand elle regardait les lignes suaves et onduleuses de sa taille pleine, ses mains blanches, ses bras ronds, son cou flexible et le dessin net et pur de ses traits arrêtés, et la beauté originale de ses yeux d'un vert changeant, elle comprenait l'énorme différence qu'il devait y avoir pour Maxime entre la cousine d'aujourd'hui et celle d'autrefois.

Il est certain que deux portraits de Caroline, faits à dix ans de distance, n'eussent guère été ressemblants.

Madame de Rives s'impatienta et frappa de nouveau.

Caroline se décida. La porte ouverte, elle vit que son amie n'était pas d'excellente humeur. Sûre que cette humeur ne touchait pas à ses chers intérêts, elle s'inquiéta peu. Elle la reçut avec cette grâce, cette abondance de formules cordiales qui servent à dissimuler le vide du cœur.

Égoïste même dans ses amitiés, elle déguisait cet égoïsme par les plus charmantes façons. Sa politesse atteignait à ce degré de perfection et de délicatesse qui illusionne. Elle était capable de se dévouer pour ne pas paraître manquer de savoir-vivre. La politesse comprise de la sorte est une duplicité constante ou un adorable mensonge.

Ce respect de la forme faisait partie du caractère de Caroline, à un tel point qu'il était difficile de distinguer ce qu'il y avait en elle de naturel et de vrai, et cependant rien n'était plus naturel chez elle que le charme et l'amabilité qu'elle déployait pour chacun à toute heure, rien n'était plus vrai que son désir de plaire, il la rendait séduisante pour la femme qu'elle voulait captiver comme pour les hommes en général. Elle tenait à exercer son empire sur tous ceux qui l'approchaient.

Cependant on sentait qu'elle n'était pas banale, mais coquette. Elle avait facilement du succès, elle

enlevait les cœurs et les amours sans souci des dé-
sespoirs qu'elle causait, et cela lui faisait parmi les
femmes bon nombre d'ennemies. Son amitié du reste,
n'allait jamais jusqu'à ménager le cœur d'une amie.
Elle ne savait résister au désir de faire une conquête
nouvelle, et tout homme qui appartenait à une autre,
par ce seul motif, lui plaisait. C'était ainsi que Frédéric l'avait tentée et était encore très-capable de la
tenter. C'était ainsi que Maxime, à un haut degré,
l'attirait. Elle avait vu de près la force de sa passion
pour une autre et tenait à prendre une revanche éclatante.

— Ne vous l'avais-je pas prédit? s'écria Madame de
Rives souriante, mais vexée.

— De quelle prédiction s'agit-il, belle devineresse?
demanda Caroline à qui la mémoire faisait défaut.

— De ce millionnaire, votre beau cousin. Dès qu'il
parle, on se tait, ne vous l'avais-je pas annoncé?

— Quand? ce matin, je crois?

— Oui, ce matin, il arrive, et ce soir notre société
est bouleversée.

— Comment cela? s'écria Caroline étonnée.

— Vous êtes adorable, chère amie! Vous voudriez
me donner le change. Votre tact de maîtresse de maison ne vous permet pas d'ignorer ce qui s'est passé;
vous ne deviez pas le remarquer, mais vous avez très-
bien vu que M. Davelles a failli provoquer le duc.
Vous n'avez pas compris qu'il était le héros de l'histoire du clair de lune?

— Je n'ai rien compris de semblable, je vous assure.

Elle ne mentait pas, elle s'était occupée de son chant.

— Mon Dieu oui! M. de Rives s'est avisé ce jour-là d'avoir un accès de jalousie stupide. Il nous a surpris, un soir, le duc et moi, dans ma serre éclairée seulement par la lune : quoi de plus innocent?

— Très-innocent, en effet, appuya Caroline.

— M. de Verry a été témoin de la scène, il vous répétera que M. de Rives s'est montré absurde.

— Je n'en doute pas.

Cependant Madame Thérion avait envie de rire.

— Qu'il s'en est repenti.

— Tant mieux!

— Qu'il a fait des excuses au duc.

— Tant pis!

— Pourquoi? demanda Madame de Rives blessée de cette contradiction.

— Parce qu'un mari ne doit jamais se mettre dans le cas d'être obligé de faire des excuses à un homme qu'il soupçonne être l'amant de sa femme et parce que, entre nous, il n'est pas tant besoin de me prouver votre innocence, répondit Caroline, qui connaissait son amie.

— Vous faites allusion à ma sympathie pour le duc en ce moment.

Le ton de ces paroles s'aigrissait.

— Non, je fais allusion à ceci : entre amies sincères comme nous le sommes, il n'y a pas de préjugés : que vous soyez ou non aimée du duc, je ne vous en aimerai pas moins, la question n'est donc pas là.

— C'est gentil, ce que vous dites ! mais au moins l'intention est cordiale. Vous avez raison, je n'ai rien à vous cacher ; à charge de revanche, n'est-ce pas ?

L'aigreur se dissimulait.

— Je vous le promets.

Il y a des promesses qu'on fait pour les violer.

— Il est certain qu'après cette scène le duc aurait songé à me faire la cour et moi à le trouver charmant, c'est ce qui arrive toujours à la suite de soupçons injustes.

— On s'empresse de les justifier ?

— Justement ! s'écria Madame de Rives, qui ne put s'empêcher de rire.

— Mais vous m'avez fait part du désir que vous aviez de marier convenablement votre belle-sœur, et le plaisir de vous être agréable l'a emporté.

— Merci ! dit Caroline, qui n'en crut pas un mot.

Elle pensait que son amie s'était servie d'un moyen usé, mais excellent, pour prouver son innocence à son mari en s'occupant d'unir le duc à une belle jeune fille. Une petite perfidie qu'elle avait devinée d'avance avec sa finesse et qu'elle avait pardonnée parce qu'il ne s'agissait pas d'elle.

— L'insulte de M. de Neubourg à mon égard n'a pas été vengée par le duc et ne le sera pas. Le duc est furieux contre moi ; votre cousin lui a appris que Marguerite était fiancée à M. Guérin. Voilà de la belle besogne !

— Qu'y puis-je ?

— Cela vous regarde un peu. Le duc ne serait pas

venu au château, si vous m'aviez prévenue que le projet de mariage entre votre belle-sœur et le capitaine était impossible à rompre.

— Je ne savais pas! J'ignorais les intentions de mon cousin, j'espérais... Croyez-vous, d'ailleurs, que ceci m'amuse ? dit enfin Caroline, lassée de ces détails déplorables auxquels elle ne pouvait rien, certaine que Maxime ne reculerait pas, s'il voulait écarter tout obstacle au mariage de Frédéric. D'ailleurs, c'était maintenant pour elle un intérêt assez mince. Ce qui l'intéressait, c'était le brillant avenir que l'amour de son cousin lui assurerait. Madame de Rives n'avait eu raison qu'une fois, en devinant que M. Davelles était le maître.

— Le duc partira demain matin, il serait parti ce soir, s'il l'avait pu. Vis-à-vis de vous, en galant homme, il sauvera les apparences: mais vous aurez un ennemi!

« Un ennemi de plus ou de moins pour la comtesse de Neubourg, qu'importe! » pensa Caroline.

— J'en suis désolée pour vous, répondit-elle, qui vous exagérez beaucoup le mal. J'ai eu peut-être, ce soir, un moment de distraction ; mais, si mon cousin vous avait désignée, je m'en serais aperçue; son histoire était applicable à vous comme à la première femme venue. Comment l'aurait-il sue, puisque M. de Verry et le duc la connaissent seuls?

— M. de Verry aura bavardé. C'est un homme dangereux décidément. Veillez-y, vous pourriez y être prise à votre tour.

A cette insinuation, Caroline souleva un coin de sa lèvre. Souriait-elle, ou raillait-elle? C'était parfait de dédain poli.

— M. de Verry se propose de quitter le château au premier jour, et je ne sais quand je le reverrai.

— Votre cousin restera. Est-ce qu'il croirait posséder seul le privilége de n'être pas compromettant !

— Vous y resterez aussi, dit Caroline pour en finir avec ce farouche amour-propre prêt à se changer en haine, vous y assisterez au mariage de Marguerite et vous vous réconcilierez avec mon cousin.

— Jamais!... Je ne vous en veux pas, il est si riche ! Si j'avais un cousin comme lui, je le ménagerais comme vous, plus encore, je l'aimerais, non d'amour; je l'épouserais!

— Quelle folie ! dit Caroline essayant de rire.

— Ne riez pas ! vous y avez pensé.

— Vous êtes une femme très-forte, ma chère Anne.

— Et vous très belle! Caroline. Allons, c'est dit, amenez-nous cet indigne cousin pieds et poings liés par un bon contrat, et je vous excuserai, je vous bénirai...

Elle étendit ses mains sur la tête de son amie et partit après ce geste demi-amical.

Le lendemain matin, dès neuf heures, le duc fit prévenir madame Thérion qu'une affaire le rappelait à Paris.

Elle se rendit au salon pour recevoir ses adieux. Il ne trahit en rien sa déconvenue. Aucune parole n'a-

vait encore été échangée au sujet de Marguerite entre
lui et Caroline. Elle eut le droit d'ignorer. Il quitta
aussitôt le château.

Deux heures après, au déjeuner, madame de Rives
annonçait également son départ. M. Davelles eut d'aimables paroles de regret sur cette résolution si prompte.
Il lui demanda la permission de se présenter l'hiver
prochain à sa maison de Passy.

La rancune de Mme de Rives tomba par ce seul
mot. Elle se dit que M. de Neubourg, faisant sa rentrée dans le monde, aurait le succès de la saison,
qu'on ne parlerait que de lui et qu'il serait glorieux
pour elle de le posséder. Il effacerait le duc !

Elle lui tendit la main. Elle exprima aussi le regret
de le quitter. Elle aurait voulu maintenant retarder
son départ, ou, pour mieux dire, n'avoir pas parlé de
partir.

Personne ne l'engagea à rester. On accepta sa résolution comme irrévocable, et M. de Verry lui offrit de
l'accompagner jusqu'à Orléans, où il était attendu, dit-
il, par des amis dans un château des environs. M. de
Verry était toujours attendu ou désiré quelque part.

Madame de Rives fit promettre à Caroline de venir
la rejoindre à Paris dans quelque temps, dans peu de
temps.

— Je mène, lui dit-elle, une vie très-calme et très-
convenable pour une jeune veuve.

Maxime parut approuver.

On se quitta comme des gens sûrs de se retrouver
bientôt.

Le soir, à dîner, il n'y avait plus que les deux couples.

Maxime fut très-gai. Il causa, variant les sujets et ne touchant à aucun sujet personnel. Caroline connaissait à peine son esprit. Elle admira les ressources fécondes de sa mémoire bien meublée, de son érudition, de ses souvenirs de voyage, de ses études sur les hommes, les peuples et les mœurs.

Elle n'était pas absolument frivole. Elle lisait et retenait. Elle goûtait les conversations solides, à la condition qu'elles fussent peu prolongées ; son esprit ne creusait pas, il effleurait, il avait le piquant des observations de prime-saut.

Très-Parisienne, elle ne s'attachait pas à la poursuite d'une idée, elle allait l'abandonnant et la reprenant au gré de sa fantaisie. Le plaisir de faire un mot gâtait pour elle le plaisir d'élucider une pensée. Elle fatiguait les gens sérieux par des soubresauts inattendus, elle les attachait par des clartés soudaines qu'elle jetait dans le tissu compacte de leurs appréciations. Ils avaient la lettre, elle semblait en tenir le sens.

Sous ce rapport, elle parut nouvelle à Maxime. Il l'avait connue à un âge où ses qualités n'existaient qu'en germe, où ses défauts les absorbaient.

Le frottement, l'expérience acquise, avaient développé ses qualités et verni ses défauts, si bien que, pour découvrir ces derniers, il fallait les chercher maintenant.

Ce fut donc une bonne surprise et un plaisir de part et d'autre.

On ne songea, ce soir-là, ni à la musique, ni aux vieilles craintes, ni aux vieilles haines. On causa pour causer. Il y eut une trêve.

Maxime se coucha avec un remords, se reprochant d'avoir été oublieux près d'elle.

Marguerite et Frédéric se fiaient à sa parole. Ils ne reparlaient pas de leur mariage. Le capitaine gardait auprès de sa fiancée le secret de Maxime et de Caroline. Un mystère aussi sombre ne devait pas attrister le front serein de la jeune fille.

———

XVI

Dès le jour suivant, M. Davelles prit à part Marguerite et son fiancé.

— Il n'existe plus d'opposition à votre mariage, dit-il à la jeune fille ; mais si vous voulez vous fier à moi, laissez-moi le soin de le conclure d'une façon tout à fait satisfaisante.

— Ce que vous ferez sera bien fait, répondit-elle.

— Même si j'en retarde l'époque ?

— Pour cela, c'est Frédéric qui décide.

— Votre fiancé acceptera ma proposition, c'est un devoir pour lui, puisqu'il s'agit d'assurer votre bonheur.

Elle jeta un regard à M. Guérin. Il inclina doucement la tête.

— N'est-il pas assuré, si nous sommes tous d'accord ? Si Caroline consent ? si votre amitié nous garantit la sienne ? reprit-elle.

— C'est juste, ce que vous dites est bien pour le présent, mais pour l'avenir ! On ne base pas les intérêts sérieux d'une famille sur les sentiments fragiles de ceux qui nous entourent. La bonne volonté de votre belle-sœur n'a-t-elle pas déjà failli vous manquer ? Vous avez, à peu de temps près, vécu jusqu'ici en fille riche. Cependant la fortune s'est plusieurs fois éloignée de vous. Vous auriez accepté bravement la pauvreté avec l'amour, j'en suis certain, mais vous en auriez beaucoup souffert. Quand je vous répète, comme je vous l'ai déjà dit, de vous fier à moi, c'est que je vous demande du temps pour pourvoir à votre bien-être selon les intentions d'Auguste. Ce sera, je l'espère, moins long que je ne le craignais.

— Merci ! dit-elle simplement, sans que la pensée de résister lui vînt. Ce qu'elle avait opposé n'était qu'un élan de confiance trop généralisé et une conséquence de ses ignorances dans les questions pratiques.

— Votre belle-sœur consentira à remplir les devoirs qu'Auguste lui a imposés à votre égard. Elle les ignore, il est bon qu'elle ne les connaisse pas encore de quelque temps. Je suis l'exécuteur testamentaire de ces intentions inconnues, dernières volontés de mon ami, votre frère : c'est ce qui me donne le droit de m'employer à vous rendre heureuse, comme il l'a vivement désiré. N'ayez aucune inquiétude du reste, je veillerai, c'est ma charge ; égrenez, en attendant, près de votre fiancé, le doux chapelet des espérances.

Elle ébaucha un sourire et courba un peu la tête. Elle se disait que le congé de Frédéric allait finir et qu'il la quitterait une fois de plus.

Maxime lui ôta ce souci.

— Vous attendrez près de lui, répéta-t-il.

Elle acheva son sourire en se voyant si bien comprise.

Quant à Frédéric, il frissonna en pensant que le signal de son bonheur serait celui de la condamnation de Caroline.

Dans la vie intime du château, M. Davelles adopta avec madame Thérion une tenue pleine de réserve. Il évita de l'entretenir des vifs sentiments qu'il lui avait montrés. Il écarta les occasions fréquentes de tête à tête. On n'y attacha aucune importance. S'il restait seul avec elle, il l'obligeait à se mettre au piano, il chantait et jouait les plus belles scènes de nos opéras modernes. C'étaient ses heures de verve. Plus souvent il restait pensif. Il lui répondait par des mots rares et longs, sa tranquillité superbe imposait le calme. Elle respectait son mutisme, cependant elle le trouvait très-monotone et se disait qu'il avait l'amour ennuyeux. Elle se croyait incapable de le supporter. En se levant, le matin, elle se proposait de secouer cet ennui et de l'agacer par des coquetteries irrésistibles. Dès qu'il lui serrait la main pour la saluer, elle changeait d'avis. Sa seule

présence l'enchantait. Elle se sentait un nouveau courage pour s'ennuyer comme la veille.

Elle reçut une lettre de M. de Verry, une lettre d'a-
mour très-chaleureuse.

Il ne s'amusait plus. Signe grave! Il continuait à être
malheureux! Il attendait avec impatience qu'elle quit-
tât Guériant. Il espérait que ce serait aussitôt après
le mariage de sa belle-sœur. — Madame de Rives, disait-il, vous prépare chez elle, à Passy, votre appartement d'hiver. Vous y serez à merveille, et nous nous
verrons ainsi très-convenablement jusqu'à la fin de
votre deuil.

Il continuait en s'écriant :

— Comme il faut vous être dévoué pour s'éloigner
de vous, quand d'autres, plus heureux!... Oh! je n'y
veux pas songer et j'y pense toujours. C'est un supplice! Abrégez-le de grâce!

Elle plia la lettre. Elle jugeait difficile d'y répondre.
Elle ajourna la réponse.

Cependant, le nom de madame de Rives revint sur
ses lèvres devant Maxime, dans un moment où ils
étaient seuls.

— Votre amie, dit-il, s'était chargée ici d'une vilaine
besogne.

— Où avez-vous vu cela? répliqua-t-elle comme si elle
la défendait.

Elle était blessée de la parole nette de Maxime et se
disposait à le lui faire sentir.

— Une chose facile à deviner comme celle-là se voit
du premier coup d'œil. L'attitude du duc, l'embarras

de mademoiselle Thérion et la jalousie de M. Guérin,
sautaient aux yeux en entrant dans votre salon. Une
bonne pensée vous guidait, vous vouliez, je suppose,
procurer à votre chère belle-sœur un mari riche?

— Et les avantages d'une position désirable pour
elle. Elle n'est pas faite pour subir les mesquineries
de la médiocrité.

— Je pense comme vous. Mais madame de Rives
n'aurait pas dû choisir le duc. Cet arrangement indé-
cent m'a révolté. J'ai été dur pour elle. Si l'on ne faisait jamais justice des petites infamies, on serait dé-
bordé, envahi par d'indignes audaces.

Il la mettait hors de cause, elle s'en contenta. Il parut vouloir laisser tomber la conversation. Au bout de
quelques minutes il reprit brusquement :

— Vous avez donc réfléchi à la position précaire de
votre belle-sœur?

— Je m'y suis intéressée.

— A votre manière.

Elle se crut forte ce jour-là ; d'un air de condescen-
dance hautaine elle lui demanda :

— En connaissez-vous une meilleure?

Il mit un peu de temps à lui répondre. Elle marchait en parlant. C'était dans ses habitudes de s'agiter
chez elle sans motif. Elle cachait ainsi souvent de vé-
ritables agitations.

Elle promenait l'immense traîne de sa robe longue
sur le parquet brillant et sur le grand tapis qui tenait
le milieu du grand salon. Elle allait et venait, se posant de face, de profil et de dos. Son profil de camée

se détachait, pur, sur les tentures vertes, ou se répétait dans une glace. Elle cambrait sa taille, s'exhaussant sur la pointe de ses pieds pour mieux voir s'envoler les dernières feuilles dans le parc. Elle provoquait et irritait.

Maxime semblait rêveur.

— N'avez-vous pas admiré, dit-il enfin, la résignation de ces deux jeunes gens! Ils ne devaient pas s'attendre au testament qui les ruine. Ils n'ont songé ni à se plaindre, ni à réclamer.

Elle s'arrêta sur ses deux pieds, en face de lui :

— Réclamer! de quel droit? dit-elle.

— Du droit de l'envie ou de la haine et de ceux, plus réels, que j'aurais pu leur fournir.

— Ah! fit-elle.

Elle eut un grand geste de doute. Elle s'abattit sur un siége à côté de lui avec un flot bruyant de jupes parfumées.

— Pourquoi ne l'avez-vous pas fait?

Sa voix mélodieuse parcourut des demi-tons caressants.

— Vous le savez bien! dit-il, comme si elle lui arrachait un aveu.

Il s'empara de ses deux mains.

— Ma chère Caroline, nous devons le bonheur à ces jeunes fiancés. Ils ne vous connaissaient pas, vous êtes venue dans leur famille prenant leur frère, et à sa mort leur fortune. Le tout en moins d'une année : ceci ressemble fort à une captation pour des yeux prévenus.

Elle ne se hâta pas de parler. Elle ouvrit de grands yeux étonnés, candides... Elle n'eut pas l'air de comprendre.

— La fortune de mon mari, c'est ma fortune! Je n'en sais pas davantage, dit-elle. Marguerite a toujours puisé dans ma bourse; je ne la ferme pas! Quand la sienne est vide, je la remplis sans qu'elle me le demande. Voilà ma captation!

Elle éclata de rire, et dégagea sa main droite. Elle la porta sur le front de Maxime et passa le bout rosé de ses doigts sur une mèche qui retombait rebelle. La paume de sa main effleura par une rapide caresse la tête du jeune homme.

— Vous êtes magnifique! ajouta-t-elle avec admiration.

Il recula, fuyant son contact.

Elle comprit. Elle se leva railleuse et sincère.

— Avez-vous peur de moi? Vous parlez d'amour en jeune tigre et vous n'en savez pas le premier mot!

— Vous avez raison. Apprenez-le moi, civilisez votre sauvage.

Cette docilité inattendue la désarma.

Elle se rassit.

— Mettez-vous là, près, dit-elle.

Il obéit.

— Et puis?

Il riait. Elle avait l'humeur naturellement gaie. Il se mit à l'unisson. Tout à coup, redevenant sérieux:

— Je ne sais pas aimer! Enfant que vous êtes!... Non! je ne sais pas gémir aux pieds d'une femme; je

ne sais pas offrir les trésors de l'âme pour recueillir
un éclat de rire! Tenez-vous à mon amour, Caroline?...

Il avait repris sa voix du jour de son arrivée, cette
voix troublée et troublante. Elle se connaissait en
intonations. L'émotion vraie le regagnait. Elle vit
l'effet et crut voir la cause.

— Vous m'avez appris que je vous aimais, ce que
je pense vous est connu.

— Pas encore, reprit-il: subir un amour, ce n'est
pas s'y soumettre et le désirer. J'ai besoin, chère
Caroline, d'un amour dévoué et complet. Vous êtes
la femme complète, serez-vous soumise comme je
l'entends? Marcherez-vous un bandeau sur vos beaux
yeux quand ma main vous guidera? Mettrez-vous vos
joies à deviner mes espérances, à vous reposer sur ma
volonté? Croirez-vous en moi comme à l'être infaillible
qui, pour vous, pour vous seule, personnifiera la
puissance et le bonheur et réalisera l'impossible?

Il s'était élevé graduellement au ton des convic-
tions absolues.

— Je vous bercerai dans un rêve d'or!

Cette dernière parole, constellée de diamants, tinta
aux oreilles de Caroline comme un bruit métallique.

— Disposez de moi, dit-elle.

— Je m'en empare!

Il glissa le bras droit autour de sa taille et s'inclina
vers elle.

— Guériant devient triste, continua-t-il. Votre
beauté s'étiolerait avec les feuilles mourantes. Partez pour Nice. J'y possède une villa, vous l'habiterez

cet hiver avec notre chère Marguerite. Ce climat sera
favorable à sa santé et le séjour de cette ville à votre
gaîté. Sans aller dans le monde que votre deuil vous
défend, vous y trouverez des distractions et vous m'y
trouverez.

— C'est charmant cela! M'imposerez-vous toujours
des volontés de ce genre?

— Toujours et mieux encore. Partez et soignez
votre belle-sœur, songez que je vous la confie. Elle est
très-délicate.

— Je l'ai déjà remarqué.

— Ce qui vous convient lui nuit. Gardez pour vous les
longues courses, les exercices violents, les caprices de
nourriture. Il lui faut de la régularité, des viandes
saignantes, du fer, des nuits paisibles et des marches
modérées. De la sorte, elle vivra cent ans. Vous m'avez
bien compris?

— Oui, vous me rendez responsable de l'exécution
de vos ordonnances.

Certes, l'intelligence ne manquait pas à Caroline
quand elle voulait l'employer. Elle n'avait aucun intérêt à nuire à Marguerite depuis que M. Davelles se
chargeait de rendre palpable le rêve d'or qu'elle
avait poursuivi à travers les obstacles, les amours et
les haines.

— C'est plaisir de s'entendre avec vous, dit-il.

Il se leva, sans la serrer sur son cœur, comme elle
l'espérait.

Il écrivit l'adresse de sa villa, à Nice, sur un papier
qu'il lui remit.

— Si cette maison ne vous convenait pas, j'en ai une autre près de Monaco, une troisième près de Florence...

— Vous en avez donc partout?

— Je vous promènerai dans nos châteaux quand nous serons mariés : chaque été nous changerons de province et nous serons toujours chez nous. Vous m'attendrez à Nice quelques heures, deux jours au besoin.

— Vous ne ferez donc pas le voyage avec nous?

— Rien n'est encore décidé à ce sujet; mais de près comme de loin, je suis avec vous, ne l'oubliez pas!

Deux jours après cet entretien, Caroline reçut au déjeuner un billet de Maxime. Il ne s'était pas présenté pour prendre sa part du repas. Ce billet ne contenait que quatre mots :

— A bientôt, à Nice.

M. Davelles avait quitté Guériant le matin même.

XVII

Les préparatifs du départ se firent vivement. Caroline était radieuse, Marguerite résignée. C'était encore un changement dans sa vie si souvent bouleversée. L'activité de madame Thérion ne lui permit pas de peser beaucoup sur sa tristesse. Caroline se retrouvait dans son rôle d'agitation. Elle excitait la jeune fille à voir l'avenir du beau côté.

— Quelle bonne chose qu'un hiver à Nice! Car nous y passerons certes l'hiver. Si vous êtes pressés on vous mariera là-bas, au bord de la mer, au milieu des orangers fleuris; plaignez-vous! C'est pour vous, d'ailleurs, ce voyage. Frédéric va reprendre à Antibes sa vie de garnison dans peu de jours. Fiancée, vous serez près de lui; femme, près de moi et de notre ami Maxime.

La jeune fille écoutait ces paroles d'espoir facile et riant, aplanissant les obstacles. Rien ne semblait plus en effet, s'opposer à ses chers désirs dans la volonté de Caroline. Celle-ci, franchement, remettait à M. Davelles et à Frédéric toute initiative dans la vie de Marguerite. Elle se disait disposée à se conformer à leurs désirs. Cela, sans aborder la question d'argent.

Mais à quoi bon, si l'entente cordiale devait régler cette question comme les autres? De la sorte, Maxime accomplirait sans peine les intentions d'Auguste. C'est ce que pensa la jeune fille.

Caroline possédait l'art d'égayer les petits incidents de la vie. Le voyage, avec elle, fut charmant. La tranquillité de Frédéric rassurait Marguerite. Également empressé auprès des deux femmes, il leur parut un compagnon aussi agréable qu'utile. Caroline remarqua ses qualités. Ce qu'elle avait appelé sa rudesse devint de l'énergie. Actif, adroit, prévenant, toujours prêt à lui épargner le moindre ennui, le solide capitaine fut mis par elle bien au-dessus des cavaliers élégants qu'elle préférait d'habitude. Elle lui prodigua l'éloge, elle se laissa aller avec lui à une camaraderie fraternelle qu'elle ne s'était pas encore permise. Elle eut ces manières séduisantes, ces caresses du regard et du sourire dont elle usait avec une habileté si grande qu'il était impossible de ne pas les attribuer à une sympathie profonde.

Malgré lui, Frédéric se laissait charmer. Il regardait avec un intérêt croissant cette adorable criminelle et commençait à comprendre qu'on mourût volontiers pour ces yeux-là.

Quand il pensait qu'elle était condamnée d'avance, il frissonnait comme s'il se fût agi d'une innocente. Il avait peur de l'habileté de Maxime et redoutait d'obtenir la preuve du crime.

Parfois il se disait que M. Davelles se trompait. Et cependant il savait de quel air madame Thérion l'avait traité avant l'arrivée de celui-ci au château de Guériant. Il ne pouvait douter qu'elle ne lui eût été hostile.

Mais un cœur droit comme celui de Frédéric ne conclut pas d'un froissement personnel à une cause plus générale. Cette absence de bienveillance, de justice même pour lui, indiquait-elle forcément une méchanceté naturelle?

Ce qui tenait sa défiance en éveil, c'était plutôt l'excessive amabilité de la jeune femme : plusieurs fois déjà elle avait déployé même douceur, même grâce, pour y renoncer sans motif. Ces changements n'étaient pas faits pour attirer la confiance.

Marguerite ne cherchait pas tant de choses. Elle
s'abandonnait heureuse au courant joyeux qui semblait les précipiter vers le but de leur voyage. Depuis
longtemps elle n'avait vu autour d'elle moins de douleurs ni de périls.

A Nice, ils trouvèrent Maxime qui les attendait à
l'arrivée avec sa voiture. Ils les conduisit d'un trait
sur la colline de Cimiès. Là, au milieu des bosquets
d'orangers, on descendit sur une pente gazonnée, et
l'on arriva, entre deux haies de plantes exotiques, devant la porte ouverte d'une charmante villa.

Une terrasse pavée de marbre et ornée de vases
énormes, pleins de fleurs, précédait la maison.

Six marches taillées dans le rocher y conduisaient.
La terrasse semblait bâtie sur le roc vif qui en formait
la base, et cette base irrégulière laissait percer par
places les arêtes du rocher.

Sur chaque marche des domestiques de l'un et
l'autre sexe se tenaient debout. Ils s'inclinèrent au passage des arrivants et deux femmes se détachèrent
pour se mettre aux ordres de Marguerite et de Caroline. Elles les conduisirent dans un appartement dont
les deux chambres à coucher se touchaient. Celle de
Marguerite était rose, celle de Caroline bleue, toutes
deux tendues de soie et parées de dentelles ; toutes
deux étaient précédées par un boudoir garni de fleurs
semblable à une serre, toutes deux s'ouvraient sur
une perspective de jardins magnifiques et de coquettes
habitations, chalets, belvédères, clochetons, tourelles,
châteaux en miniature de près ou de loin, sur la hau-

teur ou dans la plaine, coupaient le vert sombre de
l'olivier ou le fond du ciel.

Vive et gaie, Caroline examina son appartement,
ouvrit les meubles de bois de rose et plongea dans
le fond de deux coupes d'onyx placées sur la cheminée. L'une contenait des bagues charmantes et
l'autre des épingles d'or, qu'elle admira en connaisseuse.

Cette hospitalité la ravit.

La femme de chambre ouvrit un cabinet de toilette
tapissé de grandes glaces et garni de cristaux de
Bohême. Le sol, couvert de tapis mobiles, était pavé
de marbre.

Caroline à l'aise dans ce luxe intelligent se fit habiller et descendit souriante dans la salle à manger
où M. Davelles se trouva pour lui dire :

— Vous êtes ici la maîtresse de la maison.

— Vous serez toujours mon seigneur, répondit-
elle avec une gracieuse affectation d'humilité.

Marguerite entra à son tour, ainsi que Frédéric. Il
fut décidé que ces messieurs habiteraient un chalet
assez voisin, mais cependant tout à fait séparé de la
villa.

Maxime cédait donc aux deux belles-sœurs cette
habitation pour tout le temps qu'elles passeraient à
Nice.

Cette question élucidée, on se mit à table.

Le luxe et la ponctualité du service répondaient à
celui des appartements.

On voyait partout de vieux émaux, on mangeait

dans d'authentiques faïences, belles à faire pâlir d'aise un collectionneur. La vapeur chaude des plats, l'air tiède saturé du parfum des orangers qui venait de la fenêtre ouverte entraient dans les poumons et semblaient les élargir.

Un domestique se tenait debout, derrière chaque convive, prêt à satisfaire ses désirs.

Caroline mangea et but avec un large appétit excité par les fatigues du voyage.

A l'une de ses demandes, le domestique qui la servait, ayant mal entendu, avança un peu la tête en lui disant :

— Que désire Madame ?

Le son de cette voix la surprit.

Elle se retourna vivement et reconnut Mathias, l'ancien domestique de Maxime au château de Neubourg, un serviteur rare qui possédait toute sa confiance.

La vue subite de cet homme raviva de tels souvenirs qu'elle pâlit.

Elle fit un effort pour répondre d'un air dégagé :

— Un peu de ce lièvre.

M. Davelles n'en saisit pas moins son trouble.

— Vous avez reconnu Mathias, lui dit-il, un cœur fidèle. Il ne m'a pas quitté, depuis que vous ne l'avez vu. Et j'ai cru, madame, ne pouvoir mieux faire que de lui confier la garde de cette maison pendant tout le temps que vous l'habiterez.

Ceci ne parut pas remettre madame Thérion. Son appétit fut coupé. Du bout des lèvres, elle goûta à ce que Mathias lui présentait. Elle abrégea le repas en se levant, sous prétexte de parcourir le jardin.

Le domestique profita de ce moment pour s'incliner devant elle en murmurant :

— Je m'étais trompé, madame, il paraît que tout s'oublie.

Et plus haut :

— Madame a-t-elle quelques ordres à me donner pour la soirée ?

— Non.

Maxime offrit son bras à Caroline, Frédéric à Marguerite.

Les deux couples se séparèrent naturellement au jardin par une marche plus ou moins rapide.

— Si vous saviez, madame, dit Maxime, quel cadeau je vous fais en vous donnant Mathias ! C'est un serviteur des anciens temps. Il n'a jamais, je crois, aimé que moi. Il se ferait tuer pour m'être utile, il ne reculerait devant rien pour mon service. Mais vous le connaissez bien, au fait, ne s'est-il pas permis autrefois de vous effrayer un peu à mon sujet ?

Le ton léger de Maxime, la facilité avec laquelle il parlait de ces souvenirs brûlants, étonnèrent Caroline. Mais pourquoi lui rappelait-il encore ces motifs de haine entre eux ?

Elle eut un élan de courage semblable à de la franchise.

— Mathias vient de m'assurer tout à l'heure que vous avez oublié. Est-ce de votre part ? Et, au fait, qu'avez-vous à oublier de plus que moi ?

Elle arrêta ses yeux sur ceux de M. Davelles. S'il conservait quelque vieux levain, il s'expliquerait.

— Ne me regardez pas ainsi, on dirait, répondit-il, que vous n'osez vous fier à ma sincérité. Je n'ai rien voulu vous cacher. Mathias a parlé de lui-même. Je crois vous avoir dit que je ne n'oublie jamais rien.

— Ah!...

Ce fut une secousse. Il serra le bras de la jeune femme, prête à abandonner le sien.

— Mais je ne me souviens pas toujours pour haïr, reprit-il. Mathias a eu tort de vous jurer autrefois, de ma part, que ma haine vous poursuivrait éternellement. Il n'y a rien d'éternel, vous me l'avez prouvé. Laissons ce passé malheureux. Ne vous ai-je pas prédit que vous m'aimeriez malgré lui?...

— J'en suis capable, répondit-elle résolûment; je sais pardonner; et vous?

Elle reprenait l'avantage; ce mot de pardon la faisait grande et généreuse.

Elle tenait à avoir sa dernière pensée et sa première excuse, elle voulait rompre avec ses craintes et enterrer les ressouvenirs. Elle voulait être heureuse, riche, aimée, comme elle l'avait toujours voulu.

Elle dégagea son bras pour se poser en face de Maxime et lui envoyer la fascination de son regard changeant, un éclair fauve dans la vague verte.

Il reçut l'éclair sans en paraître frappé.

— Mon plus vif désir, répondit-il avec calme, est de vous nommer ma femme.

— Et depuis quand? dit-elle d'un ton demi-railleur.

— Depuis que je vous ai revue, en Italie, si changée et si belle.

— Je comprends, reprit-elle, non sans amertume, jeune fille je n'étais pas fort belle en effet. Mais votre désir date de si loin me semble... comment dirai-je? — hardi...

— Vous voulez dire coupable. Il ne fut ni l'un ni l'autre, j'aimais Auguste d'une amitié plus solide que tous les amours et j'étais bien sûr de ne pas le trahir. Cependant je devinai alors que vous n'aviez pas d'amour pour lui.

— Ah! vraiment? dit-elle redevenue confiante, vous avez deviné cela?

— Cela et plus encore; avouez que mon pauvre ami a bien fait de mourir?

La voix de Maxime ne changea pas en prononçant ces étranges paroles, il les dit comme la chose la plus naturelle du monde.

Il abaissa sur la jeune femme un regard attendri, chargé de sympathie, par une volonté qui l'attira comme la première fois, quand il l'avait entourée de ses bras au château de Guériant.

— Venez, lui dit-il.

Il reprit son bras et l'entraîna vivement. Ils montèrent ensemble au premier étage et entrèrent dans le boudoir fleuri qui précédait la chambre de la jeune femme et qui se trouvait éclairé par la lueur douce d'une lampe suspendue.

Maxime en referma la porte et aussitôt, prenant Caroline dans ses bras, il l'étreignit avec cette force qui l'avait déjà subjuguée.

Aussi troublée, mais plus heureuse, elle laissa tomber sa belle tête sur l'épaule du jeune homme.

Celui-ci la repoussa violemment.

— Et Auguste! cria-t-il, et votre veuvage!

— Auguste, répéta-t-elle surprise, ne l'a-t-il pas permis?

— Sans doute, mais savons-nous comment? Il était très-jaloux de vous. Il n'a peut-être pas supposé que vous m'aimeriez. Quelle fut sa pensée en liant ma vie isolée à la vôtre? Songea-t-il à votre bonheur? Je ne lui avais pas parlé de notre haine passée, mais n'avait-il rien deviné?

Ces questions, Maxime les lui adressait d'un air inquiet, comme s'il eût cherché une assurance dans la réponse qu'elle allait lui faire.

— Qu'importe! dit-elle de son ton résolu. Il était très-capricieux; nous lui obéissons, nous avons bien le droit d'en être heureux.

— J'en doute parfois, reprit lentement Maxime, quand je me rappelle les agitations de son agonie. On eût dit qu'elle cachait un secret, un secret terrible. Ne l'avez-vous pas soupçonné comme moi?

— Non, répondit-elle en laissant percer de l'impatience.

— Vous pensez que je vous attriste inutilement, excusez-moi; il faut bien que je justifie mon embarras auprès de vous; vous devez être habituée à des empressements plus vifs que les miens, votre merveilleuse beauté justifierait les plus grandes folies, et vous me voyez souvent calme et presque froid. Ma nature est cependant d'une violence extrême, mais je n'ose vous aimer. Si vous m'attirez, Auguste me retient, c'est lui que je vois sans cesse entre vous et moi, courroucé et jaloux, nous séparant après nous avoir unis, nous reprochant notre docilité comme un crime. Si je veux vous embrasser comme un fiancé, son ombre se lève pâle et sanglante, tel qu'il était à sa dernière heure...

Il parlait d'un air troublé, ses yeux semblaient se fixer avec terreur sur un point invisible.

— Oh! dit-elle en cachant sa tête dans ses mains, c'est de la folie!

A ce moment une voix sourde dit :

— C'est moi!

Epouvantée par les images lugubres que Maxime lui présentait, rappelée vivement aux frayeurs des premiers temps de son veuvage, aux craintes lestement étouffées, elle roula sur un siége pour s'y affaisser et ne trouva qu'un mot :

— Grâce!

— Relevez-vous, dit Maxime à demi-voix en se penchant sur elle, les criminels seuls demandent grâce. Voilà Mathias, madame.

— Oui, c'est moi, dit le serviteur d'une voix nette.

— Voilà mon fidèle. — Approche, Mathias, et dis à madame Thérion qu'elle peut reposer en sûreté sous ta garde et que tu veilleras sur elle comme sur mon bien le plus précieux. Elle est un peu souffrante ce soir, au moindre signe tu viendras; apporte des rafraîchissements ici.

Mathias s'inclina et se retira.

Caroline s'efforçait de se relever.

— Il fallait justifier aux yeux de Mathias votre émotion excessive. Il aurait cru peut-être que nous nous détestions encore, et ce garçon là est impitoyable pour ceux que je n'aime pas. J'ai dû souvent employer toute mon autorité pour l'empêcher de me venger cruellement.

— Un serviteur dangereux, remarqua-t-elle.

— Non, pas pour vous, tant que vous m'aimerez. Mais vous voilà très-mal disposée, si je ne me trompe; c'est de ma faute, je ne prévoyais pas quel effet vous ferait ma confidence, vous avez certes pris la voix de ce brave Mathias pour celle d'Auguste, évoqué par nos scrupules.

Maxime jouait avec les nerfs de Caroline. Il la faisait passer d'une émotion à une autre. Il la ramenait au calme pour l'exciter et la troubler de nouveau. Cela durait depuis une demi-heure. Le nom d'Auguste répété l'acheva :

— Oh ! de grâce, parlons d'autre chose ; c'est ce que je voulais vous dire tout à l'heure, quand Mathias est arrivé, je ne sais pourquoi.

— C'est nous qui l'avons envoyé à votre recherche, répondirent Frédéric et Marguerite en entrant. Nous vous avions perdus de vue.

La conversation prit un autre cours. Maxime, d'ailleurs, était satisfait du résultat de celle qu'il venait d'avoir avec madame Thérion.

Il en resta à Caroline une impression fâcheuse, l'idée d'un obstacle entre elle et son amour pour Maxime.

Car c'était de l'amour qu'elle éprouvait pour lui, elle ne pouvait se le dissimuler et ne le cherchait pas.

Elle était heureuse de revenir aux premières sensations, aux premières années. C'était une existence renouvelée, une page rattachée à la page déchirée. Le reste, c'est-à-dire les années écoulées entre le premier désir et sa réalisation tardive, lui semblait un mauvais rêve.

Il y a, dans notre vie si courte, des époques douloureuses, des périodes funestes, qui l'abrègent encore par le peu de cas que nous en faisons. On jette d'abord sur elles la poussière de la tombe, on croit les ensevelir de la sorte parce qu'on aime à les oublier. Et tout à coup, un mot, un écho de ce temps dédaigné traverse notre vie présente comme un éclair sinistre.

Deux lueurs semblables, deux feux follets, voltigeant sur deux cadavres, celui d'Audrette à Neubourg et celui d'Auguste à Trouville, s'élevaient devant Caroline comme pour lui barrer la route, et cela avec une persistance étrange, avec un art extrême.

Dès qu'elle pouvait s'imaginer que Maxime était joyeux et confiant, une circonstance imprévue ramenait entre eux la clarté fatale.

Cependant, s'il l'aimait, tout était dit.

Qu'importait maintenant à M. Davelles la mort d'Audrette et celle d'Auguste ? Il n'en rechercherait certes plus les causes. Elle espérait même qu'il en arriverait à bénir cette succession de faits qui les rapprochait.

Mais l'amour vrai est presque toujours inquiet. Il lui faut, pour jeter les profondes racines du bonheur, de longs jours et des preuves multipliées.

La passion vient vite, Caroline l'éprouvait ; ce qui ne veut pas dire qu'elle apporte avec elle la certitude. Séduit, Maxime pouvait n'être pas subjugué. Elle le sentait. Il se possédait, c'était visible, il se contenait, il était encore fort et il se faisait un remords de son amour : déjà ! il ne croyait donc pas en elle, il n'y avait peut-être jamais cru !... Peut-être la croyait-il criminelle et l'aimait-il quand même. Oh ! ce serait un beau triomphe !

C'était ainsi que madame Thérion songeait, tout en prenant des glaces dans son boudoir avec Frédéric, Marguerite et Maxime. Le petit salon, bien clos et maintenu à une température égale par un calorifère invisible, ne subissait aucune des variations atmosphériques fréquentes dans le climat de Nice, malgré sa douceur habituelle.

La maison était battue par un vent violent et presque froid qui faisait rage au dehors. Le contraste de cette tempête aérienne et du calme intérieur plaisait à Caroline. Elle aimait à railler les orages, elle aimait à se dire qu'ils ne pouvaient l'atteindre.

Plongée dans un bon fauteuil, elle élevait doucement à la hauteur de ses lèvres roses la neige fondante de la glace parfumée. Elle savourait ce bien-être matériel en regardant Maxime et en songeant à un heureux avenir.

Frédéric et Marguerite se serraient doucement la

main comme des fiancés sûrs de leurs joies. Cette vue l'irrita. Elle se leva tout à coup, envahie par un flot tumultueux qui lui montait à la tête et la troublait. Marguerite, désirant se retirer pour prendre du repos, l'imita, et Frédéric accompagna la jeune fille jusqu'à la porte de son appartement. Profitant de ce mouvement, Caroline s'empara de la main de Maxime par un mouvement passionné.

Il la salua froidement.

Elle s'enfuit dans sa chambre où, seule, elle s'écria :

— Il ne m'aime pas !

XVIII

Le vent souffla une bonne partie de la nuit. Caroline dormit mal. Elle revit en songe les morts sinistres. Elle entendit des voix étranges et plaintives et, plusieurs fois, il lui sembla que la porte de sa chambre s'ouvrait et que Mathias entrait pour se planter aux pieds de son lit et lui répéter sa menace d'autrefois :

— La vengeance de mon maître vous poursuivra toujours !

Elle s'éveilla agitée et baignée de sueur, heureuse d'échapper aux fantômes nocturnes.

La tempête avait cessé, le temps était magnifique.

La femme de chambre entra et ouvrit la fenêtre. L'air pur et calme, la vue des beaux jardins la ranima.

Ses idées changèrent, elle rit des spectres de ses rêves, et quand M. Davelles lui fit dire que la voiture était attelée, elle se hâta d'achever sa toilette pour commencer une des charmantes excursions que l'on fait aux environs de Nice.

La ville est par elle-même assez curieuse. Coupée dans sa longueur par le lit tortueux d'un torrent appelé le Paillon, elle se divise encore en ville moderne, ville du dix-huitième siècle et ville du moyen âge.

Les vieux quartiers ont conservé leur ancien caractère. Ce sont des rues sales et étroites escaladant le rocher sur lequel se trouve la place de la citadelle rasée en 1706.

L'endroit où s'élevait cette forteresse qui a soutenu tant de siéges, comme un des points les plus importants de l'Italie, est aujourd'hui un jardin paisible et singulièrement pittoresque.

Les haies de cactus et d'agaves ont remplacé les remparts, les fleurs sauvages croissent en liberté sur les escarpements du roc et les flancs des précipices. On a abandonné cette hauteur à une végétation active qui s'est chargée de l'embellir.

Faute de soin, cette promenade, appelée le Jardin du château, perd cette régularité bien peignée qui en ferait un jardin superbe et garde le charme triste et âcre des lieux ravagés et déserts au milieu d'une cité grouillante d'un côté, coquette de l'autre.

Mais du haut de la plate-forme qui termine le monticule, la vue immense s'étend.

En face la mer, nappe verte, à peine bornée à l'extrême horizon par la ligne insaisissable de l'azur. A gauche, le port et son faubourg ; à droite, au delà du Paillon, le quartier neuf des étrangers ; au bas et autour du rocher, le triple cercle de la ville, des jardins et des montagnes.

Les promenades, les visites à quelques villas remarquables, occupèrent les premières journées. On partait ensemble le matin, on rentrait le soir de bonne heure pour ne pas fatiguer Marguerite. La jeune fille supportait fort bien ce régime mélangé de courses et de repos suffisant.

Délivrée de ses inquiétudes, elle reprenait la fraîcheur et la gaîté de la jeunesse. Caroline lui trouvait un esprit et un entrain qu'elle ne lui connaissait pas.

— C'est le bonheur, disait franchement Marguerite.

Maxime souriait à ses paroles. Il se félicitait de ce bonheur comme de son œuvre, et continuait à surveiller la santé de Marguerite avec un soin qui rendait quelquefois Caroline jalouse.

— On dirait qu'il l'aime mieux que moi, pensait-elle alors.

Cette idée passait vite...

Frédéric était là pour aimer la belle jeune fille.

Il partit bientôt pour Antibes.

En lui serrant la main, au moment de son départ, Caroline dit à Maxime :

— Pourquoi séparer encore ces jeunes gens?
M. Guérin ne devrait rejoindre son régiment que
pour demander une nouvelle permission afin de conclure son mariage.

Frédéric et Marguerite échangèrent un regard.
Maxime répondit:

— Antibes est bien près, M. Guérin nous verra
souvent, et dans quelques mois il obtiendra un nouveau congé.

Les fiancés ne firent aucune opposition.

Caroline n'insista pas. Elle pensa que la santé de
Marguerite exigeait ce délai.

Frédéric parti, elle respira plus à l'aise. Ce fiancé
si parfait l'agaçait. Ces amours purs à côté d'elle la
troublaient. Elle en voulait à Frédéric de s'absorber
dans l'adoration de Marguerite, elle en voulait à
Maxime de rester de glace si près de tant d'ardeur.
Elle espéra que Marguerite venue à Nice pour prendre
du repos et des forces resterait plus souvent chez elle.

Alors les tête-à-tête favorables aux épanchements
seraient plus fréquents. Alors elle sentirait battre ce
cœur qui prétendait lui appartenir.

En effet, le lendemain du départ de Frédéric, Marguerite se coucha de très-bonne heure en engageant
M. Davelles et Caroline à terminer leur soirée par une
promenade. On s'était promené toute la journée, mais
Caroline ne connaissait pas la fatigue.

M. Davelles lui proposa en riant de monter en voiture découverte avec lui, si elle ne craignait pas de se
compromettre.

Elle lui répondit par un sourire de femme dévouée et soumise fait pour enlever l'âme.

Ils partirent ensemble. Les chevaux les emportèrent doucement, des bords du Paillon, par les boulevards, jusqu'à la promenade du Cours.

Le visage de madame Thérion s'éclairait à mesure qu'ils s'éloignaient ainsi tous deux seuls.

— Oh! pensait-elle, la vie tout entière de la sorte! Je suis jeune, j'ai du bonheur pour longtemps.

— Ma chère Caroline... dit Maxime.

Elle tressaillit d'aise, il l'appelait habituellement Madame.

Il s'arrêta, la regardant.

— Que disiez-vous?

— Rien, je pensais que vous étiez trop belle. Il est heureux, pour moi, qu'il fasse nuit; l'éclat de vos yeux m'aveugle.

— Et moi je pensais que nous allions être bien heureux.

— Je ne le crois pas, dit-il brusquement...

— Ah! s'écria-t-elle.

— Nous sommes trop violents, trop forts, trop absolus tous deux, notre amour sera tourmenté...

— C'est vous qui dites cela! mais la femme la plus forte a des tendresses infinies. Si vous me broyez, je ne me plaindrai pas, et votre cœur généreux me ménagera.

— Ne me parlez pas de la sorte, dit-il, vous me feriez croire...

Il semblait si ému qu'elle trembla.

12

— Comment m'aimez-vous? lui demanda-t-il.

— Comme vous voudrez...

— C'est bien. Voulez-vous descendre, Caroline?

— Faites arrêter.

— A quoi bon?

— Mais la voiture est lancée, il me semble.

— Vous avez donc peur avec moi? Tenez, je vais vous donner l'exemple.

Il se leva comme pour sauter dehors. La voiture filait comme une flèche.

Caroline s'accrocha à ses vêtements et poussa un cri horrible.

Le cocher surpris retint ses chevaux.

— Vous êtes fou ce soir! murmura-t-elle tremblante.

— Vous me bouleverserez, dit-il en se rasseyant. Je crois que cela m'arrivera souvent près de vous...

— Tenez-vous à m'effrayer? voulez-vous mourir? Vous me détesteriez que vous n'agiriez pas autrement.

— Oui, j'ai quelquefois envie d'échapper à notre singulière situation par la mort... Un seul remords serait l'épouvante de ma vie, et, je vous l'ai dit, en vous aimant, j'en aurais. Pour tout prévoir, Caroline, voulez-vous accepter dès à présent ma fortune? Si je meurs, vous serez mon héritière.

— Votre fortune! votre héritage sans vous! après vous! Je n'en veux pas! dit-elle.

— Vous y réfléchirez, nous en reparlerons.

— Jamais!

— N'êtes-vous pas ma femme de cœur? Tout ce que je possède vous appartient; d'ailleurs, vous ne m'empêcherez pas de faire à ce sujet ce que j'ai résolu.

— Je vous le défends! si vous voulez me déplaire, vous n'avez qu'à me parler ainsi.

Elle se défendait d'un ton sincère. Le sang monta aux joues de Maxime, qui s'inclina vers elle.

— Cependant, dit-il, vous avez accepté l'héritage d'Auguste dans des circonstances à peu près semblables.

— Moi ! non ! que voulez-vous dire ?

Elle se pâmait.

— Que vous ne l'aimiez pas comme vous m'aimez sans doute, car vous l'aviez même sollicité...

— Vous ne le savez pas ! dit-elle avec une sorte de colère.

— Rappelez vos souvenirs ; c'était aux Eaux-Bonnes. Auguste avait été très-souffrant la veille, vous vous trouviez en voiture avec lui comme avec moi maintenant, il avait des idées lugubres encore comme moi, peut-être vous regardait-il avec amour comme je vous regarde...

— Eh bien ! dit-elle haletante, vous vous trompez ! Auguste ne peut vous avoir écrit cela !

— Qu'importe ? le fait reste. Au retour de cette promenade pendant laquelle vous aviez été séduisante comme toujours, Auguste signa le testament olographe qui vous fait héritière de deux millions.

— Non ! protesta-t-elle, non ! ce testament fut le résultat de sa seule volonté, il le fit plus tard.

— Qu'importe encore ! Vous avez accepté, et l'on n'accepte pas l'héritage de ceux auxquels on ne désire pas survivre. Voilà ce que je voulais remarquer et ce dont je vous remercie.

Elle l'aurait remercié aussi volontiers de cette conclusion qui la remettait un peu.

Il resta silencieux après cette parole. Elle n'avait aucune envie de poursuivre la conversation.

Plus déconcertée qu'elle ne l'eût voulu, elle était ravie d'avoir le temps de reprendre sa présence d'esprit.

On arrivait à la promenade, le cocher ralentissait la marche de ses chevaux.

— Voulez-vous descendre ? dit Maxime de nouveau.

Ce simple mot fit tressaillir Caroline. La conversation qu'elle venait d'avoir avec M. Davelles s'éclaira d'un jour terrible.

« Sotte que je suis ! pensa-t-elle. Il me dit que j'ai accepté l'héritage d'Auguste, et je ne proteste pas ! et je trouve cette conclusion naturelle ! mais si, j'avais connaissance de ce testament, c'est moi qui l'ai soustrait au dernier jour en empêchant mon mari de le détruire ; c'est moi qui... Oh ! cet aveu me perd dans l'esprit de Maxime... »

La voiture s'arrêtait. M. Davelles, souriant et attentif, aida Caroline à descendre et lui offrit son bras. Il l'entraîna comme un homme pressé de jouir d'un plus complet tête-à-tête, loin des yeux importuns des domestiques. Il se dirigea vers les endroits les plus isolés. Il parla d'une voix douce et calme, d'un air joyeux et comme à mille lieues des idées de la minute

récédente. Elle n'osa les rappeler, c'eût été une
rôsse faute. Elle se flatta qu'il n'avait pas ajouté d'im-
ortance à son aveu tacite.

Les pas et le cœur plus légers, elle allait avec lui,
uand il s'arrêta brusquement.

Un promeneur dont l'extérieur n'avait rien de re-
narquable venait de passer devant eux. Naturelle-
nent Caroline le regarda aussi. Elle faillit s'écrier :

— C'est lui !

L'œil de Maxime se tourna vers elle, il exprimait la
nême pensée. Cette pensée resta au fond de leur âme :
ar deux personnes les saluaient en adressant la pa-
ole à M. Davelles.

— Quelle bonne rencontre ! dit celui-ci. Je vous
orésente, ma chère Caroline, M. Bréant et sa fille,
nademoiselle Lucie-Anne Bréant.

Et désignant sa compagne aux survenants, il
jouta :

— Madame Thérion, ma cousine.

— Ah ! certes, s'écria M. Bréant avec bonhomie, ce
l'est pas vous que nous nous attendions à rencontrer
ci, vous, l'éternel voyageur...

— Raison de plus pour me trouver partout.

— Comment nous avez-vous si vite reconnus ? Nous
ivons changé. J'étais encore vert la dernière fois que
lous nous sommes vus, et Lucie-Anne n'était qu'une
oetite fille. Elle a bien grandi et embelli...

Il appuya sur ce dernier mot en baissant le ton,
comme s'il faisait une confidence à Maxime ; en réa-
ité, tout le monde entendit.

Lucie-Anne rougit.

Elle était vraiment fort belle.

Blanche et brune. Blanche à faire douter de la couleur de ses cheveux, brune avec des yeux bleus tigrés de noir. Une beauté un peu sévère et un peu froide, une grande pureté de lignes, une expression de calme et de sérénité. Cette expression dont les peintres dotent leurs vierges, caractérisait le visage de cette jeune fille.

— On a raison de changer, à son âge, reprit M. Bréant avec vivacité ; mais au mien, c'est autre chose ! Aussi je me plains, je résiste aux attaques de la vieillesse et je viens dans le Midi rétablir ma santé.

Sur cette question de santé il parla longtemps, en homme loquace et en malade inquiet.

— Si j'osais vous prier de me donner quelques conseils de docteur, dit il à Maxime.

Celui-ci promit d'aller le voir et d'examiner de près son état.

Madame Thérion s'étonna de la patience et de l'empressement que M. Davelles mettait à écouter et à obliger un homme qui ne lui paraissait pas mériter tant d'intérêt.

Les allures de M. Bréant étaient communes, sa parole haute, ses façons un peu brusques. Il eut le talent de déplaire à Caroline ; sa fille lui fit un autre effet. Elle lui sembla trop belle, trop distinguée et trop fière. Le grand éclat de ses grands yeux, le jeu de ses paupières dont les cils noirs se levaient tout à coup pour en laisser passer la flamme, avaient quelque

chose de fier et de superbe qui étonna et gêna son
orgueil de jolie femme.

Jamais une autre femme ne lui avait paru mériter
son attention ni la valoir en beauté. Celle-ci la surprit
comme une beauté rivale.

Lucie-Anne se bornait à sourire et à laisser parler
son père. Il y avait en elle comme un parti pris d'indifférence simple et hautaine à la fois. Cependant,
au moment de se séparer, elle tendit la main à M. Davelles et la serra, à l'anglaise, avec une certaine vivacité.

Maxime lisait dans l'œil curieux de Caroline une
grande envie de savoir ce qu'était cette jeune fille. Il
se hâta de la satisfaire dès qu'ils furent seuls.

— A l'époque où je faisais mes études à Paris, lui
dit-il, j'ai trouvé chez M. Bréant une amicale hospitalité. Madame Bréant, une femme fort distinguée, vivait
encore. Ses observations fines, son tact parfait, m'ap-
prirent à connaître le monde.

— Le monde qu'elle voyait... interrompit Caroline
avec une sorte de dédain.

— Elle voyait beaucoup de monde; M. Bréant est
très-riche; sa fille, alors une enfant, m'appelait son
jeune ami, et M. Bréant, sans aucune espèce de respect, son gaillard.

Je n'ai jamais passé un jour à Paris sans aller leur
serrer la main aux uns et aux autres. La dernière fois,
il y a sept ans, je ne retrouvai plus madame Bréant.
Aujourd'hui, je pourrais, avant peu, dire adieu au
vieux père pour toujours. La pauvre Lucie-Anne va se
trouver bien seule.

— Riche et belle, à vingt ans, on n'est pas long-temps seule.

— Vous avez raison, dit Maxime, qui resta un moment pensif.

Son attitude réfléchie irrita Caroline. Devait-il s'occuper d'une autre femme à son bras ?

— Vous serez là pour la protéger, remarqua-t-elle avec impatience.

— Je serai près de vous, répliqua-t-il d'un air qui la ravit.

Ils remontèrent en voiture, sans dire un mot de plus. Comme ils partaient, une autre calèche croisa la leur. Elle était découverte. Ils y distinguèrent malgré la nuit trois personnes dont une les salua, c'était M. Bréant. Lucie-Anne causait avec la troisième personne, un cavalier qui se penchait vers elle.

Maxime appuya son doigt sur le bras de sa compagne.

— Ne croirait-on pas, lui dit-il, que ce personnage est le promeneur que nous avons remarqué une minute avant de les rencontrer ?

— Je n'ai remarqué personne, dit Caroline.

La main de Maxime se crispa sur le bras de la jeune femme comme s'il eût voulu pénétrer dans sa chair.

— Et moi, dit-il, j'ai cru voir le séducteur d'Audrette, Henry Tuard !

La voix de M. Davelles éclatait foudroyante. Caroline baissa la tête.

— J'ai cru le voir, s'écria-t-il, et cependant je ne pouvais supposer qu'il fût encore vivant !

Elle le regarda avec une stupéfaction mêlée de terreur.

— Ah! vous ne savez pas! reprit-il avec une singulière animation, votre amie, la sœur de ce séduisant jeune Yanke ne vous a rien appris? mais répondez-donc! répondez!...

Maxime serrait toujours avec force le bras de Caroline.

— Monsieur, dit-elle, d'un air digne et triste, je suis chez vous dans cette voiture, je demande à en descendre, pour pouvoir vous répondre.

Ceci calma comme une douche glacée la colère visible et réelle de Maxime. Il sentit qu'il se laissait emporter et perdait tout.

— J'ai tort, reprit-il subitement radouci, pardonnez-moi. La vue subite et inattendue de cet homme m'a... Je vous raconterai plus tard ce qui s'est passé entre lui et moi... Vous me comprendrez.

Cette explication ne ramena pas Caroline et Maxime au ton qu'ils avaient pris en commençant leur promenade. Ils se quittèrent froidement et mécontents l'un de l'autre, elle surtout. Comment s'attardait-elle si longtemps au prélude d'un amour? Comment supportait-elle l'absolutisme d'un homme?

XIX

Maxime passa une partie de la journée du lendemain avec M. Bréant et Lucy-Anne dans l'appartement qu'ils occupaient près du jardin public. M. Bréant était souffrant, sa fille ne le quittait pas. Cependant le malade tenait à causer à part avec son docteur, et le docteur tenait à questionner à l'aise son malade.

Les deux hommes trouvèrent le moyen d'écarter la jeune fille pendant quelques minutes.

Les craintes du vieux père éclatèrent alors en mots pressés, en paroles déchirantes.

— Je me meurs, je le sens, que deviendra-t-elle? Elle n'a pas encore voulu se marier! Cependant elle a distingué dernièrement un beau garçon qui ne me convient guère.

— Un Américain? demanda Maxime.

— Comment savez-vous?

— Hier, je l'ai aperçu dans votre voiture.

— Vous le connaissez?

— Oui, dit résolûment le docteur, et je voulais vous en parler.

— Ah! vous connaissez Henry Coopfild?

— Il s'appelle Henry Coopfild?... s'écria Maxime surpris.

— Cela vous étonne?

— En êtes-vous bien sûr?

— Comment, vous me demandez si je suis sûr du
nom de l'homme qui recherche la main de ma fille?

— Je vous le demande, parce que cet Américain de
New-York est peut-être né à Paris, parce que, s'il
porte un nom anglais, il en a peut-être un français.

— Vous êtes bien renseigné, docteur, c'est prodi-
gieux! La famille de mon futur gendre est en effet
française d'origine.

— J'en étais sûr! s'écria Maxime pâle d'émotion. Et
son nom, son nom français, quel est-il?...

— Vous avez un ton, un air, mon ami, remarqua
M. Bréant, vous me feriez supposer...

— Son nom! je vous prie, son nom!

— Mais il n'a pas de nom français, que je sache;
j'ai toujours cru que la mère d'Henry, née Parisienne,
avait épousé un Américain.

— Ah! vous avez cru! s'écria Maxime désolé de
voir la certitude lui échapper.

Et, tout à coup, se ravisant :

— Voulez-vous engager M. Henry Coopfild à se
trouver chez vous, demain, à l'heure où j'y viendrai?

— Si je le veux! Pourquoi pas? Je compte bien vous
le présenter.

— Merci! cela suffit.

— Mais cela ne me suffit pas. Vous me direz ce que
signifient vos questions, j'ai besoin de tout savoir
quand je redoute de marier ma fille à un étranger.
J'avoue, là, franchement, que ce jeune homme est
bien, mais je ne l'aime pas, et Lucie-Anne, au fait,

l'aime-t-elle? Je n'en sais rien, c'est une singulièr
fille, une tête ferme et fière, et indépendante, vou
n'avez pas idée de çà! Moi, j'y vais bonnement ; u
brave garçon trouvé, je la croirais heureuse. Elle veu
davantage : un caractère et un cœur éprouvés, de l
distinction, de l'esprit, que sais-je encore... Ah ! si ell
avait pensé à vous et si vous aviez pensé à elle, je se
rais mort... content !...

A cette conclusion, qu'il ne prévoyait nullemen
Maxime reçut une secousse légère dans son systèm
nerveux ébranlé déjà par l'émotion...

Il serra la main de son malade sans penser à le mé
nager.

— Nous aurions été bien heureux, dit-il, mais je m
marie de mon côté.

—, Avec votre belle cousine, peut-être?

— Oui, peut-être, soupira Maxime.

Lucie-Anne rentra.

— Et je n'ai pas songé à l'aimer ! se dit tout bas l
docteur en admirant cette adorable fille.

Elle le regarda de ses beaux yeux calmes et clairs
Il soutint ce regard comme il soutenait celui de toute
les femmes.

— Est-ce que je ne puis aimer? se dit-il avec décou
ragement.

Dans ce projet de bonheur entrevu trop tard, aucun
des deux hommes n'avait songé au principal moteur
des projets de ce genre et d'autres : l'argent.

M. Bréant était fort riche, le docteur Davelles l'était
immensément pour un particulier; mais le premier

ne connaissait pas la vraie fortune du second, sans
cela il ne lui aurait jamais parlé de son secret désir
de père.

Maxime Davelles, nous l'avons déjà dit, vivait simplement et menait un train dont la modestie habituelle
n'était nullement en rapport avec sa fortune. Il avait
une façon toute particulière d'en faire usage, et personne n'en savait l'emploi. Mathias lui-même, son
confident, n'était initié qu'à une partie de ses secrets.

Seulement, il croyait son maître riche comme un roi.

Le serviteur voyait couler un fleuve d'or dont la
source semblait inépuisable. Jamais la question d'argent n'avait entravé les projets ou les désirs de Maxime.
Jamais aucun obstacle n'avait résisté au pouvoir matériel dont il disposait.

Aussi Mathias ne s'étonnait de rien.

— Monsieur n'a qu'à vouloir, disait-il.

Quand on parlait à cet honnête homme d'une vertu ou
d'un honneur éprouvés, il souriait en incrédule. Il
avait découvert tant de bassesses à l'aide d'une poignée
d'or!

Une personne qui se rendait parfaitement compte de
la fortune exceptionnelle de Maxime, c'était Caroline.

Il l'avait domptée par là, d'abord.

Mais à mesure qu'elle sentait grandir son amour
pour lui, sa soif de richesse prenait un autre caractère. Elle ne concevait plus un désir égoïste de bien-
être et de luxe. Elle ne voulait pas être seulement la
plus brillante des femmes, et la plus aimée, mais la
plus aimante.

Sa nature en était toute changée pour Maxime seulement.

Marguerite la trouva fort maussade le lendemain de leur promenade intime qui avait si mal fini. Elle obtint à grand'peine que Caroline consentît à sortir de la villa. Encore se prétendit-elle si fatiguée au bout d'un quart d'heure qu'il fallut rentrer.

Un homme se trouva près d'elles dans la rue à ce moment-là et remit une lettre à madame Thérion. Marguerite remarqua la pâleur excessive de sa belle-sœur; l'homme se hâta de s'éloigner.

— Je me sens mal, je rentre chez moi, dit Caroline, j'ai besoin de repos.

Marguerite renonça à faire agréer ses soins.

En effet, Caroline avait besoin d'être seule pour dévorer la lettre qu'on venait de lui remettre.

Elle était d'Henry Tuard, l'ennemi de Maxime, qu'elle connaissait trop bien et qu'elle venait de revoir; car c'était lui qui venait de la lui remettre.

Que pouvait donc lui vouloir cet homme? pourquoi reparaissait-il dans sa vie quand elle l'avait oublié et ne demandait qu'à ne jamais en entendre parler?

Elle déplia lentement la lettre, le papier se tordait dans ses doigts.

Elle avait envie de la réduire en cendres et de n'y plus songer... Cependant, la veille, n'avait-elle pas aperçu Henry près de M. et mademoiselle Bréant, les amis de Maxime? Il fallait bien qu'elle sût comment cela se faisait.

— Ah ! qu'avais-je besoin de tout cela ! J'étais heureuse, dit-elle.

Elle se décida à lire :

« Quel étonnement profond que le mien, madame ! Vous vous appuyez sur le bras de Maxime Davelles, notre cruel ennemi, et vous paraissez tranquille et confiante ! Et vous osez parler et vous pouvez sourire ! Je ne comprendrai jamais ce monstrueux rapprochement. Non, madame, jamais le comte de Neubourg n'oubliera l'injure sanglante que nous lui avons faite. Vous fûtes mon complice, il le sait, et il ne vous a pas plus pardonné qu'à moi; si vous en doutez, permettez-moi de vous apprendre qu'il m'a poursuivi partout de sa haine, que depuis près de dix ans je parcours le monde en tremblant de le rencontrer.

« Ma fortune, ma famille, mes intérêts se sont trouvés compromis par les précautions que la constance de cette inimitié m'impose, et mon associé d'Amérique ne comprend plus rien à mes interminables voyages. Mais je n'ai le droit de me fixer nulle part, ni le moyen de séjourner dans une ville. M. Davelles s'y trouve avant ou en même temps que moi pour m'en chasser. Rien ne me réussit dès qu'il paraît. Un jour, j'ai cru lui échapper au fond du désert ; c'était en Algérie. La solitude du Sahara n'a fait que rendre notre rencontre plus effrayante, nous nous sommes trouvés face à face dans un ravin creusé par une source entre deux palmiers.

« Le ciel était clair, le sol était brûlant, le sable s'étendait devant et derrière nous.

« Il s'avança vers moi sans prononcer un mot, le pistolet à la main.

« Il était seul avec Mathias son domestique, j'étais suivi de dix Arabes qui se disaient mes amis.

« — L'eau ne vaut rien ici, leur dit-il...à une heure de distance vous en trouverez près d'El-Kantara.

« Mes hommes s'inclinèrent comme pour baiser ses pieds, et remontant sur leurs chevaux, ils s'envolèrent en emmenant ma monture.

« M. Davelles voyant ma surprise me dit tranquillement :

« — Que n'essayez-vous de m'assassiner une seconde fois ? Personne n'en témoignera.

« Cette insulte me réveilla de ma stupeur. Je demandai une arme. Il me jeta une épée, et nous nous battîmes avec acharnement, au bord d'un puits à peu peu près sec, qui semblait ouvert seulement pour cacher le cadavre de celui qui succomberait.

« Mathias nous regardait avec un calme qui me gênait et redoublait ma colère.

« Le même motif qui animait M. Davelles contre moi m'excitait. Si je l'avais blessé mortellement autrefois, c'était parce que je le croyais disposé à m'enlever la femme que je regardais comme mienne ; s'il a voulu se venger plus tard, c'est parce qu'il avait aimé cette femme d'un amour antérieur au mien.

« L'issue de ce duel fut terrible pour moi. Mon ennemi me laissa blessé et mourant, au bord du puits, où j'aurais servi de pâture aux hyènes et aux chacals, si le bon Messaoud, auquel j'avais rendu quelques serices, n'eût quitté les autres Arabes pour revenir sur es pas et me prêter secours.

« Il y a deux ans de cela, madame, deux ans que M. Davelles doit me croire mort.

« Pensez-vous maintenant que cette vengeance lui suffise et que je sois le seul de ses ennemis auquel il ait voué une haine aussi tenace?

« Vous avez pris part à ce qu'il regarde comme un crime, vous aurez votre heure d'expiation.

« Prenez-y garde!

« Votre amitié pour ma sœur et l'intérêt que vous m'avez toujours témoigné ne me permettent pas de garder le silence à ce sujet quand je vous revois la main dans la main d'un homme aussi fort et aussi dangereux. »

— S'il avait raison! dit-elle après avoir tout lu.

Elle resta pensive.

Mais ses réflexions n'étaient jamais longues; quand il y avait un parti à prendre, elle le prenait vite.

— Eh bien! ajouta-t-elle, je le saurai bientôt.

Elle sonna, Mathias parut.

— Je demandais ma femme de chambre, lui dit-elle avec hauteur; mais puisque vous voilà, vous avertirez votre maître que je désire lui parler.

— Je venais précisément m'informer si madame voulait recevoir monsieur.

— Ah! il est là?

Cette facilité de s'expliquer sur l'heure la troubla, elle hésita.

— Monsieur attend dans le petit salon, reprit Mathias.

Caroline sortit de sa chambre et trouva Maxime dans son boudoir verdoyant.

Elle faisait la brave, elle allait à lui avec un courage raisonné, voulu, mais son cœur battait.

Lui, debout, l'œil glacé, la lèvre pâle et le sourire contraint, s'inclina sans lui tendre la main ni prononcer un mot.

— Asseyez-vous, lui dit-elle gracieusement... Vous venez tard, ce matin... et j'ai précisément à causer avec vous.

Chaque membre de cette courte période avait été coupé par une pose qui semblait engager M. Davelles à parler à son tour.

Il resta muet et ne prit pas de siège.

Découragée, Caroline s'assit, ou plutôt se laissa tomber sur un fauteuil, et, au même moment, par un mouvement spontané, elle se releva en criant :

— Monsieur, vous ne m'aimez pas!

M. Davelles n'eut pas l'air d'entendre, encore moins de voir.

Elle était superbe cependant plantée devant lui, le regard haut, les narines frémissantes et la bouche entr'ouverte par l'émotion qui agitait ses lèvres.

D'un ton si calme qu'elle en fut écrasée, il lui dit lentement :

— Vous avez reçu Henry Tuard aujourd'hui, madame?

— Moi! dit-elle au comble de la surprise.

— Vous lui avez parlé?

— Non!

Maxime fit un pas vers elle, et avec autorité :

— Il vous a remis une lettre ?

Elle devina qu'il était instruit par Mathias sans doute, qui avait pu voir Henry de la maison au moment où il lui présentait sa lettre dans la rue. Elle haussa dédaigneusement les épaules.

— Je ne savais pas, monsieur, que vous me faisiez épier par vos gens !

— On peut voir sans épier. Mathias a vu, et reconnaissant ce misérable, il a été étonné que vous acceptiez sa lettre. Mon fidèle serviteur avait le droit de supposer que vous ne faisiez plus alliance avec mes ennemis.

Elle eut encore un mouvement de dédain mêlé d'impatience cette fois.

— Monsieur, vous savez que mademoiselle Elma Tuard est mon amie de pension ; elle habite New-York, et nous entretenons, depuis qu'elle a quitté Paris, une correspondance peu active dans laquelle elle me parle quelquefois de son frère Henry, de vous qu'elle ne connaît pas, jamais : telles sont mes relations avec vos ennemis.

— Peu m'importe maintenant que mademoiselle Elma Tuard ait ou n'ait pas été la digne sœur de son frère, quant à ce qui me concerne. J'ai passé six mois en Amérique et j'ai pu me convaincre que la famille Tuard, très-mal informée de la conduite de ce frère et de ce fils sur le continent européen, souffre de ses résultats. L'espoir du père, de la mère et de la sœur, reposait sur ce jeune homme. Il s'était chargé de rappeler la fortune disparue de la maison paternelle. Jusqu'ici, malgré son peu de scrupule sur le choix des moyens, il n'y a guère réussi. Si j'avais, à propos de cette famille, des idées de haine ou de vengeance, son orgueil souffre assez pour que je sois satisfait.

— Non, monsieur, car votre satisfaction en ce genre serait mince. La famille Tuard est hors de peine. Henry est en train de l'enrichir. Il représente aujourd'hui l'une des plus fortes maisons de New-York, la maison Coopfild.

— Et il en porte le nom, et il espère plus que jamais faire un riche mariage ! s'écria Maxime en se contenant à peine.

— Peut-être.

Ils avaient échangé rapidement ces dernières répliques comme deux adversaires qui cherchent à se blesser.

— Oh ! l'infâme ! dit M. Davelles à ce *peut-être* gros de sous-entendus, c'est Lucie-Anne qu'il veut épouser !

— Et quand cela serait, que vous importe ?

— Cela m'importe si peu que je vais de ce pas chez mon ami Bréant arrêter ce projet de mariage.

— Allez, monsieur.

La voix de Caroline descendit à un tel accent de tristesse et de douceur en prononçant ces paroles, que Maxime en fut frappé.

Depuis la veille, c'est-à-dire depuis qu'il avait aperçu M. Tuard à la promenade, il ne se maîtrisait plus et il entassait imprudences sur imprudences. Un mot encore, et il laissait échapper son secret, tant la vue de son ennemi l'avait bouleversé.

Il s'arrêta au moment de franchir la porte du boudoir et revint vers madame Thérion en changeant subitement d'allure.

— Pardonnez-moi, dit-il, ceci ne vous regarde pas, en effet, vous ne connaissez pas M. Bréant, vous n'avez peut-être jamais entendu parler de sa fille avant la soirée d'hier.

— Non, monsieur; mais nous nous en sommes assez entretenus hier et aujourd'hui pour que je devine. Permettez-moi de vous engager à ne pas vous gêner pour moi à ce sujet. Vous m'accordez, j'imagine, assez de bon goût pour supposer que vous êtes libre ?

Vivement Maxime posa son chapeau sur une table et s'empara des mains de Caroline.

—Et vous bien défiante! dit-il d'un air ému. Comment pouvez-vous me croire capable...

Elle retira ses mains.

— Vous m'avez bien soupçonnée ! reprit-elle.

— Cette maudite lettre m'a contrarié, je l'avoue. J'ai si peur que vous ne m'aimiez pas autant que je le désirerais!

— Non, dit-elle avec un singulier sourire, mélange d'amertume et de passion, non, vous n'avez pas peur, car vous m'effrayez comme on effraye un enfant; car vous me dominez comme un maître, car, vous n'ignorez pas que cette lettre qui vous inquiète passera de mes mains dans la vôtre quand vous le voudrez.

Comme toutes les femmes fortes, Caroline mettait dans sa soumission une grâce qui avait une valeur extrême, on ne pouvait pas l'accepter sans lui en savoir gré. Et malgré sa colère, à moitié contenue, Maxime se sentit touché quand elle lui tendit la lettre.

Il lut d'un bout à l'autre cependant, sans manifester aucunement sa satisfaction.

— Ce que je fais là est mal, dit madame Thérion quand il eut fini. Je vous fournis peut-être le moyen d'accabler cet homme, le frère de mon amie, et je m'ôte par ma faiblesse la facilité de savoir si son avertissement est exact ; je me livre à vous...

— Et vous avez raison, madame, de séparer votre cause de celle de ce malheureux, ceci vous sera compté. Ne croyez pas que ma haine soit un aveugle et égoïste ressentiment. Je sais souffrir et pardonner. Mais j'ai une grande soif de justice. C'est une passion chez moi ; le mal me révolte. Jeune encore, je l'ai vu trop souvent triompher.

Cependant, je suis persuadé que les lois de l'éternelle justice sont écrites au fond de chaque conscience humaine, et qu'elles y entretiennent la force des bons instincts à côté de l'entraînement des mauvais ; et je me suis dit qu'il y avait pour les honnêtes gens un autre devoir que celui de subir avec résignation les violences ou les perfidies des méchants ; je me suis dit que l'initiative individuelle devait venir en aide à la justice légale pour flétrir ou punir les crimes qu'elle n'atteint pas !

S'élevant par la grandeur de sa conviction à une

certaine solennité de parole, Maxime n'avait que trop
persuadé Caroline. Elle pâlit en se détournant.

— Voilà pourquoi, reprit-il, j'irai chez M. Bréant
sans que cela doive vous inquiéter. Je ne puis laisser
la fille de mon ami s'engager à un homme sans honneur.

— C'est votre haine qui parle.

— C'est l'équité. Mon ennemi me doit la vie, le croiriez-vous, madame? Il allait périr d'une manière affreuse, au Sahara. Quand je l'ai rencontré, les Arabes
qui l'accompagnaient avaient l'intention de lui ouvrir
le ventre pour en retirer les entrailles et les remplacer
par des pierres. Ils avaient à venger leur chef dont
Henry, par je ne sais quelle infernale combinaison,
venait de séduire la fille. Les obstacles, les dangers
d'une pareille entreprise sous la tente, où les femmes
sont protégées par le triple rempart des voiles, des
tentures et de la coutume, n'avaient pu l'arrêter. Il
s'agissait d'une affaire très-considérable, un achat de
laines algériennes que le père de la jeune fille devait
lui livrer en grande quantité.

Pour obtenir ces laines à bas prix, il se fit l'ami du
père et devint l'amant de la fille, qui avait tout pouvoir
sur l'esprit du chef arabe. Comment cet amour fut-il
découvert? Je l'ignore, mais je sais que Mathias n'obtint l'éloignement des Arabes qui l'escortaient qu'en
leur promettant de remplir leur djebira de douros dès
qu'ils seraient rendus à l'endroit que je leur désignai
près d'El-Kantara. Ces Arabes me connaissaient; ils
savaient qu'ils pouvaient se fier à ma parole, ils se

fièrent aussi à ma haine qu'ils avaient comprise, et m'abandonnèrent le traître.

Cet homme, que j'avais poursuivi, comme il vous l'a dit, dans tous les pays, pour lui demander raison de sa première trahison envers moi, cet homme fut contraint enfin de se battre sur l'heure. Était-il lâche? Je l'ignore, mais il se défendit vaillamment. Quand il tomba, je le crus mort et je crus Audrette vengée. Je n'avais fait que de le préserver d'un horrible supplice.

— Et vous croyez maintenant devoir reprendre votre poursuite?

Elle s'était doucement rapprochée de lui en l'interrogeant. Anxieuse, mais fière, elle avait redressé sa taille et raffermi son regard; elle avait osé fixer ses yeux sur le comte de Neubourg demandant justice et parlant de vengeance.

Maxime aussi s'approcha d'elle et de si près que, la touchant, brûlé par l'éclair de ses yeux, troublé sans être séduit, il eut la tentation d'en finir avec ce démon féminin et d'éteindre ce regard fascinateur en la brisant et en la foulant aux pieds.

Il eut une seconde d'hésitation terrible.

Elle, confiante dans le pouvoir de sa beauté, posa une main sur l'épaule du jeune homme en soupirant :

— Aimons-nous! dit-elle de sa voix de sirène.

Le contact de cette petite main fit à M. Davelles l'effet d'un fer rouge.

Un violent soubresaut le dégagea. Et aussitôt reprenant son énergie, il s'écria :

— Ah! vous voulez que je vous aime, Caroline, et

que je vous aime en dépit du souvenir des morts, en
dépit des larmes et du sang versé, vous le voulez? Vous
êtes assez forte pour vous mesurer avec cette passion?
Oh! ce sera de terribles amours!

Pas un mot de plus ne fut prononcé sur ce sujet depuis ce moment-là. Ce retour vers un passé plein de
haine et de mystère parut être le dernier.

Caroline, heureuse de l'intérêt que Maxime lui témoignait et de son calme dévoué, garda pendant bien
des jours le souvenir de cette scène où tous les sentiments du jeune homme s'étaient de nouveau révoltés
pour dédaigner son amour. Elle ne pouvait comprendre comment il passait si vite d'une fureur si grande à
une tranquillité si complète. Elle s'effrayait encore au
moindre éclair de son regard, craignant de voir reparaître sur son visage cette expression hostile qui lui
était si bien connue. Et toujours, malgré elle, crain-
tive et inquiète, elle s'alarmait de la moindre parole, y
cherchant un sens caché et se demandant ce qu'il
pensait d'elle, comment il l'aimait et comment il pouvait l'aimer.

Peu à peu, cependant, s'assurant et reprenant sa
liberté d'allures, elle déploya ses séductions ordi-
naires. Elle l'assassina de regards et de sourires, s'i-
maginant qu'il ne résisterait pas plus que d'autres
n'avaient résisté à son pouvoir de femme et qu'il l'aimerait aveuglément, sans lui demander aucun compte
et sans rien exiger d'elle, si ce n'est de satisfaire cette
soif d'amour qu'elle savait si bien allumer.

Maxime n'opposait aucun regret, aucun remords,

aucun ressouvenir, à l'action envahissante de Caroline. Il se laissait aimer, mais sa tranquillité, sa bonne
volonté même, était une froideur.

Il ne cherchait plus sa main, il n'avait plus de ces
élans spontanés et fiévreux qui remuaient la jeune
femme. Et un jour, comme elle s'enhardit jusqu'à faire
une allusion détournée à cette froideur, il lui dit à
voix basse :

— Ah! si vous n'étiez pas la veuve de mon ami !

« Veuve d'Auguste, toujours, pour lui, pensa-t-elle ;
quand donc ne le serai-je plus ? »

Elle espérait que le mariage lui enlèverait cette qualité comme un baptême efface les taches de l'âme, idée
moderne des romanciers en quête de pécheresses pu-
rifiées.

Il s'agissait de tuer le temps et de distraire les scrupules de Maxime jusque-là.

Encore si elle avait pu descendre au fond de sa
pensée, savoir ce qu'il soupçonnait, ce qu'il savait....

Veuve ! ce mot couvrait un abîme.

Le franchirait-elle ?

Maxime s'était présenté chez M. Bréant à l'heure où
il espérait y rencontrer Henry Coopfild.

Il n'y trouva personne, M. Bréant et sa fille avaient
quitté Nice le matin même sans le prévenir.

M. Davelles n'en fut pas surpris. Il reconnut l'influence d'Henry.

« Cet homme a eu peur ! » pensa-t-il.

Cependant, malgré ce procédé singulier, il écrivit à

l'adresse ordinaire de M. Bréant, à Paris, pour lui dire ce qu'il pensait du futur mari de sa fille.

Cette lettre, prudente d'ailleurs, soulagea la conscience de Maxime.

Il parut s'occuper exclusivement de Marguerite et de Caroline ; si l'une le jugeait froid, l'autre le trouvait toujours empressé.

Caroline pensait que la différence n'était pas en sa faveur et s'en irritait.

Marguerite parla d'aller voir Frédéric à Antibes. On partit immédiatement, et quoique la séparation des jeunes gens eût été courte, ils eurent une grande joie de se revoir, de sorte qu'on passa un mois à Antibes. Caroline préférait le séjour de Nice, beaucoup plus agréable, et où elle était si bien installée. On vivait à Antibes dans un hôtel, comme si l'on devait repartir le lendemain, et l'on s'y oubliait. M. Davelles mettait au service de la jeune fille une complaisance inépuisable.

— Vous la gâtez ! ne put s'empêcher de remarquer Caroline. Quand elle sera mariée et quand nous le serons, sa position va bien changer.

Elle avait profité pour faire cette remarque sèche d'un moment où la jeune fille causait à part avec son fiancé.

Maxime regarda Caroline d'un air de reproche.

— Vous ne dites pas ce que votre cœur pense. Riches et heureux comme nous le serons, Marguerite ne peut cesser de l'être.

— Vous proposez-vous de la suivre de garnison

en garnison pour lui épargner les ennuis d'un sot mariage ?

Caroline avait au moins parlé selon sa jalousie.

Maxime sourit.

— Vous savez bien que je suis à vous, dit-il ; mais cette enfant est orpheline et pauvre, délicate en plus. Elle n'a d'autre bonheur solide que son amour pour son fiancé, je la ménage.

— Et moi, monsieur, je n'ai d'autre joie que celle d'être aimée de vous. En ceci, je l'avoue, je serai accapareuse. Ce souci perpétuel du bonheur d'une autre femme me gêne et me trouble involontairement, je voudrais en finir et voir ces jeunes gens mariés ; d'un autre côté, la présence de Marguerite près de moi me paraît très convenable en ce moment, puisqu'elle me permet de vous traiter comme un membre de la famille : je n'ose donc pas désirer qu'elle me quitte avant d'avoir le droit de ne plus vous quitter.

M. Davelles n'avait nullement songé à l'avantage que Caroline pouvait trouver dans sa situation vis-à-vis de Marguerite, mais il se hâta d'en tirer parti.

— Je vous comprends, dit-il. L'embarras, cependant, me semble mince. N'aviez-vous pas eu l'idée, autrefois, de garder Marguerite auprès de vous, en engageant M. Guérin à donner sa démission ?

— Il y a longtemps de cela.

— Quel était votre projet alors ?

Madame Thérion haussa légèrement les épaules.

— Le sais-je ? Marguerite était pâle, sa santé m'inquiétait comme elle a paru vous inquiéter depuis...

— Vous la croyiez poitrinaire comme Auguste...

Très-troublée d'avoir à se prononcer, elle répondit par une question :

— Et vous ? dit-elle.

— Moi ? Non, pas plus qu'Auguste.

En fait d'interrogation, Caroline n'était pas toujours heureuse avec Maxime. Elle arrivait à savoir justement ce qui lui était désagréable. Elle espéra briser la conversation d'un mot.

— Qu'importent ces détails ! M. Guérin sait ce qu'il a à faire et j'approuve d'avance ce que vous lui conseillerez.

L'impatience perçait dans ces paroles. Maxime reprit :

— Je lui conseillerais de choisir sa résidence et d'entourer sa femme de bien-être, s'il avait des rentes.

— Vous voilà de mon avis ! s'écria-t-elle. Il faudrait de la fortune à Marguerite. J'avais donc raison de chercher à la marier autrement.

— Mille fois raison, mais...

— Mais j'aime autant qu'elle, et vous n'avez besoin de rien ajouter, à moins que votre intention ne soit de pourvoir à tout en l'enrichissant.

— De ma part, ce ne serait pas convenable.

— Ah ! vous trouvez ? dit Caroline en le regardant fixement.

— Quelle belle jalouse vous faites ! Cela devient sérieux. Eh bien ! pour tout arranger, voici ce que je vous propose. Je cesserai de veiller sur Marguerite, de

près, du moins. Je vous chargerai d'elle, de sa santé,
de son mariage, et je voyagerai jusqu'à l'époque du
nôtre qui sera fixée au plus tôt.

— Vous voyageriez ! dit-elle en pâlissant...

Il lui semblait que, séparé d'elle, il lui échapperait.

— Il le faut bien, puisque vous ne pouvez jusque-là
cesser d'avoir votre belle-sœur entre vous et moi et
puisque vous en souffrez.

— Non ! s'écria-t-elle, non ! vous resterez ; je ne suis
pas inquiète, vous vous trompez, je compte sur votre
parole, je sais ce qu'elle vaut. Je ne puis d'ailleurs
être sérieusement jalouse, ce serait insensé.

— L'idée seule d'un sentiment de ce genre est une
pensée fâcheuse de vous à moi. Il faut la détruire,
l'arracher, pour qu'elle ne grandisse jamais.

— Merci ! c'est bon de vous voir aussi dévoué à mes
faiblesses, j'ai eu tort. D'ailleurs, on peut arranger
autrement les choses. Marguerite peut rester avec moi
après son mariage comme avant ; je n'ai pas pour
M. Guérin une très-vive sympathie, mais du moment
qu'elle ne conçoit pas d'autre mari possible, marions-
les. Il donnera sa démission, il aura son appartement
à Guériant, si vous jugez que c'est une bonne résidence pour ma belle-sœur, et, comme d'habitude,
ma bourse sera celle de Marguerite.

— Et celle de ses enfants ? et celle du capitaine ?
Non, M. Guérin n'accepterait pas. Donnez-leur un
peu plus d'indépendance. Dotez Marguerite pour
fixer un chiffre et borner vos générosités, ce sera
plus digne d'eux et de vous.

Cette conclusion déplaisait à Caroline. Nous avons vu de quelle façon elle tenait à l'argent. Bien moins depuis qu'elle avait en perspective les millions de Maxime, mais peu désireuse cependant d'assurer à ses dépens l'indépendance de Marguerite. Elle se hâta de se jeter sur une supposition qu'elle fit au moment même :

— M. Guérin n'a donc pas cessé de compter sur une dot? Son amour serait-il devenu un intérêt? dit-elle dédaigneusement.

— M. Guérin attend qu'un de ses oncles veuille bien lui envoyer la somme nécessaire pour parfaire la dot exigée pour la femme d'un capitaine. Voilà la cause matérielle de son calme en face des retards apportés à la conclusion d'un mariage si souvent retardé.

— Il espère ainsi se passer des bonnes intentions de notre amitié?

Elle se prenait à tout pour se défendre et blâmer le capitaine en quelque chose.

Maxime ne daigna pas répondre un seul mot. L'attachement excessif de Caroline pour son argent le dégoûta. Il la crut cupide, quand elle n'était qu'égoïste et dominatrice. Inquiète aussi, pensant que Marguerite indépendante la gênerait peut-être un jour.

Le silence de Maxime la gênait bien davantage pour le moment. Avec la promptitude de son esprit, elle se dit qu'il y avait moyen de le satisfaire et de paraître généreuse sans s'appauvrir.

« Cent mille francs! pour quarante millions, » c'est peu! se dit-elle. Puis tout haut :

— Je ne refuse pas de donner la dot promise de
tout temps. J'aurais préféré seulement que M. Guérin
l'eût attendue avec confiance, sans me la faire réclamer par vous. Cent mille francs et l'hospitalité de
Guériant où Marguerite sera chez elle, vous semblent-
ils suffisants?

Elle savait bien que cinq mille francs de rente ne
constituent pas une large indépendance pour le ménage d'une femme habituée à la richesse.

Maxime sourit et se hâta de se montrer satisfait.

— Oui, dit-il, cent mille francs et la vie de famille.
Voilà ce que vous devez offrir. Rien dans cet arrangement ne blessera la délicatesse de M. Guérin. Elle
est plus grande que vous ne l'imaginez. Il croira que
vous obéissez à la volonté de votre mari qui, lui-même,
avait fixé cette somme. Il n'élèvera aucune difficulté.
Que les jeunes époux vivent à Guériant ou à Laveray,
peu importe! Les châteaux ne nous manqueront pas
pour leur offrir une résidence, j'en ai un peu partout.
L'essentiel, c'est d'assurer à la jeunesse de Marguerite ébranlée par les chagrins une existence calme. Ce
point fixé, résumons-nous, marions-les au printemps.
Nous serons libres après de nous occuper de nous
seuls.

Le printemps arrivait dans deux mois. Madame
Thérion consentit à vivre encore à Nice pendant le
premier, et à se rendre dès le commencement du second à Guériant, pour les préparatifs du mariage.
Pendant ce temps, M. Guérin donnerait sa démission,
et Maxime terminerait quelques affaires qui parfois

l'éloigneraient, mais d'une façon irrégulière et peu
sérieuse.

— Ma vie va changer entièrement, ajouta-t-il, j'ai
mes dispositions à prendre pour vous la donner tout
entière, mais à votre moindre désir j'accourrai.

Caroline assura elle-même M. Guérin de ses intentions à l'égard de sa belle-sœur. Elle se donna le mérite de l'initiative, avec un air de grandeur qui ne
trompa personne, mais qui permit à tout le monde
de prendre le ton de la cordialité.

Marguerite remercia Maxime en secret.

— Je vous devrai tout! dit-elle.

— Attendez un peu, attendez encore. J'ai aussi quelque chose à vous devoir. Je vous demanderai cela
quand nous signerons votre contrat.

Pour M. Guérin, surpris du chemin que Maxime
avait fait, il regarda sa future belle-sœur d'un air de
pitié que celle-ci ne put comprendre. Ce qu'elle vit
seulement, c'est qu'il tremblait légèrement en lui tendant la main.

— C'est le bonheur, dit-elle.

Et tout bas, avec l'orgueil de sa beauté :

« Mon futur beau-frère sera toujours gêné par cette
petite main. »

Après réflexion, Caroline resta satisfaite.

Le jeune ménage fixé paisiblement en province, où
la vie est grasse, plate et nulle, serait peu de chose
dans son existence renouvelée. Le rêve d'or de la
comtesse de Neubourg brillerait et s'étendrait loin de
cette médiocrité monotone. L'humeur voyageuse de

Maxime amènerait des déplacements perpétuels. S'il changeait quelques-unes de ses habitudes, ce ne serait certes pas pour les amoindrir ni pour les enfermer dans un cercle étroit. Ce ne serait certes pas non plus pour l'éloigner de Paris l'hiver. Elle se proposait d'y briller comme une des plus belles étoiles, se souciant peu des douleurs du temps; que lui importait?

N'allait-elle pas se plonger dans les jouissances enivrantes, les caresses soyeuses, ouatées, le luxe rare?

L'avenir de Marguerite convenablement assuré était donc une inquiétude de moins pour Caroline. Elle se flattait d'avoir bien agi et de recueillir les bénéfices de sa bonne action. Cela lui parut mieux que d'avoir une belle-sœur pauvrement mariée dont elle aurait rougi et qui se serait beaucoup trop rappelée au souvenir de M. Davelles.

Cette jalousie, Caroline l'avait montrée franchement pour flatter l'amour-propre de Maxime. Celui-ci se dit que si elle était bien sérieuse elle la cacherait. Il comprit ce qu'elle avait de réel. C'est que la jeune femme ne souffrait aucun sentiment étranger dans le cœur de l'homme qui lui appartenait. Impérieuse et absolue, il fallait qu'elle régnât en souveraine partout où elle se montrait. De là son antipathie sans cesse renaissante pour M. Guérin. Un homme épris d'une autre, quel ennuyeux personnage !

Pendant qu'elle se flattait de s'emparer entièrement de l'esprit de Maxime et de fuir le jeune ménage et sa félicité bourgeoise, M. Davelles cherchait le vrai sens de ses exigences et s'écriait seul à seul :

« Je tiens son châtiment ! »

On revint à Nice, où Maxime, en s'excusant beaucoup, déclara qu'il était forcé de faire une courte absence.

Les deux femmes restèrent seules sous la garde de Mathias. Frédéric, retenu à Antibes jusqu'à ce qu'il eût accompli les formalités nécessaires pour quitter le service, écrivait tous les jours. Parfois il obtenait la permission de venir passer une heure avec sa fiancée. Souvent Marguerite se déplaçait pour lui. On se serrait la main sur la route, on échangeait mille protestations. Les jeunes fiancés éclataient en rires fous.

Du fond de sa voiture, où elle attendait la fin de l'entrevue, Caroline comptait les minutes en pensant à Maxime.

Une rage subite la prenait, elle avançait les aiguilles de sa montre et donnait le signal du départ.

— A quoi pense M. Davelles de me laisser seule témoin de ces interminables amours ?

Maxime était parti depuis huit jours et venait de lui écrire qu'il ne pouvait rentrer encore. Sa lettre qu'elle tenait en se plaignant de la sorte était datée de Paris ; mais cela ne la fixait en rien, car il ne lui disait pas un mot de ce qu'il faisait et prétendait qu'il ne s'arrêtait nulle part.

En rentrant à la villa elle reçut des mains de Mathias une autre lettre ; elle était de M. de Verry.

« Je l'avais bien oublié ! » se dit-elle.

Mais le jeune homme, comme un enfant terrible, n'avait rien oublié.

Il annonçait son arrivée en termes peu rassurants.

Il tenait l'adresse de Caroline de madame de Rives, à qui elle avait été forcée de la donner pour ne pas paraître la cacher, et un noble Russe arrivant de Nice venait de compléter ce renseignement en lui apprenant qu'elle habitait la villa Davelles.

M. de Verry se plaignait amèrement du silence que madame Thérion gardait à son égard. Était-elle complétement tombée au pouvoir de son terrible cousin ? Quel motif pouvait la retenir si longtemps chez un homme qui l'effrayait si fort dans les premiers moments de son veuvage ?

Il se perdait en suppositions. Caroline se félicita en voyant qu'il n'abordait pas la seule vraie. Mais il maintenait ses droits d'amour et persistait dans sa résolution de les sanctionner par un mariage. Madame Thérion avait toujours espéré qu'elle éluderait cette conclusion. Elle jugeait M. de Verry incapable de persister ; elle avait compté sur la légèreté de son caractère.

Elle se flatta encore de s'en débarrasser honnêtement. L'aimable jeune homme n'oserait certes pas aborder une lutte franche avec Maxime, et il devait craindre que, même en tout désintéressement de cause, celui-ci ne lui fût pas favorable.

« Il aura encore peur et il s'éloignera ; puis, quand je serai madame de Neubourg, il osera encore moins se mesurer avec mon mari. »

Telle fut l'espérance de Caroline. Elle attendit M. de Verry avec assez de calme. Cependant elle aurait désiré le recevoir et l'expédier avant le retour de Maxime.

L'idée que ces deux hommes allaient se trouver face à face la gênait un peu.

Son désir fut réalisé en partie, car M. de Verry arriva avant Maxime. Il se présenta le col en pointe, le chapeau cambré, l'habit écourté ; gras et grave.

———

XX

L'exercice de son pouvoir de jolie femme, l'habitude du succès, avaient donné à Caroline une grande confiance dans sa destinée heureuse.

Elle reçut la visite de M. de Verry comme la chose la plus naturelle du monde, et loin de mettre un obstacle à l'explication qu'il chercha, elle se hâta de la provoquer.

Marguerite la favorisa en les laissant seuls, car M. de Verry lui avait toujours déplu.

— Que vous êtes vif ! dit Caroline en ouvrant le feu. Attendre, voilà votre seule spécialité. Je me charge du reste. Je travaille à étouffer le passé. N'est-ce pas assez ? N'est-il pas de mode de réparer aujourd'hui?

— Vous ne m'écrivez pas un seul mot pour me donner le courage d'attendre.

— Parce que je ne suis presque jamais seule, parce que j'habite ici la villa Davelles, une maison gouvernée et surveillée par Mathias, homme de confiance de mon cousin.

— Pourquoi vous mettre ainsi dans l'antre du lion ?

— Pour détourner les soupçons, pour prouver que je suis toute dévouée à la famille de mon mari, famille bornée à Marguerite à qui je me consacre en entier.

Ces raisons excellentes eurent de la peine à convaincre M. de Verry.

— Mais M. Davelles, s'écria-t-il, n'a aucun recours à exercer sur votre passé ?

— Vous n'étiez pas de cet avis, à Baréges, je suis vos conseils.

Elle avait répliqué froidement et avec raideur. Il eut peur de la contrarier; en homme bien épris, il s'avoua qu'elle avait mille fois raison et, très-humble, sollicita d'un geste soumis la faveur de lui baiser la main.

— Volontiers, dit-elle d'un air dégagé. Mais songez que la plus légère marque d'intimité est dangereuse ici. Mathias, ce serviteur si fidèle à son maître, possède des yeux qui voient à travers les portes fermées.

— En cela il ressemble à beaucoup d'autres, dit le jeune homme en riant...

— M. Davelles lui-même peut entrer à toute minute.

— J'espère que ce ne serait pas sans se faire annoncer ?

— Sans doute. Je ne vous engage pas moins, quoique à regret, à abréger votre visite. Absent depuis plusieurs jours, mon cousin pourrait s'étonner que vous ayez profité de son absence pour venir me voir.

— Voilà pourquoi je dois rester jusqu'à son retour, dit résolûment M. de Verry. Je ne veux pas avoir l'air d'un malfaiteur qui se cache. J'ai le droit de vous aimer ; si je ne peux pas l'avouer encore, ma visite est facile à expliquer.

— N'expliquons rien, s'écria Caroline, avec M. Davelles les explications sont fatales. Partez, croyez-moi, je serais désolée qu'il vous trouvât ici.

Elle parlait avec une sincérité qui ébranla M. de Verry ; sa crainte n'était pas jouée. Plus l'entretien se prolongeait, plus elle redoutait l'arrivée possible de Maxime. M. Davelles ne lui avait pas annoncé son retour ; mais elle le savait homme à se présenter inopinément. N'y était-il pas d'ailleurs autorisé ? N'était-elle pas chez lui et moralement à lui ?

De ses soupçons, elle n'avait pas si grande frayeur que de lui déplaire en recevant M. de Verry.

L'élégant jeune homme se leva comme pour se retirer, et madame Thérion put croire qu'elle l'avait convaincu. Il se tint debout et appuya le bout de son doigt ganté sur le dossier de son siége.

— Vous n'étiez pas si tremblante à Guériant, dit-il, et votre cousin m'a paru plus facile à apprivoiser que vous ne voulez bien le dire.

Il serait temps d'en finir avec vos émotions et vos inquiétudes. Si vous n'y veillez, elles deviendront un

joug. Trop de prudence peut vous perdre aussi sûrement que trop de hardiesse. M. Davelles me semble
un homme trop résolu pour tarder à exprimer ses
doutes. S'il en avait eu, nous le saurions depuis longtemps.

Elle le savait, elle! Ne les lui avait-il pas exprimés
de mille manières? Mais pouvait-elle dire à M. de
Verry que l'amour de Maxime effaçait, réparait, emportait tout? Pouvait-elle lui avouer que cet amour
était la seule chose qu'elle tînt vraiment à ménager?

— Une femme manque quelquefois de courage, dit-
elle en s'inclinant pour le congédier, peut-être parce
qu'elle est faible.

Elle se faisait modeste, voulant en finir.

— Pas vous! s'écria M. de Verry. J'ai souvent admiré
votre énergie. Si le courage pouvait vous manquer,
vous le rappelleriez vite.

Le doigt du jeune homme glissa sur le haut du siége
abandonné qu'il saisit et ramena à lui.

Ce simple mouvement fut interprété avec angoisse
par Caroline.

« Est-ce qu'il va rester? » se demanda-t-elle.

Involontairement elle tourna les yeux vers la porte
du petit salon où elle l'avait reçu. Ce regard furtif,
M. de Verry le saisit au passage.

— Auriez-vous vraiment peur? dit-il. Je ne vous reconnais pas! Si quelque chose de sérieux vous inquiète,
que ne me le dites-vous?

— Ce que vous savez me semble suffisant.

— Non, madame, ce que je sais ne m'explique ni

votre silence, ni votre froideur, ni votre trouble; autrefois, quand vous étiez émue de la sorte, vous vous
plaisiez à vous rassurer près de moi. Vous me racon-
tiez vos chagrins en détail, vous me prouviez au moins
par un mot ou par un regard que l'espoir vous venait
de mon côté.

— J'en conviens, dit-elle; nous avons été fous !

— Dites heureux, ce sera plus exact.

— Ce bonheur, s'il n'a pas duré, est-ce de ma
faute?

Elle se débattait en cédant du terrain. Il reprit tout
à fait son siége, et se penchant vers elle il s'empara
du bout de ses doigts parce qu'elle ne se prêta pas à
lui en donner davantage; mais il exerça sur les ongles
roses une pression nerveuse. Elle les retira vivement,
prenant ce prétexte pour s'offenser un peu.

— Avez-vous envie de me faire mal? dit-elle.

— Ah! je suis maladroit! Je vous aime, je n'ai qu'une
minute à passer avec vous, et je vous irrite!

Pour se faire pardonner, il prit délicatement la main
entière. Caroline ne s'était pas attendue à cette hardiesse. Elle rougit vexée et flattée à la fois. Ne pouvant
se déshabituer de ses façons coquettes, elle répondit
avec un sourire indulgent :

— Je vous pardonne; mais assez d'imprudence.
Partez...

Il s'inclina en baisant avec passion la main qu'il
n'avait cessé de tenir.

— J'obéis, dit-il.

Et il se tourna vers la porte. Elle s'ouvrit d'elle-même devant lui et la tête de Mathias parut entre la portière et le mur.

— M. Davelles fait demander à madame si elle peut le recevoir.

— Oh! c'était un pressentiment! murmura-t-elle.

Dans de semblables circonstances elle réagissait de toutes ses forces contre son saisissement.

Un peu pâle, mais souriante, elle répondit :

— Certainement.

— Je reste! dit M. de Verry. Je veux avoir le plaisir de saluer M. Davelles.

Cette résolution augmenta la pâleur de Caroline.

Et, malgré sa nature courageuse, elle reçut d'un air troublé les saluts de Maxime. Une cordialité franche avait cependant marqué son entrée. Il avait serré les mains de Caroline et souri au visiteur, en l'engageant à se rasseoir, ce que M. de Verry avait fait immédiatement. Gardant la parole, M. Davelles se tourna vers madame Thérion :

— Je vous apporte des nouvelles fraîches de Paris. Madame de Rives prétend qu'on s'amuse beaucoup cet hiver, parce que sa solitude de Passy ne désemplit pas.

— Ah! vous avez vu madame de Rives? remarqua Caroline.

— Je lui avais promis une visite à Guériant, vous le savez.

Je suis arrivé chez elle à propos. Ne voulait-elle pas pousser le dévouement jusqu'à abandonner son monde pour vous rejoindre! Je l'ai heureusement

persuadée de l'inutilité de son entreprise en l'assurant
qu'elle s'ennuierait à périr, que vous ne receviez personne et que vos arrangements de famille allaient
vous faire quitter Nice au premier jour. Elle n'était
pas trop satisfaite de ces renseignements, les trouvant
vagues. Elle a l'amitié précise. Il a fallu lui dire que
votre belle-sœur se mariait comme on se marie en
deuil, sans éclat, qu'elle ne ferait aucune invitation,
célébrant cette union en province, et partant ensuite
avec vous pour voyager pendant le reste de l'année
jusqu'à l'hiver prochain, époque à laquelle vous re-
prendriez probablement l'une et l'autre la vie parisienne.

Ces détails, donnés devant M. de Verry, vivement,
surprirent Caroline. Elle ne savait pas sa vie si bien
arrangée. A l'air de M. Davelles elle comprit qu'il n'y
avait rien à changer à cet arrangement. D'ailleurs,
cela lui sembla fort convenable et fort à propos, selon
l'habitude de Maxime; son galant visiteur serait fixé et
éloigné sans peine. Devina-t-il? Il se leva.

Il se sentait mal à l'aise et très-contrarié tout à
coup ; il allait dire une de ces absurdités que le dépit
met sur les lèvres, quand M. Davelles le retint :

— Je suis heureux de vous rencontrer ici, monsieur, et je tiens à causer un moment avec vous.

M. de Verry s'inclina et pour la troisième fois revint à son siége.

Maxime reprit :

— Ma cousine, monsieur, se trouve dans une situation difficile et presque fausse vis-à-vis de vous.

Mais il n'est pas de situation dont on ne puisse sortir à son honneur entre gens loyaux et sincères. Permettez qu'en ma qualité de cousin, dernier membre de sa famille, son dernier protecteur par conséquent, je l'aide à dénouer cette situation de manière à lui ôter ses hésitations et à prévenir vos regrets.

Ce début parut effaroucher autant Caroline que M. de Verry. Elle se dressa éperdue pour arrêter la parole sur les lèvres de Maxime, et M. de Verry, d'un mouvement, renvoya son siége en arrière et se posa debout avec une solennité qui allait assez mal à son extérieur et à ses grâces délicates.

M. Davelles continua sans paraître le remarquer :

— J'ignore si madame Thérion a eu l'intention sérieuse de vous engager sa liberté de veuve, mais je sais que vous l'avez espéré. Il serait peu loyal de sa part de vous laisser cet espoir, puisqu'elle ne peut le réaliser.

M. de Verry, interdit littéralement, ne trouvait pas un mot.

Il ne pouvait cependant courber la tête et se laisser éconduire sans protester.

— Vous êtes bien instruit, monsieur, balbutia-t-il, mais...

Il resta court, appelant du regard Caroline à son aide. L'attitude de la jeune femme n'était pas encourageante ; après son premier mouvement d'effroi, elle s'était appuyée sur une table, et glissait peu à peu, accablée, dans un fauteuil bas, roulé à sa portée par les soins de Maxime. Celui-ci, dans ce désarroi, ne perdait rien de son calme.

— Vous l'êtes mieux, répliqua-t-il, vous connaissez certes bien mieux que moi les raisons de l'impossibilité dont je vous parle ; elles ne sont pas nouvelles pour vous, vous y avez pensé, vous les avez pesées souvent, espérant les trouver plus légères, vous avez persisté parce que vous aimiez ; c'est un malheur, ne le poussez pas plus loin.

Il était temps de protester.

— Je ne vous comprends pas, s'écria Gabriel de Verry, et madame Thérion encore moins !

— Vous vous trompez, monsieur, c'est l'effet de vos illusions ; car si vous regardiez comme moi ma cousine avec des yeux non prévenus, sa pensée, à défaut de tout autre motif, vous éclairerait. Vous verriez que ses intentions comme ses désirs sont, aujourd'hui, tout l'opposé des vôtres.

Ceci força le jeune homme à se relever.

— Je suis certain du contraire ! s'écria-t-il, et madame va vous le dire.

Caroline ne bougea pas à cet appel direct. Elle semblait devenue étrangère à la conversation. D'ailleurs, Maxime lui épargna la peine de répondre.

— Ma chère cousine, lui dit-il, voulez-vous accepter mon bras pour rentrer dans votre appartement, ou vous plaît-il que je vous laisse avec M. de Verry ?

La jeune femme se leva aussitôt, prit le bras de Maxime et par une inclination muette salua Gabriel. Celui-ci les vit sortir tous deux avec une stupéfaction profonde.

Une seconde après, cet homme si bien équilibré par la civilisation s'arrachait les cheveux.

— Qu'avais-je besoin d'avouer mon amour devant l'ami du mari ? puisqu'il sait une partie de la vérité, c'est qu'il soupçonne tout, c'est que... Oh ! maintenant il me faut une explication.

Maxime revint au salon retrouver franchement son rival, et cette fois ce fut celui-ci qui s'avança vers lui et prit la parole.

— J'ai compris, monsieur, dit-il ; madame Thérion est d'âge et de caractère à exprimer elle-même ses intentions. Si elle vous en a chargé, c'est parce que vous deviez y ajouter un sous-entendu que je n'accepte pas. J'aime votre cousine avec une sincérité loyale autant que dévouée, et personne n'est autorisé à supposer le contraire.

Ceci, digne et ferme, était dit sans exagération de pose ni d'accent.

— Monsieur, répondit Maxime, je n'excuserai pas ma cousine. Elle a manqué de courage. Maintenant que tout est réparé, je vous prie d'agréer ses excuses pour ce déplorable malentendu.

— Et les vôtres ? demanda Gabriel avec hauteur.

— Non, monsieur, je me mets à part de cet incident.

— Cependant...

— Brisons là. Voyez en moi un parent dévoué, un chargé d'affaires, si vous voulez, rien de plus.

— Cependant, vous êtes homme à répondre de vos paroles !

Cette insistance irritait Maxime plus qu'il ne voulait le montrer.

— Vous me feriez croire qu'elles ont une grande portée, dit-il avec une légère intonation railleuse :

Dans cette reprise d'un entretien si épineux, plusieurs fois, à chaque mot, un sentiment de prudence avait engagé M. de Verry à profiter des facilités qu'on lui donnait pour le rompre, mais chaque fois aussi l'amour-propre, ce sot instigateur de la plupart des erreurs humaines, lui souffla une réplique agressive.

— Oui, monsieur, reprit-il, celle-ci : d'après vous, madame Thérion ne pourrait agréer ma recherche. Cet obstacle que vous prétendez venir d'elle, je suis certain qu'il vient de vous.

— Non, pas de moi, mais d'une autre personne dont vous vous efforcez d'écarter le souvenir.

— Un souvenir ! vous raillez ! dit Gabriel un peu pâle.

Dégoût ou dédain, la lèvre supérieure de Maxime se souleva. Il répliqua avec lenteur en pesant sur chaque mot :

— Je parle du souvenir du mort.

Une teinte livide se répandit sur le visage de M. de Verry. Cependant il lutta contre son émotion et d'un ton léger démenti par le tremblement de sa voix :

— Ah ! dit il, j'y suis enfin ! Selon vous, les regrets d'une veuve doivent être éternels ?

— Non, monsieur.

Gabriel reprit haleine et s'excita à reprendre courage. Il le fallait, son adversaire était un rude joueur.

— Vous me rassurez un peu pour madame Thérion reprit-il : il ne s'agit plus que d'une question de temps et de convenance : que ne le disiez-vous nettement dès le premier mot ?

— Parce que je voulais vous épargner la peine de m'entendre formuler la conclusion que vous deviez tirer de ce devoir de convenance ; parce que je jugeais inutile de vous rappeler jusqu'à quel point il vous est interdit d'épouser la veuve d'Auguste Thérion.

Plus Maxime précisait, plus il restait calme, et plus le sang montait à la tête de M. de Verry, qui du vert passait à l'écarlate.

— Ceci devient chez vous une idée fixe. Vous vous arrogez un droit singulier : celui de juger de la convenance de mes actes. Je suis désolé de vous le dire, je ne vous reconnais pas ce droit.

— Je m'y attendais, dit tranquillement M. Davelles.

Ce calme fouetta la colère de Gabriel.

— Si vous tenez à l'exercer, s'écria-t-il, vous aurez à le justifier autrement.

— Avec une épée, voulez-vous dire? Dernière raison du coupable ou du fou!

— Assez d'insultes, monsieur, cria M. de Verry. Nous sommes gens à ne pas continuer ici cette querelle. Mes témoins s'entendront avec les vôtres.

Il gagna la porte avec dignité pendant que Maxime restait muet, préoccupé d'une idée plus terrible que celle de la provocation en elle-même et murmurant à part :

— Faudra-t-il le tuer?

Une minute après il sonna Mathias, lui ordonna de dire à tout le monde qu'il était reparti pour quelques jours encore, et de l'avertir, si les témoins de M. de Verry se présentaient.

Il se retira dans le chalet qu'il habitait, près de la villa, et s'enferma en défendant à ses domestiques de trahir sa présence.

Seul, chez lui, il se replongea dans ses réflexions.

— Quelle lutte ! pensait-il, elle m'écœure ! Cette femme, cet homme, lâches tous deux ! Comme elle tremblait ! comme il avait peur ! quelles faces de coupables ! elle était presque laide.... Et je doute encore !... De quoi? du poison? N'ont-ils donc pu l'assassiner par leur perfidie plus sûrement et plus cruellement?... Est-ce que ce crime ne vaut pas l'autre? Ah ! ce n'est pas de cela que je doute quand je pense à elle... Non, ce n'est pas de cela !...

Il n'osa formuler sa pensée avec lui-même. Une flamme rapide courut sur son visage.

— Ah ! je voudrais la trouver laide ! s'écria-t-il.

Il avait parlé tout haut. Et il courba la tête, rougissant franchement.

Jamais cependant, dans sa loyauté d'homme, il n'avait jugé une femme au seul point de vue de la beauté. Il aurait cru lui faire injure et méconnaître ses facultés intellectuelles en ne leur assignant pas le premier rang.

Voilà pourquoi ce nom de femme ne lui inspirait aucun autre ménagement vis-à-vis de Caroline que ceux d'un être fort en face d'un être faible, et encore la sentait-il si vivace et si absolue qu'il était tenté de la croire aussi forte que lui.

— Oui, se dit-il, je doute de moi, de mon courage, de la fermeté de mes résolutions en face d'une pareille beauté. A quoi bon le nier, m'illusionner? Si elle était laide, j'irais jusqu'au bout, sans crainte de me tromper; je chercherais sans trouble; la découverte de la vérité prévue ne m'épouvanterait pas, sa méchanceté, sa cruauté, ne me paraîtraient pas plus extraordinaires que la cruauté humaine en général. Mais elle est belle, prodigieusement belle!... Et elle possède encore cet indéfinissable charme des jolies femmes qui remplace la régularité du visage par la vivacité de l'expression. Les lignes nettes et pures de son profil sont d'une mobilité étrange et saisissante. Différente d'elle-même à chaque minute, elle attire le regard, elle retient la pensée par la multiplicité de ces poses, de ces mouvements, de ces changements à vue si frappants dans sa personne.

Il semble qu'on pourrait l'étudier toute la vie sans la connaître. Son esprit, d'accord avec ce charme extérieur, me dérobe son âme. Je lui en veux de la tenir si bien cachée, et malgré moi j'imagine qu'elle est telle qu'elle la montre, folle, mais franche; légère, mais inconsciente du mal qu'elle fait. Comme Auguste a dû l'aimer et comme il a dû souffrir!...

Ramené à la pensée douloureuse de son ami, il reprit l'activité de sa haine ou plutôt du désir de justice qui le poussait.

Il alla droit à un meuble qui renfermait le portrait et les lettres de cet ami si cher, regarda la peinture et relut quelques lignes. Il revit Auguste plein de vie jusqu'au jour où elle l'avait épousé. Il se souvint du moment où il l'avait retrouvé sanglant, abandonné, écrasé par elle.

Il se souvint, et pâle, frémissant d'horreur, l'œil fixé sur l'image d'Auguste Thérion, il s'écria avec la simplicité d'un sentiment sincère :

— Ami, si j'étais capable de t'oublier, si j'étais assez fou pour aimer cette femme et pour céder aux tentations de sa beauté, je te jure que je te vengerais sur moi-même !

Après ce serment, il replia les lettres et les replaça dans le meuble avec le portrait.

Plus calme, il passa dans une pièce qui lui servait de bibliothèque. Toujours, dans ses voyages, ses livres le suivaient ou le précédaient. Il en laissait dans chaque résidence. On les faisait, selon le besoin, transporter de l'une à l'autre. Il aimait les volumes qu'il avait feuilletés ; il se plaisait à relire sur la même feuille la page préférée. Il vivait autant de la vie d'étude que de la vie extérieure.

Les plus heureux moments étaient ceux où, bien seul, bien certain de ne pas être dérangé, il travaillait de ce travail paisible et libre de l'homme que rien ne presse et n'inquiète, travail pendant lequel on s'appartient.

Replié sur lui-même, il jouissait pleinement du plaisir de vivre et d'affirmer son existence par sa pensée.

Le corps plongé dans un bon fauteuil et dans un parfait équilibre se réduisait à l'état de machine silencieuse. Le cerveau fonctionnait doublement; il s'en dégageait comme un sentiment plus intense de la personnalité; et, à ce moment-là, Maxime eût trouvé difficile de nier cette individualité persistante qui chez l'homme semble être le sens de l'immortalité.

Cependant, c'était un sceptique, prêt à douter, ne croyant que sur preuve et croyant surtout à lui-même. Non par orgueil, mais parce qu'il pensait que, pour approcher le plus près de la vérité, il fallait la chercher dans le développement de cette idée de justice que possède chaque conscience humaine.

Ce jour-là, dans le silence profond de ce lieu de retraite, il écouta longtemps les révélations intimes et secrètes de son âme. Il s'étonna de se sentir moins résolu et moins maître de ses impressions. Il s'en accusa comme d'une coupable faiblesse, mais il se dit bientôt que, si le crime lui était entièrement prouvé, il n'hésiterait pas.

M. de Verry, ce rival si peu redouté, allait pousser sans doute son audace jusqu'au bout. Cela n'excitait ni sa jalousie ni sa colère. Il prenait au contraire en pitié la rage soudaine de ce jeune blasé et il se demandait si son sang pâle laverait le sang déjà versé?

Mathias vint interrompre le monologue de son maître. Gabriel envoyait déjà ses témoins.

M. Davelles se leva, prit une plume et traça rapidement les deux lignes suivantes :

— Si vous avez tué Auguste, n'allez pas plus loin, je
vous tuerai.

Il plia, cacheta, et dit à Mathias :

— Ceci d'abord à M. de Verry, c'est important, ensuite une dépêche à M. Guérin.

XXI

Le surlendemain, de bonne heure, M. Davelles,
suivi de Frédéric et de son second témoin, gravissait
une des rampes escarpées des grandes Alpes.

Les trois hommes étaient silencieux.

— Un beau jour pour mourir! dit Maxime en s'arrêtant une dernière fois. Venez, mon cher Frédéric.

Après s'être excusé vis-à-vis de son second témoin,
il entraîna à part M. Guérin.

— Vous êtes singulièrement affecté, mon ami, reprit
M. Davelles: n'ayez aucune crainte, je suis sûr de le tuer.

— Vous maniez admirablement l'épée.

— Ce n'est pas pour cela.... Je représente le remords.

— Le cri de la conscience. Vous avez raison, si M. de
Verry a la conscience honnête, il succombera. Eh bien!

je trouve cela profondément triste. S'il meurt, c'est po
la vraie coupable.

— Caroline! interrompit Maxime, oh! ce ne se
pas le seul qui lui aura dû sa mort!

— Et vous lui avez épargné la plus légère flétri
sure; son nom n'a pas été prononcé dans cette affair
M. de Verry, aussi généreux que vous, a persuadé
ses témoins que vous vidiez une vieille querelle d'ho
neur encore pendante entre le fils du défenseur de
anciens rois et celui du républicain Davelles.

— Et les témoins, surpris de notre humeur batai
leuse à propos de choses jugées, ont fait ce qu'ils on
pu pour nous empêcher de nous battre, et ils nous on
interdit le pistolet, espérant qu'à l'épée nous nous ar
rêterions au premier sang...

— Voici nos adversaires! je crois, dit Frédéric.

Les trois hommes se rapprochèrent.

M. de Verry arrivait par le même sentier qu'il
avaient suivi, le seul qui gravît l'étroit plateau chois
pour le lieu du combat.

Les deux témoins qui accompagnaient Gabriel s
rapprochèrent de ceux de Maxime. Ils examinèren
les épées. M. Davelles s'avança vivement vers son ad
versaire :

— N'oubliez pas, lui dit-il rapidement, que je m
bats pour Auguste.

— Pour une calomnie, monsieur! cria Gabriel.

— Pour votre victime! insista M. Davelles.

— Les armes! donnez-moi une épée, il faut que je
tue cet homme!

Il se dépouilla de son habit et tomba en garde ; Maxime l'imita et lui dit à voix basse :

— On ne tue pas le remords! On n'étouffe pas la voix des mourants! Si vous fermez ma bouche, je vous poursuivrai de mon souvenir, comme l'image d'Auguste vous poursuit.

Le bruit du fer grinçant contre le fer répondit seul à Maxime. M. de Verry était très-pâle, son épée croisa celle de M. Davelles avec une violence inouïe. Du premier choc, elle vola, tomba et se brisa. Sous le fer de son adversaire, Gabriel, désarmé, recula éperdu.

La main haute, la pointe de l'arme tournée vers lui, Maxime ne fit aucun mouvement pour le frapper.

Le tenant à sa merci, il se borna à avancer de quelques pas en le fixant d'un air terrible.

— Les morts se vengent! dit-il.

Gabriel de Verry reculait toujours.

— Prenez garde! crièrent les témoins.

Les talons du jeune homme touchaient le bord d'un des côtés du plateau ; un pas de plus, il roulait sur les pointes aiguës des rochers et sur les ronces épineuses.

Il se retourna par un brusque soubresaut.

Au lieu de ramener ses pieds en avant, il glissa comme s'il s'élançait dans le vide. Les témoins poussèrent des cris étouffés par l'épouvante.

Maxime Davelles jeta son épée et courut le premier à l'endroit où l'on pouvait espérer de retrouver Gabriel. Il fallut descendre les gradins, tourner le plateau, en fouiller les abords, frayer des sentiers pour les abandonner, remonter et redescendre encore.

Les amis de Gabriel et les témoins de Maxime se livrèrent avec le même zèle à cette recherche. Ces messieurs étaient venus sans guide dans la montagne. Le chemin de l'endroit solitaire choisi pour ce duel leur était connu, mais ils ignoraient les secrets des profondeurs de ce terrain tourmenté.

Leur inquiétude s'accrut par les difficultés. Au bout d'un quart d'heure l'un des amis de Gabriel se détacha pour aller chercher un guide. Les autres continuèrent à explorer la montagne.

Sur cette hauteur, le sentier capricieux semblait former un demi-cercle rompu et brisé en plusieurs endroits; mais il ne ramenait nullement du côté désiré. En tournant, on continuait à descendre et l'on s'éloignait; en remontant, on revenait au même point.

On essaya de marcher à l'aventure, de poser le pied sur les rochers suspendus, sur les corniches étroites, ou de disputer le passage aux myrtes et aux aloës.

Maxime ne se ménageait pas, il mettait autant d'ardeur à cette recherche que s'il eût tenu à sauver Gabriel. Il trouva moyen de s'accrocher à une roche aiguë qui semblait prête à se détacher de la montagne pour arriver dans le fourré épineux où l'on supposait que le jeune homme devait être tombé. Il finit par le retrouver étendu et inanimé.

Il annonça son succès par des cris auxquels ses compagnons répondirent et il prodigua ses soins à M. de Verry, tout en les engageant à attendre le guide pour ne pas suivre le chemin dangereux qu'il avait pris. Mais Frédéric n'attendit pas cette recommandation. Il sauta après lui dans les lentisques, s'éraflant aux pierres, aux épines, et bousculant tout.

Gabriel ouvrit tout à coup les yeux, les fixa sur M. Davelles avec épouvante en s'écriant :

— Grâce! ce n'est pas moi qui l'ai tué!

Il voulut se soulever et retomba évanoui. Il avait été meurtri dans sa chute par mille chocs. Sa jambe droite était cassée.

M. Davelles passa derrière sa tête.

— Je ne saurai rien, dit-il; ma vue le rendrait fou!

Si vite qu'on ramenât un guide, il s'écoula plus d'une heure avant qu'on pût enlever le blessé et le transporter; on mit son accident sur le compte d'une imprudence; on le descendit avec des précautions excessives, mais non sans le faire beaucoup souffrir.

M. Davelles rentra à Nice avec Frédéric.

— S'il en revient, lui dit-il à part, il restera boiteux.

Marguerite n'attendait pas Frédéric ce jour-là; quand elle le vit avec Maxime elle poussa des exclamations de joie, mais rien n'égala l'émotion de Caroline. Elle avait vécu dans de cruelles angoisses depuis que Maxime l'avait laissée à la porte de son appartement pour rejoindre aussitôt, dans le salon, M. de Verry. Dans ce court trajet il n'avait pas prononcé une parole. Ignorant l'issue du débat, elle avait fait mille suppositions et son imagination s'était créé mille sujets de terreur.

Elle avait la douleur aussi spontanée, aussi vive que la joie. Ces trois derniers jours s'étaient écoulés pour elle dans un désespoir tel qu'il l'avait trahie vingt fois vis-à-vis de Marguerite. Celle-ci, n'y comprenant rien, se laissa gagner par une inquiétude vague que l'arrivée des deux jeunes gens rompait.

Redoutant tout, Caroline, au premier mot de Maxime, au premier son de sa voix, s'élança en avant. Elle devina qu'il arrivait avec la paix dans l'âme et sur les lèvres.

— Enfin, dit-elle, c'est vous ! c'est vous !

Elle serrait ses mains avec effusion, elle riait en laissant échapper une larme du coin de ses yeux, elle mourait d'envie de lui sauter au cou, elle avait eu si grand peur de ne plus le revoir.

Il s'écarta un peu des deux fiancés.

— Calmez-vous, dit-il, vous allez bien vite ! Vous ne savez encore rien, M. de Verry est presque mort.

— Vous vous êtes battus ?

— Oui.

— Vous n'êtes pas blessé ?

Son interrogation était brève et haletante.

— Vous voyez, pas la plus légère égratignure !

Elle n'y tint plus, elle l'entoura de ses deux bras.

— Que va penser Marguerite ? murmura Maxime...

Les bras de la jeune femme retombèrent et elle-même glissa sur un siége affaissée ; mais ses yeux brillants attachés, rivés au yeux du jeune homme, appelaient une parole d'amour.

Il n'y avait pas moyen de la prendre en faute.

— Vous me trouvez bien despotique et bien jaloux? lui dit-il tout bas.

Elle eut un adorable mouvement d'insouciance pour cette jalousie.

— Moi ? dit-elle, je t'aime !...

— Caroline, lui dit-il rapidement, j'ai voulu le tuer pour qu'il n'y eût personne entre vous et moi. Il ne faut pas qu'un autre occupe votre pensée : c'est bien assez du souvenir d'Auguste !

Elle courba la tête et, par un geste de reine asservie, elle força le jeune homme à toucher de sa main la splendide couronne de ses cheveux fauves.

— Je vous permets d'être mon tyran, répondit-elle.

Marguerite se rapprocha pour leur dire :

— Vous causez à part comme des gens mystérieux. Frédéric répond tout de travers à mes questions. Caroline ne pleure plus... il s'est passé quelque chose... Dois-je être seule à l'ignorer ?

Caroline ne tenait pas à donner de nouvelles explications.

— C'est un caprice de ma tristesse, dit-elle : s'il y avait eu quelque chose, votre fiancé vous le raconterait.

— Pourquoi cacher la verité à Marguerite ? reprit Maxime. On craignait un duel très-sérieux entre M. de Verry et moi. Tout s'est bien passé, puisque me voilà comme à l'ordinaire. Mais Frédéric ne croyait pas devoir vous parler de mes affaires et vous effrayer après coup.

— Vous aviez des affaires avec M. de Verry ? demanda la jeune fille incrédule.

— Oui, nous sommes fils de pères ennemis, nous nous détestons d'instinct.

— Et c'est pour cela que Caroline pleurait !

— Oui, pour cela, dit bravement madame Thérion : notre ami Maxime ne vaut-il pas quelques larmes ?

Marguerite promena son œil limpide de Maxime à Caroline. Sous ce regard franc, M. Davelles se sentit rougir comme un coupable, et son cœur souffrit de n'oser lui dire encore :

— Permettez-moi d'épouser la veuve de votre frère.

Mais la mort d'Auguste datait à peine de six mois ; qu'aurait-elle pensé ? Il remit cet aveu.

— Ces messieurs sont servis ! annonça de la porte la voix de Mathias.

Le prévoyant serviteur avait deviné qu'un déjeuner, malgré l'heure tardive, serait le bienvenu après les fatigues de la matinée.

Caroline mangeait du bout des lèvres depuis trois jours. Elle déclara qu'elle tiendrait volontiers compagnie à ces messieurs.

— Et vous aussi, j'espère, dit M. Davelles en offrant son bras à Marguerite.

Elle accepta et il en profita pour lui glisser ces paroles avec un sourire :

— Quel inquisiteur charmant vous feriez !

Elle leva encore sur lui, sans hésitation, ses yeux si noirs et si clairs.

— Elle est si belle! répliqua-t-elle aussitôt. L'idée m'est venue, tout à l'heure, que vous pourriez songer à l'aimer.

Il vit bien qu'elle parlait de sa belle-sœur.

— Jamais ! répondit-il d'un ton qui n'admettait aucun doute.

Ceci parut mettre Marguerite d'excellente humeur. On se sépara pour se placer à table. Le repas fut d'un entrain charmant. La gaieté de Caroline débordait contagieuse, jamais elle n'avait été si sûre de son avenir, jamais elle ne s'était crue mieux pardonnée.

On fit de grands projets en riant. Frédéric rentrait à Antibes le soir même ; mais cette séparation n'était plus un sujet de chagrin. Il allait être bientôt libre entièrement.

Marguerite écouta la proposition qu'émit M. Davelles de quitter Nice pour se rendre à Guériant en passant par Paris.

— Un léger détour, dit-il en voyageur sérieux.

— Soit ; mais pourquoi ce détour ? demanda Marguerite.

— Vous ne devinez pas ? s'écria Caroline qui désirait quitter Nice depuis que M. de Verry y était forcément retenu par ses blessures.

— J'en suis incapable.

— Eh bien ! je me charge de vous le faire comprendre. C'est mon devoir et je prétends le remplir jusqu'au bout. Fermez les yeux, belle fiancée, et laissez faire une sœur qui vous aime.

— Madame Thérion est dans son droit, dit M. Davelles.

A peu près convaincue, Marguerite se laissa entraîner. On convint que Frédéric rejoindrait les voyageurs
au plus tôt, et serait tenu au courant de leur itiné-
raire.

On se prépara à partir plus vivement qu'on était
venu.

Mathias à qui Maxime avait donné ses instructions
resta le dernier. Quand il fut seul maître, il renvoya
les domestiques pris dans le pays, confia la garde de
la maison à un homme sûr qui, déjà, servait de concierge, et ayant enlevé et emballé tous les objets précieux, il partit à son tour.

XXII

— Nous passons à Paris incognito, dit Maxime.

Il entendait dispenser ainsi les deux femmes de toute
espèce de visite et de relations.

— Ce sera charmant, vous verrez, ajouta-t-il. On
va où l'on veut et personne ne s'en occupe.

Il commença par mettre à leurs ordres une voiture
fermée. Il prit un appartement dans le même hôtel et
leur consacra toutes ses soirées, les conduisant au
théâtre dans les baignoires et veillant sur elles au fond
des loges obscures.

Le jour, il les laissait fourrager librement soieries, cachemires et dentelles dans les magasins de nouveautés. Caroline prenait pour Marguerite les plus beaux tissus. Les merveilles de l'Inde, les œuvres d'art de l'industrie française passaient de ses mains dans celles de la jolie fiancée.

— Que ferai-je de tout cela à la campagne ? disait celle-ci.

Elle se défendait d'accepter un trousseau magnifique qui menaçait de valoir sa dot.

Mais M. Davelles avait dit tout bas à Caroline :

— Ne ménagez-rien, je veux que cette enfant soit heureuse une fois au moins dans sa vie, je me charge de tout.

Et Caroline, qui adorait les chiffons, prenait sans compter, sans penser que la fortune de Maxime allait être bientôt la sienne.

Elle aimait acheter, dépenser ; devant de jolies choses, ses calculs d'intérêt personnel s'évanouissaient. En cette circonstance, elle éprouvait un singulier plaisir à disposer de l'argent de M. Davelles. Elle entrait en possession de son rôle futur.

Cette façon de se mettre en frais de largesses flattait sa vanité vis-à-vis de sa belle-sœur. Elle lui faisait sentir de la sorte sa supériorité le plus délicatement du monde. Elle l'accompagnait de tant de grâce qu'il n'y avait pas moyen de refuser.

Pendant ce temps, Maxime s'informait de Lucie-Anne et de M. Bréant. Ils n'étaient pas encore rentrés à leur hôtel. Ils voyageaient, et le concierge ignorait

l'époque de leur retour. Il ne savait pas même l'endroit
où ils pouvaient être. Plusieurs lettres attendaient le
moment de leur arrivée. M. Davelles obtint de jeter
un coup d'œil sur l'écriture des adresses. Le concierge, qui le connaissait, y consentit, et il retrouva
parmi ces lettres celle qu'il leur avait écrite à Nice.

N'ayant rien à faire de ce côté, il se rendit rue de
Ponthieu où il entra dans un hôtel qui paraissait envahi par une nuée d'ouvriers. Ce fut là qu'il retrouva
Mathias, un matin, provisoirement installé au premier étage dans un cabinet et donnant des ordres à
tout le monde.

A partir de ce moment le maître et le serviteur restèrent chaque jour enfermés une heure ensemble.
Puis, Maxime parcourait l'hôtel, donnait son avis et
causait avec les ouvriers. Il ne leur parlait pas seulement de leur travail, il s'informait de leur gain, de
leurs intérêts, de leur position, de leur famille. Il s'i-
nitiait dans les secrets de leur métier et dans la nature
de leurs idées. Il les trouvait souvent justes et plus
élevées qu'il ne s'y attendait. Il constatait l'aptitude
qu'a l'ouvrier parisien pour s'assimiler les procédés
des inventions nouvelles et l'amour-propre qu'il met à
s'associer au mouvement intellectuel.

Il remarqua parmi eux un jeune homme qui prenait la mesure de panneaux d'ébénisterie destinés à
encadrer des tableaux de maître. Ces panneaux, disposés avec art autour d'un salon, devaient en couvrir
entièrement les murs et accuser d'élégants reliefs.
Œuvre de goût pour laquelle Mathias s'était adressé à

Tahan, qui venait d'envoyer un de ses meilleurs ouvriers.

Maxime parut s'intéresser beaucoup à la décoration
de ce salon. Il donna à l'ouvrier plusieurs indications
que celui-ci jugea parfaites. Tout en causant avec lui,
il s'aperçut qu'il boitait de manière à trahir une
souffrance. Le docteur reparut aussitôt et le jeune
homme avoua avoir fait une chute qui l'avait mis fort
en peine six mois auparavant.

— C'était, dit-il, à l'hôtel Bréant...

— Ah ! fit Maxime.

— Oui, je plaçais des meubles, des étagères ; j'é-
tais monté sur une échelle qui glissa sur le parquet
trop bien ciré, et je me démis le pied.

— C'était grave, à ce qu'il paraît ?

— Oh ! j'ai été bien soigné ! Mademoiselle Bréant
ne voulait pas que je quitte l'hôtel ; mais ma pauvre
mère aurait été trop inquiète. On nous a envoyé tout
ce qu'il fallait, médecin et remèdes, et l'on m'a payé
le temps perdu. Je ne désirais pas tant, ce n'était pas
juste. Mais mademoiselle Bréant est venue nous voir
avec son père, elle a parlé à ma mère de façon à la
persuader d'accepter par amitié. Et de fait, la charmante demoiselle a toujours été depuis comme une
amie pour nous, s'intéressant à ce qui nous arrive,
m'encourageant à travailler pour rendre ma mère
heureuse, comme si j'en avais besoin ! et me promettant une clientèle, si je parviens à m'établir.

Maxime avait écouté ce récit avec un intérêt plus
grand que l'ouvrier ne le soupçonnait.

— Comment vous appelez-vous ? lui dit-il.

— Guillaume Pérot.

— Eh bien! M. Guillaume, lui dit-il, vous m'avez fait beaucoup de plaisir en me racontant l'histoire de votre accident. Vous gardez, je le vois, à mademoiselle Bréant la reconnaissance d'un brave cœur.

— Oh oui ! et si elle a jamais besoin de moi !...

— Mais, interrompit Maxime satisfait, vous vous êtes remis trop tôt au travail. Si vous voulez, je vous donnerai quelques conseils pour faire disparaître ce boitement qui doit vous gêner.

La connaissance commencée sur ce ton cordial, M. Davelles se réserva de la compléter. Mathias fut chargé de prendre des renseignements sur Guillaume Pérot et de faciliter à ce jeune homme les améliorations dont sa position était susceptible.

Cet incident fut le seul fait un peu remarquable du séjour de Maxime à Paris.

Les achats terminés, on revint à Guériant, emportant trousseau et corbeille capables de satisfaire la mariée la plus exigeante.

Un peu confuse, Marguerite remerciait Caroline par des regards attendris. Elle remerciait Maxime de se consacrer à elle et de lui donner son temps. Elle croyait lui devoir une grande reconnaissance pour son dévouement, ne se doutant pas encore de ce qu'il était, et pensant qu'il se bornait à la conclusion de son mariage.

Mais quand Frédéric, rentré dans la vie civile, vint à Guériant pour y recevoir les serments de la jeune

fille, Maxime, le jour de la signature du contrat, demanda à Marguerite la permission de l'entretenir
d'une question importante en présence de son fiancé.

— Vous êtes heureuse! lui dit-il, heureuse d'un
mariage d'amour : peut-être comprendrez-vous difficilement ce que j'ai à vous demander. Cependant je
vous ai prévenue qu'il me fallait votre approbation,
votre autorisation aujourd'hui. Quand ma tâche près
de vous semble accomplie, quant vous allez avoir un
protecteur qui vous dispense de toute autre protection,
je devrais me retirer.

— Nous abandonner? s'écria-t-elle.

— Non, mais reprendre ma vie ordinaire et vous
laisser la liberté de la vôtre.

— La liberté! Est-ce que vous pouvez nous gêner?
Est-ce que?... Ce serait impossible, et vous ne le croyez
pas!

— Certes non, chère Marguerite, je crois trop à
votre amitié pour cela; j'y crois si bien que j'ai rêvé
de ne pas vous quitter, de faire partie de votre famille
et de m'enchaîner près de votre doux ménage en épousant votre belle-sœur.

— Caroline!

— Oui, Caroline, née Marie du Béran, et ma cousine
à un degré éloigné.

— Caroline, votre cousine, femme d'Auguste, et
puis votre femme! Ah! je ne comprends plus!

Elle prit sa tête dans ses deux mains, par un geste
de stupéfaction, et se tournant vers son fiancé :

— Aidez-moi! lui dit-elle d'un air suppliant.

Frédéric écarta doucement ses mains,

— Regardez-moi, répondit-il, je ne m'étonne pas...

— Vous vous souvenez peut-être, reprit Maxime, de ce dont je vous ai assuré il y a quelque temps, à Nice, après mon duel. Vous vouliez savoir si j'aimais votre belle-sœur. Je vous répondis : Jamais!

— Oui, et je jugeai que ma question n'avait pas le sens commun.

— Vous vous trompiez, ne supposant pas qu'on se mariât sans amour; c'est ce que je ferai cependant.

— Alors, pourquoi?

— Par devoir...

Cette parole austère était pleine de force dans la bouche de Maxime.

Marguerite, pensive un moment, lui tendit bientôt la main en s'écriant :

— Je vous crois.

— Et vous approuvez ce devoir sans arrière-pensée; merci pour cette confiance aveugle! Merci! je vous jure en retour que je prononcerai le nom de votre frère Auguste sans le plus léger remords, jusqu'à ma dernière heure!

— Je n'en doute pas! Je ne doute plus! On ne peut vous apprécier comme un autre, mais elle, Caroline, si elle allait vous aimer?...

— Croyez-vous qu'on aime deux fois dans sa vie?

— Pour moi, non, dit-elle en souriant à son fiancé, mais qui a-t-elle aimé? Auguste ou son premier mari? Qui est-elle capable d'aimer?

Maxime, un peu surpris de la voir si pénétrante, répondit :

— Elle sera riche.

————

XXIII

Enfin ils étaient mariés ! On dit que le bonheur n'a pas d'histoire. C'était pourtant celle que Caroline dévorait, avec fièvre, page à page. Les nouveaux époux, sans s'en douter, faisaient son supplice.

Dans la solitude de Guériant, leur jeune amour ne gardait pas la réserve sévère du cérémonial.

Maxime ayant franchement avoué sa situation vis-à-vis de Caroline et devant Caroline, elle savait que Marguerite acceptait ce nouveau projet de mariage entre elle et M. Davelles. Désormais elle levait le front haut et croyait toucher au but. On vivait donc en famille, avec abandon ; mais cet abandon offrait des côtés imprévus.

Occupés l'un de l'autre, pleins de leur égoïsme amoureux, Frédéric et Marguerite riaient, causaient, jouaient, comme des enfants... Le rire, c'est la jeunesse, et le rire ne quittait pas leurs lèvres ou leurs yeux.

Attirée par la contagion de la joie, Caroline jetait sa note dans ce duo d'enfantillage. Elle était naturel-

lement gaie, mais Maxime restait grave. Ce singulier
jeune homme souriait souvent, mais ne riait que par
un éclat forcé; son sourire même avait quelque chose
de railleur ou d'amer.

Elle se trouvait donc mise à part du bonheur par
sa froideur naturelle. Cette façon d'être des plus anti-
pathiques à sa nature lui laissait cependant le courage
de la supporter. Un mot aimable de Maxime la persuadait que le mariage le changerait. C'était là son
grand espoir. Mais les jours s'écoulaient dans un calme
énervant. La passion contrainte montait à son cerveau
en vagues éperdues; son pouls s'irritait et son cœur
battait.

M. Davelles avait un secret tout particulier pour
tirer parti de la vie monotone qu'on menait à Guériant. Il parcourait le pays, il déterrait les vieux livres
oubliés dans la bibliothèque du château, il faisait de
la musique, il n'était jamais ennuyé, ni oisif. Son activité plaisait à madame Thérion; mais, à travers cette
activité, elle considérait ce brun jeune homme, cette
vigoureuse nature fine et forte. Largeur et santé qui
n'excluaient pas la délicatesse de la forme et le remarquable développement des organes frontaux.

L'expression dominatrice de son regard, le dédain
suprême de ses lèvres, l'enlevaient. Cette fierté parlait à son âme fière; cet orgueil courbait son orgueil.

Comme tous les cœurs bien épris, elle aimait à se
laisser dominer. Elle aurait souhaité qu'il s'emparât
d'elle en maître encore plus absolu. Près de lui, seule
souvent, gênée et rougissante comme une jeune fille,

lle s'accusait de timidité, puis, tout à coup, elle
'irritait du respect profond de Maxime. Sa poitrine,
;onflée d'amour, se soulevait, et ses lèvres s'entr'ou-
'raient comme pour boire les baisers qu'il ne lui don-
ait pas.

Quand il n'était pas là, elle souffrait davantage.
Frédéric et Marguerite se faisaient un devoir de lui
enir compagnie et s'échappaient en tendresses ex-
uises dont la vue seule faisait bouillonner son sang.

Si M. Davelles reparaissait après deux ou trois
ours d'absences assez fréquentes, un frisson secouait
es nerfs; pâle et tremblante, elle courait au-devant
le lui en s'écriant :

— Quand ne nous quitterez-vous plus!

Absorbée par son amour, Marguerite cependant
aisit cette pâleur éloquente et comprit le sens de ces
aroles émues.

— Elle vous aimera! Elle vous aime! dit-elle un jour
à Maxime.

Celui-ci secoua la tête.

— Comment? dit-il.

Il y avait des moments où Caroline se débattait, ne
voulant pas se laisser envahir par un sentiment qu'il
ne cherchait pas à partager; elle se souvenait du
emps où la passion, chez elle, n'excluait pas l'indépendance du cœur, elle se disait que si Maxime l'aimait vraiment, il ne s'inquiéterait guère de scrupules
ni de remords; elle relevait alors la tête, elle luttait
de paroles pour relever aussi son courage; elle discu-
tait les idées qu'il émettait, elle raillait de cette raille-

ric légère de la femme qui donne tout à entendre et qui ne dit rien. Elle profitait des plus petites circonstances pour pénétrer dans la pensée intérieure de cet homme qui excitait son ardente curiosité ; attrait mêlé de crainte et d'admiration.

Le curé de Guériant étant venu demander au château un secours pour ses pauvres, madame Thérion lui en accorda un très-léger.

M. Davelles y ajouta pour sa part une forte somme.

— Je croyais, dit-elle, que vous n'aimiez pas faire l'aumône en aveugle par les mains d'un tiers, quel qu'il fût.

— En effet, je trouve que c'est se débarrasser lestement d'un devoir ; à mon sens, on ne peut posséder légitimement une fortune qu'à la condition d'en faire part à ceux qui n'en ont pas et qui méritent d'en avoir. C'est un moyen de rétablir parmi les hommes l'égalité qu'il sera toujours difficile de pratiquer à la lettre ; mais ici je n'ai pas donné en aveugle. Je connais beaucoup ce curé et son village, je sais ce qu'il fera de mon argent.

— Vous savez, quand j'ignore, moi, la châtelaine du pays !

— Parce que le château est resté pour vous séparé du pays. Vous n'avez pas battu les champs, vous n'êtes pas entrée dans les fermes, vous ne vous êtes pas inquiétée des misères qui grouillent autour de vous. J'ai donné aujourd'hui comme un étranger qui passe et fait ce qu'il peut ; à votre place, j'aurais agi par moi-même, je me serais dispensé de l'aumône :

l'aumône avilit le malheureux quand elle n'encourage pas la mendicité. Le devoir imposé par la fortune est mieux que cela.

— Où le placez-vous ? Je ne sais pas deviner.

— Dans la recherche constante des améliorations possibles, industrieuses et industrielles.

— Ceci devient bien sérieux pour moi.

— Faire le bien est toujours chose sérieuse. Je n'ai nulle envie de vous ennuyer cependant; changeons de conversation.

— Non, dit-elle, vous me rendez curieuse.

— C'est presque une confidence que vous me demandez. Prenez garde ! Si je vous dis ma pensée à ce sujet, c'est dans l'espoir de vous associer à mes travaux.

— Parlez, je suis prête.

— Non, ma chère Caroline, vous êtes prête à sourire et à aimer; voilà ce que me répond votre gracieux visage. Aimez donc, c'est la vie, l'espoir de la femme.

Il se défendit de s'expliquer davantage. L'esprit inquiet de madame Thérion n'admettait pas les réticences. Frédéric entra.

— Pensez-vous, lui demanda-t-elle, qu'une femme soit un être sérieux ?

— Si je le pense ! dit-il en riant; mais je ne connais rien de plus sérieux au monde !

— Quand il s'agit de l'aimer ? et rien de plus !

— Ah ! madame, c'est votre faute, pourquoi êtes-vous si séduisante, pourquoi exigez-vous tant d'amour ?...

— N'est-ce pas un crime auprès de vous de s'occuper d'autre chose que de vous-même ? ajouta Maxime. Si la femme daignait être notre vraie compagne, elle gagnerait en estime ce qu'elle perdrait en propos frivoles.

— Si l'homme daignait nous révéler les profondes conceptions de son esprit, reprit-elle railleuse, peut-être s'étonnerait-il de nous trouver capables de le comprendre, de le seconder, de le dépasser au besoin.

— Quel beau zèle ! s'écria Maxime. Eh bien ! madame, je serais heureux si vous consentiez un jour à disposer de cette partie de ma fortune que j'ai consacrée à ceux qui en manquent, non pour leur jeter une aumône humiliante, mais les aider avec délicatesse en leur prêtant l'argent dont ils ont besoin, en leur procurant le travail qu'ils désirent ou la science du métier qu'ils veulent apprendre, en protégeant le savant, l'artiste, le pauvre, l'industriel honnête, le travail sous toutes les formes ! Et l'inventeur qui s'épuise aux veilles de la création, et le père de famille qui se tue pour élever de futurs citoyens, et la jeune fille qui meurt ou qui succombe dans les luttes de la vertu ! Voilà de nobles misères à soulager, voilà de quoi remplir les loisirs des riches, voilà de quoi réveiller leurs appétits blasés, voilà ce qui me permet de jouir sans honte des avantages de la fortune, car je puis me dire que je ne gaspille ni ma vie ni mon argent, que je ne suis pas un être inutile, mais une partie vivante et productive de notre société, où les larmes et les sueurs des uns ne sont pas destinées à engraisser les vices des autres !

— Bravo ! applaudit-elle.

Et, facile à s'enthousiasmer, comme la plupart des femmes, elle battit des mains avec une exaltation sincère.

— Si j'avais vos idées et votre fortune, dit Frédéric, je ferais comme vous ; être utile aux hommes et à son pays, c'est une grande ambition.

— Vous devriez vous porter aux prochaines élections, dit Caroline, n'importe où, dans chacune de vos terres, vous pourriez employer votre influence, vos bienfaits intelligents.

— Malheureusement, je ne suis pas ambitieux, chacun a ses défauts.

— Vous le deviendrez.

Il sourit comme il souriait, par un léger mouvement de dédain et d'indifférence.

—J'ai déjà, par mon influence, envoyé à la Chambre trois honnêtes gens, je continuerai à l'occasion. Pour moi, je préfère garder mon indépendance vierge de tout esprit de parti. Pour exercer un mandat, un pouvoir, être quelque chose, comme on dit vulgairement, il faut marcher sous un drapeau, s'asseoir à droite ou à gauche, formuler sa profession de foi ; il faut serrer la main de tous ceux qui ont adopté la même couleur, les déclarer les plus honnêtes gens du monde, quand même il y en aurait qu'on méprise profondément ; il faut proclamer qu'ils cherchent le bonheur du peuple quand il leur arrive de ne songer qu'à leurs intérêts personnels, les pousser au pouvoir, même si l'on est convaincu qu'ils en abuseront ; il faut enfin consentir à dépendre des passions ambitieuses d'un groupe d'hommes et les servir avant de servir la patrie ; je n'ai pas voulu m'obliger à cela.

— Vous avez cependant une opinion? dit Frédéric.

— Probablement...

Et accentuant ce mot d'une courte pose, il reprit :

— Une opinion qui déplaît au plus grand nombre : l'impartialité.

— Si jeune et renoncer à tout ! soupira Caroline.

— Mais j'ai tout! s'écria-t-il. J'ai l'or qui soumet les petits et rend les grands favorables ! J'ai l'instrument du pouvoir et de la liberté que je désirerais pour tous sous la forme la plus rationnelle et la plus pacifique à la fois, je la possède par un heureux privilège, et je la garde !

Elle était femme à comprendre, mais elle aimait la liberté pour elle, pour grandir et resplendir au-dessus d'autrui ; insatiable en cela comme dans ses nombreux désirs, n'ayant jamais trop, ne disant jamais : Assez ! se souciant de ce qui ne la concernait pas comme d'un fêtu, capable d'apprécier et jugeant mal, pour juger vite, dévorer une idée et passer à une autre.

Oh ! comme elle se proposait de donner carrière à l'activité de son tempérament quand elle serait comtesse de Neubourg ! Comme elle jouirait pleinement du privilège d'une grande fortune ! Comme elle taillerait à l'aise dans les millions de Maxime !

L'espoir de remplir la vie d'un homme comme M. Davelles par ses caprices et ses fantaisies la ravisait. Elle avait l'art de donner un grand prix aux imaginations les plus frivoles, elle se proposait de le guider d'une main si caressante qu'il se croirait libre toujours, pendant qu'elle travaillerait à faire de son amour, une possession et un anéantissement de l'homme par la femme.

Née lorette au milieu du vrai monde, Marie-Caroline du Béran n'avait vu et ne voyait dans la destinée d'une femme que l'agrément d'être aimée et la nécessité de plaire. Plaire avec accompagnement de plaisirs, de toilette, de luxe et d'événements sans fin. Plaire non pas à un, mais à tous.

Elle était de ces femmes qu'on explique par un tempérament parce qu'elles n'ont pas pris dans la société la part d'action qui leur convient. Leurs fortes aptitudes, leurs vastes appétits, réclameraient une pâture plus solide que des succès mondains dont elles ont l'idéal de leur ambition.

Cette énergie du désir, cette vigueur de la santé, est annulée chez elles par une éducation sans valeur et même sans but. Que leur a-t-on appris ? Riches, qu'elles sont belles et faites pour être adorées... Pauvres, qu'elles le seront si elles le veulent.

Toute autre leçon, les idées saines de devoir, de maternité, de vertu, balbutiées à leurs oreilles dans un langage de convention, n'ont pas pénétré dans leur esprit.

A quoi bon, d'ailleurs, se sacrifier au devoir, à la maternité et à la vertu, quand l'homme maître de la femme, de la famille et de l'enfant, préfère le vice ?

A quoi bon ?... Il n'y a donc pas à l'aurore de chaque jeunesse de femme une autre femme, une mère,
exemple et preuve, enseignement vivant et logique de
cette vertu et de ce devoir ?...

Non.

Si la mère n'emploie pas sa beauté ou son industrie à se procurer des parures et son intelligence à
effacer ses rides, c'est qu'elle est folle ou victime,
c'est qu'elle joue dans la famille un rôle effacé, c'est
qu'elle est dédaignée par le mari, le père.

La femme qui porte haut le devoir et sait en tirer
pour elle comme pour les siens la déduction logique
du bonheur, est une exception si rare qu'elle n'est pas
même remarquée.

Les familles heureuses se renferment d'ailleurs dans
les joies sûres de leur intimité. Les épanchements
bruyants s'arrêtent où le bonheur commence.

Caroline n'avait connu ni les soins maternels ni les
joies de la famille. Sa mère était morte quand elle
atteignait sa troisième année, et son père, menant à
grandes guides la vie de garçon, l'avait placée dans
un pensionnat élégant d'où elle sortit à quinze ans,
encore maigre et imparfaite de beauté, mais déjà for-
mée pour les joutes de l'amour.

Envoyée en Normandie, chez sa tante de Neubourg,
pour faire la conquête de son cousin et l'épouser, elle
souffrit beaucoup dans son orgueil en se voyant préférer Audrette Drémont, une jolie bourgeoise de la
plus humble bourgeoisie, à en juger par ses robes et
la modestie de ses habitudes, seule manière de baser

sa considération qu'eût rapportée de son pensionnat mademoiselle du Béran.

Plus tard, elle souffrit encore en se voyant ruinée à la mort de son père. Elle souffrit en épousant volontairement un vieillard qu'elle croyait très-riche, elle regretta de mettre si peu de temps à dévorer sa petite fortune. Avec Auguste, et depuis sa mort, elle avait craint plusieurs fois de perdre son héritage, mais ces blessures, ces craintes, ces douleurs, ne valaient pas la torture croissante qu'elle subissait maintenant, chaque jour, entre Frédéric et Marguerite, dans la retraite absolue de Guériant.

Toucher de si près les réalités de l'amour et rester calme, parcourir les champs du rêve et vivre enchaînée par de misérables convenances, un deuil absurde, interminable !

Si encore Maxime avait eu l'idée de la faire voyager comme l'hiver d'avant ; mais il goûtait de plus en plus la vie paisible du château.

Il semblait s'y créer des habitudes. On le connaissait déjà, dans le pays, pour le riche cousin de la châtelaine, pour le savant docteur qui guérissait les pauvres gens et relevait le courage des malheureux, pour le conseiller habile qui appuyait ses conseils de secours efficaces. On l'aimait.

Qu'importait à madame Thérion cette popularité ? Ce dévouement humanitaire lui semblait beau en théorie, en pratique il ne l'intéressait nullement.

Souvent elle s'étonnait d'elle-même. Qui l'obligeait à habiter Guériant ? Qui la forçait à achever son deuil là plutôt qu'ailleurs? N'était-elle pas libre?

Former un projet, énoncer une volonté, quoi de plus facile? Mais quelle volonté? Celle de courir le monde seule, de quitter Maxime... ou d'aller avec lui tête à tête ?...

C'était également impossible, il faudrait emmener les jeunes époux, les deux heureux! Rien ne changerait alors. Elle préférait y renoncer.

Frédéric remarqua qu'elle pâlissait.

— Qu'a-t-elle ? dit-il à Maxime.

— Rien, dit celui-ci, elle garde son secret. J'attends.

***

XXIV

Au mois de juin, M. Davelles passa huit jours à Paris. Mathias, chargé de s'informer du retour de M. Bréant, lui avait écrit que Lucie-Anne était revenue, rapportant le corps de son père mort en voyage. M. Davelles envoya une dépêche et fit demander à mademoiselle Bréant la permission de lui présenter ses regrets.

Elle répondit par une lettre lithographiée et encadrée de noir.

M. Davelles déposa sa carte chez elle sitôt son arrivée à Paris.

Elle lui écrivit ce peu de mots :

« Rassurez-vous, je n'ai aucune envie de me marier. Excusez-moi, je ne reçois personne. »

Rue de Ponthieu, où Mathias continuait à faire exécuter des travaux, M. Davelles revit Guillaume fort troublé de la mort de M. Bréant.

— Quel malheur ! dit-il. Ma sœur Georgina, qui fournit de la lingerie à sa fille, prétend qu'elle est désespérée ; cette chère demoiselle a un tel chagrin qu'elle vient de rompre un mariage à peu près décidé. Elle ne veut s'occuper que de son deuil et du souvenir de son pauvre père.

Maxime tressaillit.

— Elle est sauvée ! pensa-t-il.

Il ne chercha pas à en savoir davantage au sujet d'Henry. Cet homme lui inspirait du dégoût. C'était pour lui comme un reptile qu'on écrase quand on le rencontre, mais qu'on évite de rencontrer.

Il avait eu le même sentiment, autrefois, pour madame Thérion, à l'époque où la douleur de la mort d'Audrette s'était un peu apaisée, avant la mort d'Auguste, quand il pensait n'avoir plus affaire à elle.

Il avait fallu cette scène de Trouville pour qu'il se rapprochât d'elle et subît à la fois l'horreur de ses trahisons et l'attrait de sa beauté.

M. Davelles engagea Guillaume à compter sur son intérêt comme il avait compté sur celui de M. Bréant. Après des éloges donnés au mort avec l'expansion loquace des gens du peuple, l'ouvrier remercia M. Davelles.

— Pas encore, dit celui-ci en souriant ; adressez-vous à Mathias, si vous avez besoin de moi, vous me remercierez après.

Il le quitta sur ce dernier mot. Le jeune homme ne comprenait pas bien, et Mathias le surprit quand il lui expliqua les paroles de son maître. M. Davelles entendait mettre à la disposition du jeune ouvrier une somme assez forte relativement, la somme nécessaire pour qu'il prît une maison à son compte.

Avoir un établissement à lui, diriger une fabrique de meubles et marier sa sœur, tel était le rêve de Guillaume Pérot.

On lui offrait le moyen de le réaliser ! Il ne pouvait cependant donner d'autres garanties que son honnêteté et son travail.

— Cela suffit, répétait Mathias.

— Mais s'il avait du malheur ? s'il ne faisait pas de bonnes affaires ?

— Eh bien ! ce serait autant de perdu pour un autre à qui on ne rendrait pas le même service.

— Je ne comprends pas bien, dit Guillaume.

— Cela veut dire que mon maître ne se croit pas obligé de se croiser les bras et de manger pour dix parce qu'il est riche. Ce qu'il a appartient aux braves gens comme vous. Disposez-en sans inquiétude. Quand vous le rendrez, cela servira, je vous l'ai dit, au premier qui en aura besoin à ma connaissance et à celle de mon maître, et qui fournira la meilleure garantie de toutes : celle de son honnêteté.

L'heureux Guillaume n'en revenait pas ; il jura une reconnaissance éternelle à son prêteur.

— C'est bien ainsi que je l'entends, dit Mathias
en souriant.

Il avait vu tant de reconnaissances s'évanouir après
le service rendu !

Maxime se rendit ensuite chez son notaire, auquel
il fit dresser un projet de contrat ; puis chez un bijoutier, où il prit pour cinq cent mille francs de diamants.

Le jour de l'anniversaire de la mort d'Auguste, au
retour de la cérémonie religieuse pendant laquelle
Caroline s'était montrée très convenablement émue,
il monta avec elle jusqu'à son appartement particulier, ce qu'il évitait à Guériant, et lui fit admirer les
brillants et les pierreries qu'on avait étalés sur une
table pendant leur absence.

Elle poussa un cri, plongea dans les écrins, les examina en connaisseuse, s'en para, et admira surtout
un collier bizarrement monté qui valait à lui seul un
million.

C'est une trouvaille que j'ai faite dans mes voyages;
je vous ai dit que j'aime collectionner les objets précieux ; ce collier a appartenu à une Circasienne devenue sultane et jetée du harem impérial dans le Bos-
phore, à la suite d'un adultère.

Elle le passa à son cou.

— Voici, continua Maxime, une bague qui vient en
droite ligne de la célèbre Brinvilliers. Il n'y a qu'un
seul diamant, mais quel éclat ! quelle belle eau !

Il essaya de mettre la bague à son doigt, il trouva sa
main glacée. Le doigt plia pour repousser l'anneau

— Elle est trop grande, dit-elle.

Elle enleva vivement le collier, ferma les écrins et se tourna vers lui :

— Ceci est un plaisir d'enfant, dit-elle ; à quand la noce ?

— Dans quinze jours, tout est prêt.

— Dans quinze jours, monsieur, je serai votre femme, et je vous donnerai assez d'amour pour vous faire oublier les préventions du passé et les craintes de l'avenir !

Elle avait parlé d'un ton ferme, d'une voix pleine. Elle le congédia avec un de ces gestes dignes qui n'appartenaient qu'à elle.

Il ne la savait pas si résolue.

Depuis ce moment, elle commanda et régla toutes choses. Elle reprit ses allures vives, franches et gaies. Elle décida qu'aussitôt après la célébration du mariage elle partirait seule, avec Maxime, pour un de ses châteaux.

— En Touraine ? dit-il.

— Je n'aime pas la Touraine.

— En Provence ?

— Je connais la Provence.

— Voulez-vous me permettre de vous guider pour ce premier déplacement ? Si votre résidence ne vous plaît pas, nous essayerons d'une autre.

— J'accepte. Vive l'imprévu ! dit-elle.

Elle refusa de jeter un coup d'œil sur le projet de contrat que lui présenta M. Davelles, mais elle mordit ses lèvres à la lecture, au moment de signer, quand elle entendit qu'il se réservait de l'avantager plus tard, en cas de mort.

Il se rapprocha d'elle pour lui dire :

— Vous avez refusé mon héritage un jour, je vous prends au mot.

— Quel amour-propre ! dit-elle en riant.

Ce n'était pour elle qu'une question d'amour-propre. Elle ne pensait pas à la mort, mais à la vie...

Vivre dans un bain d'or et de volupté, avec lui !

Marguerite ne quittait pas Caroline des yeux. Il éclatait une telle joie sur le visage de sa belle-sœur, qu'elle la jugeait indécente.

— Comme elle ferme lestement les tombes ! dit-elle à Frédéric. Et M. Davelles n'a pas peur de cette joyeuse veuve !

— Il n'aurait pas peur du diable, si le diable osait encore se montrer.

— Pourquoi l'épouse-t-il ?

Elle laissait apercevoir les curiosités que ce mariage excitait en elle.

— Pourquoi ? dit Frédéric, par une loi de compensation à laquelle j'imagine que les choses humaines sont soumises. Madame Davelles aimera son mari d'un amour d'autant plus grand qu'elle n'en a jamais éprouvé pour personne, et l'indifférence de Maxime la condamnera aux mêmes tortures qu'elle a dû faire subir à ceux qui l'aimaient quand elle était de glace !

— Alors, c'est pour elle que j'ai peur, dit la douce jeune femme.

Il la serra dans ses bras pour cette pitié généreuse,

17

et, pensant à tout ce qu'elle ignorait, il se demandait si les crimes de madame Thérion ne seraient pas suffisamment expiés par les douleurs d'un amour impossible. Plein d'indulgence, il réclama de Maxime des ménagements pour la coupable.

— Je suis heureux, dit-il, Marguerite et moi nous ne désirons pas davantage : qu'elle garde l'argent, il n'ajouterait rien à notre félicité ; personne ne peut la troubler maintenant.

— Ah ! s'écria M. Davelles, vous croyez ?... Vous avez cinq mille francs de rente assurés pour vous et vos enfants, et vous ne désirez plus rien ! Vous jouissez de l'amour d'une femme dont la santé délicate peut exiger des soins qui dévoreront le triple, le quadruple de vos revenus, et vous êtes content !

Auguste a été sacrifié, et je dévouerais ma vie pour en arriver à ce résultat !

M. Guérin ne trouva pas un mot à répondre.

— Je vous ai promis la grâce de la coupable, plus tard, quand son dernier crime sera nettement prouvé ; en attendant, je ne toucherai pas à un seul des cheveux de sa tête, et si elle est frappée, vous aurez à en demander compte à la justice de Dieu !

Le jour de son mariage, au sortir de l'église du village de Guériant, Caroline ne fit qu'un bond pour sauter dans la voiture qui devait l'emporter avec Maxime.

— Comtesse de Neubourg, dit-elle, je tiens mon rêve !

La voiture les conduisit à la gare du chemin de fer avec deux domestiques. Là ils prirent un wagon de première classe pour eux seuls, les domestiques montèrent ailleurs.

Ce fut Maxime qui régla ces détails.

— Où me conduisez-vous ? dit-elle.

— Attendez, vous le verrez, ce sera de l'imprévu.

Oh ! elle avait de la patience, elle pouvait attendre.

Elle fit des adieux souriants à Frédéric et à Marguerite venus dans la même voiture pour les accompagner jusque-là. Elle monta lestement en wagon, et dès qu'elle se vit seule avec Maxime, elle s'empara de ses mains par un geste passionné.

— M'aimez-vous ? demanda-t-elle, par suite de ce besoin d'affirmation qu'éprouvent les vrais amants.

— Cette question est presque un doute ; attendez encore, le doute vient toujours assez tôt.

— Mais je ne doute pas ! mais je crois ; j'aime aveuglément ! Comment pourrais-je douter ? Qui vous obligeait à me sacrifier cette indépendance qui vous est si chère ? Qui vous forçait à vous lier à moi ?

— Qui me forçait ? répéta-t-il, vous ne le devinez pas ?

Elle s'attendait à une parole flatteuse, à une délicieuse expression d'amour, au toi traditionnel, à l'éternelle et toujours nouvelle protestation.

Il reprit :

— J'ai une confidence à vous faire, Caroline, une confidence que j'ai gardée pour madame Davelles. Ce soir, au château, quand nous serons chez nous, je vous dirai ce qui me gêne un peu pour répondre à vos aimables provocations. Ne m'éblouissez pas trop de

vos regards et de vos sourires ; accordez-moi une
trêve, je ne suis pas encore et je ne serai jamais assez
votre mari pour m'habituer à votre grâce irrésistible.

Elle prit ces paroles du côté de la louange. Il le
fallait bien ; elles avaient été dites avec une certaine
courtoisie, et cependant elles apportèrent avec elles
un souffle glacé.

Le soleil d'août frappait les vitres de la voiture, et
la jeune femme tressaillit comme saisie d'un léger
frisson. Maxime, assis en face d'elle, dans une attitude correcte et respectueuse, regardait le paysage.

Il reporta cependant bientôt son attention sur elle
et releva la conversation qu'elle abandonnait. Caroline se prêta à la reprendre d'un air aisé et aimable,
et les nouveaux époux la continuèrent d'un parfait
accord, en gens d'esprit, sans aucun élan sentimental.

Cependant, si le pied de Maxime touchait par hasard celui de la jeune femme, si son genou frôlait sa
robe, s'il se penchait vers elle par un mouvement naturel et irréfléchi, elle tressaillait de nouveau.

Ces légers incidents étaient les seuls de la route. Le
train, un train express, filait avec la plus grande rapidité ; les arbres, les maisons, les champs qui bor-
daient la voie, fuyaient, tournaient, se mêlaient dans
une valse perpétuelle, pendant que certains groupes,
certains massifs, montagnes, bois ou villages, restaient immobiles dans les plans lointains.

Si peu d'attention qu'elle accordât aux objets exté-
rieurs, Caroline finit par remarquer tout haut qu'on
suivait la route de Tours.

— Vous vous en apercevez si tard ? répondit M. Davelles.

A la gare, trop préoccupée de lui et de son nouveau bonheur, elle n'avait rien vu ; elle était partie comme un enfant, sans savoir où elle allait. Une pointe de raillerie bien naturelle accentuait la réponse de Maxime. Elle avoua sa distraction, elle en rit, et en profita pour lui demander :

— Où nous arrêtons-nous ?

— Vous le saurez dans une heure.

— C'est comme dans les contes de fées : on part, on vole, on arrive par des chemins inconnus jusqu'au prince Charmant. Ceux qui ont écrit ces contes devinaient les chemins de fer.

— C'est comme dans les histoires d'amour, répondit-il ; on se hâte de partir, on ne sait où l'on arrive.

— Au bonheur ! dit-elle. Oh ! ne craignez pas, ne doutez pas, grand philosophe, nous serons heureux !

— Heureux ! répéta-t-il.

Ce mot resta à moitié dans sa gorge. Venant d'elle, un jour pareil, cet espoir dérisoire, lourd du poids des espérances perdues, l'accabla.

Posséder une femme des plus belles, des plus désirables, et la considérer comme un animal malfaisant qu'on est forcé de mettre hors d'état de nuire ; la trouver adorable et s'en détourner avec horreur ; lire dans ses yeux humides d'exquises tendresses, sur ses lèvres rouges, sensuelles, un avenir de voluptés, et les fuir comme autant de piéges perfides, c'était là son bonheur.

Elle continuait à rayonner sous sa triple couronne de cheveux dorés par le soleil.

Le jour baissait quand le train s'arrêta à Tours.

— Descendons, dit M. Davelles.

— Ici? s'écria-t-elle avec surprise en reconnaissant la gare.

— Ici, c'est l'imprévu.

Il sauta à terre et lui offrit la main.

Elle le suivit très-agitée.

— Mais... dit-elle.

— Venez, ne vous inquiétez de rien, j'ai tout préparé.

Il prit son bras, le mit sous le sien, sortit avec la foule des arrivants et la conduisit devant une voiture dont l'un des deux domestiques qu'ils avaient emmenés dépliait le marche-pied.

Sur le siége, le cocher maintenait ses chevaux. Le second domestique, la femme de chambre de Caroline, surveillait les bagages.

Elle s'en rendit à peine compte; elle se trouva avec Maxime dans la voiture qui partit comme un éclair, et, encore étourdie de cette rapidité, ne reconnut qu'au bout d'un moment la direction qu'elle prenait.

— Mais nous allons à Laveray! s'écria-t-elle.

— Précisément.

— A Laveray! Y songez-vous?

— Oui; il y a des souvenirs qu'il faut affronter dès le premier moment, si l'on ne veut pas être brisé par eux plus tard.

— Pas aujourd'hui! pas aujourd'hui! dit-elle. Vous

vous trompez! Les morts n'ont rien à voir aux joies des vivants. Cocher! tournez bride!...

Le cocher fouetta ses chevaux; la voiture vola vers Laveray.

— Pourquoi ce trouble, Caroline? Je vous ramène aux lieux où vous avez aimé, où vous fûtes heureuse, où se plaisait Auguste, où il a vécu près de vous ses premières heures d'amour; si les morts n'ont rien à voir aux joies des vivants, que redoutez-vous?

— Votre amour a tout effacé, dit-elle. Je ne sais pas ce que j'ai fait avant, et je ne veux pas m'en souvenir. Cocher! cria-t-elle, arrêtez! je vous l'ordonne!

— C'est inutile, dit froidement Maxime, le cocher a l'ordre de ne s'arrêter que dans la cour intérieure du château. Je n'ai pas prévu votre frayeur excessive. J'espérais qu'en vous donnant l'exemple du courage, vous n'en manqueriez pas.

Cette froideur marquée la surprit plus que le reste. Elle revint un peu à elle et s'aperçut que son émotion atteignait à l'excès, comme il le lui disait.

Elle lui assurait que son amour changeait, effaçait tout, et elle s'épouvantait au seul nom de Laveray.

Elle fit un effort et parut se tranquilliser.

Elle descendit volontiers de voiture dans la cour et entra dans la maison avec une certaine désinvolture.

Elle fit cependant un mouvement de surprise quand, dans la première antichambre, Mathias, le dos courbé, le chapeau à la main, les reçut; mais elle fut satisfaite de voir les changements qui, par ses soins, s'étaient opérés à Laveray.

L'intérieur du château avait perdu cet aspect froid,
nu et triste, des grandes habitations de province. Les
vieilles tapisseries, les meubles anciens, savamment
placés, semblaient rajeunis. Chaque vaste salle offrait
son caractère ; dans l'un du vieux chêne, bahuts, ar-
moires, boiseries, merveilleusement sculptés ; dans
l'autre les meubles ventrus et rebondis ornés de cui-
vres brillants datant de Louis XV ; ailleurs les tapisseries de haute-lice, les trophées d'armes, les panoplies,
enfin, après avoir traversé plusieurs pièces, la salle
immense où le dîner était servi. Dans celle-là, les
murs étaient cachés par d'énormes dressoirs couverts
d'argenteries et de faïences merveilleuses, on eût dit
des objets précieux rassemblés avec goût par un riche
collectionneur. Caroline reconnut à peine quelques-
unes de ces richesses, éparses autrefois dans les coins
reculés du château. Elle les confondit avec celles
qu'on avait apportées, et l'ensemble lui parut séduisant.

Elle s'assit avec plaisir devant une petite table rou-
lée près d'une haute cheminée où flambaient des
troncs d'arbres, et prit sa part du repas dont Mathias
surveillait le service.

Des domestiques nombreux circulaient discrètement
sur les tapis. Le château s'animait de leurs mouvements
calmes, mais répétés. Elle s'étonnait de cette transfor-
mation et ne reconnaissait plus la solitude poussiéreuse
de ce manoir qui lui avait si peu souri à son premier séjour.

Elle respira dès lors, sans inquiétude, et dit à Maxime

qu'il était un grand magicien. Il accepta ce titre, et ce repas, pris à deux, sous ce toit connu, dans cette salle où elle avait dîné souvent entre Auguste et Marguerite, n'éveilla aucune idée fâcheuse.

Maxime prolongea la causerie après le dîner tant qu'elle parut se trouver bien de grignoter les superfluités du dessert et de savourer quelques vins exquis. On servit le café dans l'un des salons qu'ils avaient déjà traversés. Là, les domestiques ayant disparu, Maxime se hâta et parla bientôt de se retirer dans les appartements du premier étage.

Caroline les connaissait, ces appartements, pour y avoir eu froid jadis, malgré les grands feux qu'on y allumait le soir; elle les connaissait pour y avoir pâli d'ennui, et cependant elle y monta d'un pas allègre, se disant que, sans doute, les salles du haut étaient changées comme celles du bas. Elle y monta en parlant et en riant, sans songer qu'elle suivait le chemin parcouru avec Auguste aux heures tardives de l'intimité.

L'escalier remis à neuf et splendidement éclairé, ainsi que les couloirs, ne présentait aucune des profondeurs sombres de ce temps où une seule lampe, portée par un domestique, selon les habitudes de la province, traçait sur son passage un sillon de lumière vite effacé.

M. Davelles s'arrêta devant une porte qu'elle voulait dépasser, reconnaissant l'entrée de l'ancienne chambre conjugale. Maxime, près du seuil, s'effaçait pour la laisser passer.

— C'est ici, dit-il.

Elle recula.

— Ici! Fallait-il lui dire?.... car il ne pouvait savoir....

Lui prenant la main, la tirant et la forçant, il ouvrit largement la porte.

Cette chambre, éclairée comme le reste, du premier coup d'œil, un coup d'œil craintif, ne lui parut pas reconnaissable. Elle était plissée, bouillonnée, drapée de mousseline blanche sur un transparent d'azur. Les murs, les portières, les fenêtres, la toilette, les chaises et le lit, étaient pareils, immaculés. Rien, sauf un grand portrait d'Auguste placé sur la cheminée, en face du lit, ne coupait cette blancheur azurée.

Elle entra et ne vit pas d'abord le portrait. Elle marcha comme si elle ne devait que traverser cette chambre, elle chercha une issue; son œil fut attiré par la dorure du cadre placé au-dessus de deux candélabres allumés. Elle leva la tête...

— Lui!... s'écria-t-elle.

— Lui, répéta M. Davelles, notre témoin muet, le seul qui puisse assister à la confidence que je dois vous faire...

Elle changea de couleur et se retourna vers Maxime.

— Vous avez le génie des évocations, dit-elle en affectant un ton dégagé. Celle-ci, dans un pareil lieu et dans un pareil moment, est complétement réussie. Soyez assez bon pour m'expliquer ce que peut avoir à faire entre nous celui que nous avons aimé et pleuré. Parlons-en vite pour n'y plus revenir; car je préfère; je l'avoue, regarder l'avenir avec vous que le passé avec lui.

Ces paroles nettes, franchement prononcées, elle s'assit et désigna un siége à Maxime comme une maîtresse de maison à l'aise chez elle.

Il accepta le siége et l'ordre. Un autre aurait été déconcerté par le beau calme de la jeune femme. Il se hâta de commencer, comme s'il obéissait :

— Une explication est indispensable quand on débute dans la vie commune sans se connaître, comme nous le faisons.

— Sans se connaître! répéta-t-elle; nous ne nous connaissons pas!

— Nous nous connaissons depuis longtemps, mais mal, je vais vous le prouver. C'est une histoire à vous raconter brièvement; vous comblerez les lacunes.

Quand nous nous sommes vus pour la première fois, occupé d'un amour jeune, naïf, le premier, je vous fis l'effet d'un sot, et je l'étais, en effet, de ne pas m'apercevoir de votre beauté.

— Ma beauté future, interrompit-elle; je vous pardonne, j'étais laide.

— Vous êtes bien indulgente, reprit-il en s'inclinant, alors vous vîtes mon indifférence d'un autre œil, et, prenant la plume, dans votre juste indignation, vous écrivîtes à votre amie d'Amérique, Elma Tuard, pour la prier de vous adresser, sous le plus bref délai, l'instrument de votre vengeance, son frère Henry.

— Vous vous trompez, monsieur! Elma Tuard était depuis peu en Amérique, j'ai pu lui parler de mes chagrins dans mes lettres; mais son frère, venu en

France pour ses affaires personnelles, ne s'est donné la peine de passer à Neubourg que pour remettre à madame Drémont le testament et l'héritage de son fils, le frère d'Audrette, mort à New-York, où il s'était rendu pour chercher fortune. S'il est résulté quelque malheur de cette entrevue, je n'en suis pas responsable.

— Je ne me permets pas de vous en rendre responsable, je vous raconte ce que j'ai éprouvé alors, et je vous dirai ce que j'ai ressenti plus tard, pour que vous puissiez me juger selon mon caractère.

Ma mère, madame Davelles, consentait à mon mariage avec Audrette. D'accord en cela avec moi comme elle l'avait toujours été, elle changea d'avis peu à peu quand vous vîntes au château.

Disposé à vous accueillir comme une bonne parente, je dus changer aussi quand ceux que j'aimais s'éloignèrent de moi à cause de vous.

— Vous aviez pour moi une aveugle antipathie ! protesta-t-elle, sans cela vous auriez mieux apprécié ma conduite, vous...

— Laissez-moi achever, madame, je serai bref, reprit M. Davelles avec autorité. Les détails sont superflus, puisque vous vous souvenez parfaitement de la rupture de mon mariage avec mademoiselle Drémont. Ma mère me défendit de la revoir ; la sienne me dit fièrement qu'elle n'entrerait jamais dans ma famille contre le gré de madame Davelles, et je partis pour Paris la rage au cœur. Audrette n'avait rien dit, j'osai lui écrire. Elle me répondit que vous ne la quittiez pas, ainsi que sa mère, et qu'elle était trop surveillée pour entretenir avec moi une correspondance. Votre amitié pour elle m'étonna. Mathias qui, à cette époque, m'était dévoué comme maintenant, veillait de son côté à Neubourg. Il m'engagea vivement à revenir au bout de quelques mois. A mon retour je trouvai Audrette séduite et vous maudissant, madame Drémont folle de douleur, oubliant qu'elle m'avait fermé sa porte, et me reprochant d'avoir abandonné sa fille. Je vous retrouvai aussi près de ma mère, orgueilleuse du succès de votre vengeance et ne vous en cachant pas !

— Vous m'accusiez, ma colère répondit ; depuis dix ans vous n'avez pas encore deviné cela ! Votre amour pour moi ne vous a donc rien appris !

Cette réplique douloureuse et fière fut accompagnée d'un soupir profond.

— Écoutez-moi, dit-il ; quand vous saurez mes impressions d'alors et celles d'aujourd'hui, vous parlerez, et je ne m'y opposerai pas.

— Continuez, dit-elle.

Il reprit son récit :

— Deux heures après j'attendais Henry Tuard devant la maison d'Audrette avec deux épées.

Plein de courage et fort ignorant de l'escrime, j'eus dans mon rival un adversaire peu scrupuleux, qui accepta un duel sans témoins et se jeta sur moi en me disant qu'il allait me donner une leçon. La leçon fut bonne ; je restai cinq mois au lit, à Neubourg, soigné par ma mère. A mon retour à la santé, elle me dit comment vous aviez séduit tout le monde et Audrette

elle-même par votre grâce obligeante : comment vous
vous étiez intéressée aux inquiétudes des dames Drémont par rapport à leur fils et à leur frère mort en
Amérique ; comment enfin vous aviez fait venir Henry,
qui leur avait apporté les légers débris d'une petite
fortune. Sans ma blessure et la fuite d'Henry qui la
suivit immédiatement, ainsi que l'explosion de votre
colère et votre départ, ma mère aurait toujours cru
qu'une amitié sainte, un legs fraternel, justifiaient les
rapports fréquents d'Henry et d'Audrette. Elle n'aurait
jamais supposé que vous eussiez conçu et exécuté à
quinze ans ce plan odieux de vous venger de mon indifférence en attirant près de ma fiancée naïve ce don
Juan vulgaire !

— Est-il temps de vous répondre ? dit-elle en se dres-
sant pâle et superbe dans sa pâleur.

— Pas encore ! Voilà ce que je pensais alors ; Audrette mourut en donnant le jour à une fille que madame Drémont emporta loin de Neubourg sans dire où
elle allait. Et moi, madame, je gardai longtemps à vous
et à Henry la haine dont Mathias vous avait menacée.

Tant que ma mère vécut, cette haine resta inac-
tive. Je persuadai à cette chère mère que je vivais
consolé près d'elle. Elle ne se serait jamais pardonné
d'avoir été la première cause de mes malheurs par
ses refus. Mais à sa mort, libre héritier d'une grande
fortune, je songeai à mon ennemi. Je vous ai raconté
comment je le poursuivis et comment je me battis
avec lui en plein désert. Nous n'avons pas à nous occuper de lui, mais de vous.

—Ah! dit-elle, votre haine s'est satisfaite de ce côté?

— Que vous importe ! J'espère que vous ne m'obligerez pas à me souvenir de lui ?

— Non, mais à vous souvenir éternellement de moi, Maxime ! L'amour enté sur une semblable haine doit être bien fort !

— Oui, madame, répondit-il avec un son de voix profond qui le surprit lui-même, fort et terrible !

— Vous me l'avez déjà prédit, je m'attends à frémir, et je n'ai pas peur près de vous, même de votre haine d'autrefois, me l'eussiez-vous gardée ! Je vous aime! et je sens là que vous m'aimerez ! dit-elle en appuyant un doigt rose sur sa poitrine soulevée par une violente agitation.

— T'aimer ! toi ! cria-t-il ; mais tu ne comprends donc pas ! T'aimer ! répéta-t-il avec une agitation qui eût épouvanté tout autre femme : mais qu'as-tu fait de ceux qui t'ont aimée ? Pierre de Jullières d'abord : il était pauvre, il n'avait que son nom ; tu l'as dédaigné pour un vieillard que tu croyais riche. Pierre t'aimait comme les hommes aiment, d'un amour absolu et insensé ; tu lui avais laissé baiser le bout de tes doigts et la pointe de tes cheveux ; Pierre s'est tiré maladroitement un coup de pistolet ; il s'est mutilé et m'a appelé, non pour le guérir, mais pour l'achever. Je l'ai entendu vous maudire aussi, celui-là, madame ! Si j'avais pu le sauver, vous auriez eu un ennemi de plus. Votre premier mari l'a suivi peu d'années après dans la tombe ; c'était naturel, à son âge, direz-vous?

Elle se taisait, sombre, pelotonnée dans son fauteuil, mais le dévorant du regard.

— Celui-là, vous l'avez énervé par vos caresses et torturé par vos caprices. C'est le système que vous avez repris avec Auguste. Voyages, courses à cheval effrénées, changements de climats et d'habitudes, bains d'eau chaude ou d'eau froide pris à temps et à contre-temps, amours appelés et abandonnés, caresses prodiguées ou refusées, vous résistez à tout, mais les hommes en meurent !

Elle bondit sur lui comme une tigresse.

— Et c'est ainsi que j'ai tué Auguste, voulez-vous dire ? Eh bien ! dites-le, il y a si longtemps que cette dernière accusation est sur vos lèvres !

Maxime recula d'un pas en se cambrant et en étendant la main pour la repousser.

— Asseyez-vous, dit-il, vous me gênez.

Elle retomba sur son siége.

— Oh ! mon Dieu ! mon Dieu ! murmura-t-elle.

— Auguste m'a écrit qu'il mourait frappé par vos mains, après avoir surpris un de vos rendez-vous avec M. de Verry. J'ignore encore comment ce dernier malheur est arrivé, mais je le saurai.

— Vous le saurez, certes. J'avouerai ma faute, la seule de ma vie, une simple imprudence. Auguste, malade et capricieux, devenait tyrannique. Je perdis patience et me laissai charmer par un homme qui n'avait pour moi que des attentions discrètes et de douces paroles. C'est la faute des femmes qu'on traite mal. M. de Verry me demanda un rendez-vous, un seul. Je lui permis de le prendre en riant, sans l'assurer que je l'acceptais. Il habitait une maison où logeait aussi une dame de ma connaissance. Auguste, soupçonneux et défiant, me suivit et me vit entrer dans la maison. Il m'arrêta dans l'escalier et me ramena chez lui.

— Il vous arrêta dans l'escalier, la main sur le bouton de la porte de M. de Verry.

— Ce fut l'erreur d'Auguste, il n'était jamais allé chez ce jeune homme que nous recevions cependant. Il ne connaissait pas sa porte, ni moi non plus. Malheureusement, il le rencontra quelques minutes après. M. de Verry, interrogé, se troubla. Auguste provoqué, se serait battu, un crachement de sang auquel il était sujet, l'en empêcha. Sa colère extravagante a pu précipiter sa mort. Au fond, j'en suis certaine, malgré sa jalousie, il m'a cru ce que j'étais, innocente !

— Innocente d'un crime d'amour ? Oh ! vous l'êtes probablement, reprit Maxime, vous n'aimiez pas plus M. de Verry que vous n'aimiez Auguste, vous aviez besoin de distraction et de liberté. Vous aviez besoin d'une fortune et vous vous êtes rendue maîtresse de celle de votre mari !

— Moi ! moi ! supplia-t-elle ; oh ! Maxime, ne croyez pas cela ! Je vais vous dire, je vous dirai ce qui s'est passé, écoutez... écoutez un peu à votre tour, c'est juste !...

Elle parlait d'une voix entrecoupée, douce, vibrante, sa voix de sirène. Et ses yeux se mouillaient, et ses mains se tordaient. Il consentit par son silence.

— Cette fortune, dit-elle en étouffant un sanglot, Auguste me l'avait donnée librement. S'il me l'eût retirée au moment de sa mort, pour un crime que je n'avais pas commis, c'eût été injuste. J'ai pris un testament qui m'appartenait, bien résolue à remplir vis-à-vis de sa sœur les obligations que ce legs m'imposait. Je n'ai pas cru mal agir.

— S'il en est ainsi, lui fit remarquer Maxime, pourquoi avez-vous refusé de m'écrire comme Auguste vous en priait? Pourquoi avez-vous dit à Justine une demi-heure avant mon arrivée à Trouville :

« Je suis brisée ! Quand cela finira-t-il ? Mon mari ne me quitte pas des yeux. Il me faut ce papier, comment le prendre ? »

— D'après-vous, Justine serait ma complice ?

— Une complice inconsciente, oui, madame, mais assez clairvoyante pour soupçonner les conséquences de sa complicité.

Elle en a été si effrayée qu'elle vous a quittée à Baréges.

Je l'ai recueillie et placée sur une de mes terres ; ses craintes vous seraient devenues fatales, elle aurait certainement commis quelque imprudence.

— Que craignait-elle donc? demanda Caroline en reprenant son air hautain.

— Elle craignait d'être accusée de la mort d'Auguste Thérion.

— Elle ne craignait pas! C'est faux ! parce que c'est impossible. C'est vous qui l'avez rencontrée à Baréges, qui l'avez effrayée, qui me l'avez enlevée, pour-

quoi ? Je ne sais ! Mais vous êtes impitoyable pour
moi ! Impitoyable, quand je vous aime ! quand
vous m'aimez peut-être ! Et j'en doute ! Vous m'obli-
gez à douter de vous ! c'est indigne ! Je me trompe,
je dois me tromper, Maxime, montrez-moi mon erreur, dites-moi ce que vous pensez, ce que vous voulez ; car je ne sais plus ce que je dois croire, vous me
rendez idiote !

Elle se renversa comme si elle s'évanouissait. Il lui
fit respirer vivement un flacon de sels.

— Je veux que vous soyez honnête et honorée, lui
dit-il. Je veux que madame Davelles ne puisse être
soupçonnée. Quand je vous ai rencontrée à Baréges,
vous couriez à votre perte. J'ai rendu Justine raisonnable, je vous ai débarrassée de M. de Verry et de son
amour. Je vous ai épousée et couverte de ma protection ; sans moi peut-être, à l'heure présente, vous auriez à répondre devant des juges plus impitoyables de
votre conduite à Trouville.

Ceci lui rappelait cette main de la justice qui lui
semblait s'étendre vers elle dans les moments où ses
premiers remords l'emportaient. Elle ferma les yeux
comme si elle la voyait encore s'avancer menaçante.

— Vous voilà, continua-t-il, riche de ma richesse.
Renoncez à cet héritage dangereux. Rendez-le à Marguerite par une donation volontaire. Cet acte sera la
meilleure réparation. Si vous avez cru hériter légitimement, il doit vous en coûter peu de donner pour
effacer dans le cœur de l'héritière naturelle d'Auguste
les défiances qu'elle a le droit d'avoir.

— Je signerai cette donation quand vous voudrez. Que me fait l'argent, puisque vous m'aimez assez pour me défendre !

— Signez d'abord cette lettre que j'écris à Frédéric pour lui annoncer vos intentions. Il est bon de le préparer à cette générosité inattendue. Dans votre nouvelle situation de fortune, la santé délicate de Marguerite, votre amitié pour elle suffit pour l'expliquer, c'est en ce sens que ma lettre est écrite ; j'ajoute que vous tenez absolument à l'approuver par votre signature.

Elle prit la plume qu'il lui présenta, et sans lire un mot posa sa signature au bas du papier.

— Merci pour Marguerite ! dit-il.

— Pour elle, non ! ce n'est pas pour elle ; mais pour vous, pour votre estime, plus précieuse que de grands biens ! Si vous connaissiez le cœur d'une pauvre femme, vous verriez, cher et cruel Maxime, que ses fautes sont de l'amour. Hélas ! les hommes heureux, libres et forts, ne se doutent pas des entraves de notre faiblesse !

La femme n'a qu'un moyen pour plaire, une arme pour se défendre, sa beauté ; laide, qu'une ressource, son orgueil !... Jeune, j'ai été orgueilleuse, ce fut mon premier tort ; je vous aimais déjà, à mon insu, je l'ai senti quand j'ai essayé d'en aimer d'autres, je n'ai pu m'y résoudre.

Il fallait vivre cependant, mon père s'était ruiné. Je ne savais pas travailler, et puis, est-ce qu'une femme vit de son travail ?... J'en serais morte... Je me suis donc mariée deux fois et je n'ai jamais aimé que vous, et j'ai toujours souffert de votre haine ou de l'indifférence que j'étais forcée de vous témoigner, et quand vous m'avez serrée pour la première fois dans vos bras, j'ai compris le sens de ma souffrance, et des désirs d'amour qui m'agitaient; j'ai compris que vous deveniez mon maître et que je serais votre esclave. Commandez, Maxime, j'obéirai avec joie, si vous m'aimez !

Il plia le papier et étendit le bras vers le portrait d'Auguste.

— Vous osez parler d'amour ici ? dit- il.

— Ici, devant lui! répéta-t-elle. Il me sait innocente et je suis votre femme.

— Oui, vous êtes ma femme, Caroline; vous êtes belle, et votre voix, vos yeux, me disent que vous m'aimez. Nous sommes seuls... C'est l'heure de vous ouvrir mes bras et de vous presser contre ma poitrine; mais...

Il y eut une pose courte, solennelle pour la jeune femme : car son cœur battait à se rompre.

— Oui, je t'aime! balbutia-t-elle en attachant sur lui ce regard attractif et pénétrant qui faisait perdre la tête à celui qui en était favorisé.

— Mais je pense, acheva-t-il, je le pense malgré moi, ceux que vous avez aimés de la sorte sont morts !...

Elle ne répliqua rien. Elle se détourna et s'écarta d'un pas mal assuré. Tout à coup elle étendit les bras, cherchant où se prendre. Elle paraissait prête à tomber. Maxime la soutint et la ramena à son fauteuil.

Elle s'y affaissa en cachant sa tête dans ses mains pour dérober de vraies larmes qui brûlaient ses joues.

Il prit son poignet avec délicatesse et tira le cordon d'une sonnette.

Une jeune femme ouvrit aussitôt la porte. D'un léger signe il lui montra madame Davelles et se retira.

La jeune femme s'agenouilla devant Caroline, dont les yeux restaient fermés et voilés.

— C'est moi, madame, lui dit-elle, votre fidèle Justine !

Caroline écarta ses mains, ouvrit des yeux effarés, et reconnaissant son ancienne femme de chambre :

— C'est vous ! dit-elle, venez-vous aussi me répéter que je suis une criminelle ?

— Que madame me pardonne ! Le danger est passé, M. Davelles me l'assure, madame n'a plus rien à craindre avec le nom d'un pareil homme.

— Je n'ai plus rien à craindre, Justine ? il vous a sans doute chargée de me le dire ?

— Il m'a ordonné de servir madame et de ne jamais parler des plaintes que poussait M. Thérion dans son délire. Il m'a dit que je m'étais trompée et que je reverrais madame Guérin riche de l'héritage de son frère. Il m'a prouvé que j'étais une sotte, que madame tenait à moi et ne voulait que moi pour sa femme de chambre. Je suis heureuse ! Je m'ennuyais loin de madame !

— Où est-il ? où est-il ? demanda Caroline incapable

de s'arrêter plus longtemps aux protestations dévouées de Justine.

— Monsieur est rentré chez lui, il dit que madame est souffrante et a besoin de repos.

« Si je n'ai plus rien à craindre, c'est moi qu'il redoute maintenant et qu'il fuit, » pensa-t-elle.

Prenant son parti, elle dit à Justine :

— Déshabillez-moi.

— Pas ici, madame, ceci est la chambre à coucher arrangée pour madame Guérin, la propriétaire du château, m'a dit monsieur ; la vôtre se trouve à côté.

Justine guida sa maîtresse. Elles sortirent pour rentrer dans une chambre voisine ornée de mousseline comme celle qu'elles venaient de quitter, mais de mousseline drapée sur une étoffe rose. Il y avait aussi un portrait sur la cheminée, le portrait de Maxime, grandeur nature, si frappant et si beau qu'elle resta en extase devant lui.

— Oh ! il est bon ! il est bon ! dit-elle après un moment. Je ne serai pas seule ici.

Et, se tournant vers sa femme de chambre :

— Il faut vous habituer à me voir ainsi, Justine. J'aime M. Davelles !

— Un si bel homme et un si bon cœur ! Madame a bien fait de quitter pour lui ses habits de veuve.

Caroline regarda le portrait avec espoir :

— Veuve ! je ne le suis plus ! se dit-elle.

XXV

A la suite de sa chute sur la montagne, M. de Verry avait été transporté dans une maison particulière, chez des amis, où, malgré les meilleurs soins, il passa plusieurs semaines dans un état cruel. La douleur physique augmentant sa rage et sa honte, il fut menacé du tétanos. On le sauva après l'avoir cru dix fois perdu, mais sa jambe resta compromise.

Au mois d'août, boitant encore et s'appuyant sur une canne, il put quitter Nice pour aller à Trouville reprendre des forces aux abords de la mer.

Ses élégantes habitudes lui firent préférer cette plage mondaine, recherchée et distinguée de ses pareils.

Son amour-propre souffrit bientôt de s'y montrer dans un état peu brillant. Ennuyé des questions que lui valait sa jambe ou plutôt sa canne, cet appui indispensable, il songeait à repartir au bout de quelques jours. Mais un soir, sur la plage, il se trouva mêlé à un groupe de jeunes gens de sa connaissance, au milieu desquels tomba un nouvel arrivant qui fut salué avec les marques d'une considération gaie et cordiale.

— Voilà Henry Coopfild, vive Henry Coopfild et son oncle d'Amérique !

— Messieurs, dit Henry, les oncles d'Amérique
n'ont quelque valeur que lorsqu'ils sont morts. Le
mien, bien vivant, n'est que mon associé, mais il
gagne des millions.

Là-dessus, grand échange de poignées de mains.
On présenta M. Coopfild à Gabriel, et celui-ci le jugea
comme un garçon d'esprit, favorisé d'un extérieur
très-agréable. M. de Verry n'avait accordé qu'une
mince importance à cette présentation, le nom d'Henry
ne lui rappelait aucun souvenir, Caroline ne lui en
ayant jamais parlé. Un ami obligeant, comme on en
trouve toujours pour ces sortes de renseignements,
dit tout bas à Gabriel :

— L'oncle ou l'associé d'Amérique a du bon. Le
nom de Coopfild en cache un moins exotique.

— Lequel? dit machinalement M. de Verry.

— Celui de Tuard. Quand on est pourvu d'un nom
pareil, on fait ce qu'on peut... pour l'oublier.

De sorte que M. de Verry remarqua Henry plus
qu'un autre. De son côté, Henry, très-gracieux, eut
des empressements délicats pour Gabriel. Il ralentit
sa marche et régla ses pas sur les siens ; il lui avança
des chaises sans affectation et détourna plusieurs fois
l'attention portée sur sa jambe malade.

Le lendemain de son arrivée, M. de Verry avait
acquis un compagnon aimable et ne songeait plus
tant à quitter Trouville.

Il se sentait fortifié par le voisinage de la mer et
remis dans son courant habituel de luxe et de plaisirs. De la plage au Casino, en quelques pas, il va-

riait ses distractions sans fatigue et toujours au milieu du monde. Reprenant de l'agilité, il reprenait gaieté et insouciance ; il commençait à se débarrasser des impressions fâcheuses du drame de sa chute et de sa longue maladie. Il se croyait oublié de Maxime Davelles et de Caroline, et éprouvait un certain bien-être à se trouver également délivré de cet amour et de cette haine.

En pleine quiétude, le cigare aux lèvres, il écoutait un récit de voyage qu'Henry lui faisait en le colorant d'une diction pittoresque. Tous deux étaient assis près du Casino saluant baigneurs et baigneuses de leur connaissance, quand le chapeau de Gabriel, s'arrêtant à mi-route, resta un moment en l'air au bout de ses doigts.

A côté d'eux et le frôlant presque, Marguerite venait de passer au bras de Frédéric et montait l'escalier du Casino.

— Connaissez-vous cette dame ? lui demanda Henry, qui avait vu Marguerite et saisi le temps d'arrêt imposé au chapeau de M. de Verry par sa main hésitante.

— Ils ne m'ont pas aperçu heureusement, disait celui-ci qui se sentait disposé à rougir devant Frédéric.

Il mit quelques secondes à répondre à Henry :

— Fort peu.

— Je me permets de vous demander cela parce que je connais aussi un peu sa belle-sœur.

— Madame Thérion ! s'écria Gabriel, à qui ce nom échappa involontairement.

— Une fort jolie femme, reprit Henry d'un ton d'indifférence. Êtes-vous de ses amis ?

— Moi ! moi ! répondit Gabriel, mais non, pas du tout. Si fort qu'il se crût déjà, les questions d'Henry le troublaient.

— Je retourne ma pensée : vous me paraissez être très-connu par les jolies femmes... Entre jeunes gens il me semblait naturel... Mille pardons... Je suis peut-être indiscret ?...

Henry graduait questions, excuses et remarques d'une façon très-simple. M. de Verry, entraîné par son accent de franchise, craignit de se montrer bien jeune en ayant l'air de nier ses relations avec une femme, relations si faciles à expliquer d'ailleurs.

— Nous avons, reprit-il des amis communs ; nous nous serions peut-être liés sans un deuil sérieux qui l'empêche d'aller dans le monde.

— N'avez-vous jamais remarqué auprès de madame Thérion un de ses amis, un parent, je crois, M. Da-velles ?

Le nom de Davelles produisit sur M. de Verry un effet semblable à la vue de Frédéric, il rougit et hésita de nouveau.

— Voilà un homme que vous ne devez pas aimer, dit Henry hardiment.

— Je ne déteste personne, répondit Gabriel : la haine va mal à mon caractère ; cependant j'avoue que M. Davelles est un de ces hommes qui agissent sur mes nerfs d'une façon désagréable.

— Aveugle impression, question d'antipathie naturelle! C'est un effet que M. Davelles produit sur beaucoup de gens. J'ai bien fait de vous parler de lui, j'aurais été désolé que vous fussiez de ses amis.

— Ah! vraiment? et pourquoi?

La curiosité de Gabriel, légèrement excitée, lui permettait d'entendre parler avec plus d'aisance de l'homme qui l'avait humilié.

— Parce que j'ai beaucoup de plaisir à me trouver avec vous, et j'espère que nos relations ne se borneront pas à des rencontres de plage.

— Certainement, appuya M. de Verry.

— Eh bien! dans des dispositions aussi cordiales pour vous, votre amitié pour M. Davelles m'aurait gêné.

— Vous le détestez donc aussi? s'écria Gabriel avec un accent de joie qu'il ne chercha pas à dissimuler.

— Beaucoup et depuis longtemps, dit franchement Henry. Je ne vous aurais pas avoué cela du premier mot il y a quelques mois. Je tenais beaucoup à épouser une jeune fille auprès de laquelle il pouvait me susciter des obstacles. Maintenant, ce mariage est à peu près rompu, et, si je ne me trompe, je dois cette rupture à M. Davelles...

— Votre rival?

— Non, je ne le crois pas du moins; mon ennemi, c'est bien assez. Aujourd'hui je n'ai guère de ménagements à garder avec lui, aucune ambition qu'il puisse contrarier, et l'or qui me manquait pour lutter au besoin, je le possède! Je l'attends donc ici.

— Ici? s'écria Gabriel, il va venir à Trouville?

— Oui, il va y venir, s'il n'y est déjà, et j'ai lieu de croire qu'il ne viendra pas seul.

Il y a une femme qu'il ne quitte plus.

— Madame Thérion, savez-vous pourquoi ?

Repris par des émotions qu'il croyait évanouies, Gabriel tremblait en faisant cette question.

— Ce ne peut être que pour se venger d'elle, il la hait autant que moi.

— Oui, il la hait, dit Gabriel, c'est bien cela.

— Et vous le devinez, une femme devient toujours la victime d'un homme qui la déteste, à moins qu'un autre ne la défende. Ma sœur est depuis quinze ans l'amie de madame Thérion. Elle la sait veuve et seule au monde, elle m'a prié de veiller sur elle.

Mon projet de mariage ne me retenant plus, j'ai, pour faire plaisir à ma sœur, pris des informations. Son amie Caroline ne lui ayant pas écrit depuis bien des mois, elle a de vives craintes. Caroline est le nom familier de madame Thérion.

— Je le sais, dit Gabriel.

— Ah ! vous le savez ! dit Henry en riant, et vous la connaissez fort peu.

Gabriel sourit aussi.

— Cela voulait dire que vous ne me connaissiez pas assez.

Gabriel essaya de nier, Henry continua :

— M. Davelles est un homme très-mystérieux qui n'ébruite guère ses projets; cependant je suis parvenu à faire jaser un de ses protégés, un nommé Guillaume, un bon garçon, qui a la reconnaissance parleuse. Il

m'a appris que l'intention de mon ennemi était de
passer quelques jours à Trouville.

— Rien de plus ?

— C'était assez pour moi, et Guillaume n'en savait
pas davantage.

M. de Verry, presque surpris d'être ramené en
pleine agitation, garda le silence pendant quelques
minutes.

— Mademoiselle Thérion est ici, M. Davelles ne
peut tarder, dit-il enfin.

— C'est ce que vous savez peut-être mieux que moi,
dit Henry. Je suis peu fixé sur la liaison d'habitudes
et d'idées qui peut exister entre les deux belles-sœurs.

M. de Verry fit part à Henry de ce qu'il savait, sans
rien dire cependant de son amour pour Caroline, ni
de son duel.

Les jeunes gens ignoraient l'un et l'autre les changements survenus dans la position des deux femmes.

M. Davelles et M. Guérin n'avaient encore envoyé
de lettres de faire part qu'aux personnes de leur famille, dont le nombre était très-restreint. Il ne restait aucun parent à Marguerite et à Caroline. Trop
absorbées dans les intérêts de leur amour, aucune
des deux n'avait songé au monde. Leurs mariages
étaient donc, pour le moment, entièrement ignorés.
Les paysans de Guériant et les témoins, pris dans le
pays même, auraient seuls pu en parler.

Henry croyait avoir affaire à deux femmes libres.
Il s'ouvrit en ce sens à M. de Verry et lui dit qu'il
était disposé à se faire aimer de l'une ou de l'autre,

si c'était nécessaire pour seconder les désirs de sa
sœur. Sur un ton léger que son cœur démentait,
M. de Verry se réserva de faire la cour à Caroline. Le
pénétrant Henry y consentit. Au tremblement et à
l'émotion de Gabriel, il devinait qu'il aurait en lui un
fidèle allié.

Poussé avant tout par sa haine, ce qu'il n'avouait
pas, se réservant d'étudier les intentions de Gabriel,
son caractère et ses faiblesses, Henry Tuard venait
réellement à Trouville pour entraver la vengeance de
M. Davelles; selon lui, cet homme était trop puissant
pour pardonner. Henry avait ce qu'on pourrait appeler
un caractère spéculatif; il n'ajoutait aucune foi aux
vertus désintéressées. Un acte quelconque lui semblait
dériver fatalement d'une nécessité ou d'une passion.
Il basait ses calculs et s'arrangeait sur ce jugement *à
priori*, comme il s'arrangeait pour vivre en paix avec
les lois du pays qu'il habitait.

Les lois, les convenances, nécessité suprême de son
esprit calculateur, réglaient la forme de ses actes et
imposaient à sa conscience des devoirs suffisants
pour qu'il obtînt le nom d'honnête homme et
d'homme distingué.

Les grandes ambitions et les petites convoitises
couvaient, comme un feu mal étouffé, sous cette apparence réglementaire. En revanche, la forme était
gracieuse et bienveillante. Il ne négligeait ni les petits hommes, ni les petites choses, tirant adroitement
parti des incidents et des aides imprévus, ce qu'il faisait avec M. de Verry.

Comme Henry le disait, M. Davelles devait venir à
Trouville, et il y était attendu par Frédéric et Marguerite. La jeune femme prenait en même temps les bains
de mer. Pendant que Henry et Gabriel causaient au
dehors, les jeunes époux, les amants, pour mieux
dire, assis dans l'intérieur du Casino, s'entretenaient
à part.

Ils n'avaient fait aucune attention à M. de Verry, ils
ne connaissaient pas M. Tuard, ils se croyaient entou-
rés d'indifférents. A demi-voix, parlant de Caroline
et de Maxime, Marguerite s'étonnait.

— Encore ! disait Frédéric.

— Oui, encore, répétait-elle.

Le motif qui ramenait M. et Mme Davelles à Trouville était étrange dans leur situation nouvelle. Il
s'agissait de procéder à l'exhumation d'Auguste et
de transporter son corps à Laveray, selon un désir
qu'il avait exprimé de vive voix ou par une lettre à
Maxime. Ce désir, auquel on n'avait pas songé
jusque-là, M. Davelles choisissait pour l'accomplir
l'époque heureuse, bénie et oublieuse entre toutes,
de la lune de miel.

— Ce sera, disait Marguerite, un affreux contraste,
cette jeune femme entre deux maris, le vivant et le
cadavre.

Pour moi, à cause d'elle, ce pieux devoir m'épouvante. Et cependant, j'ai souvent désiré de m'age-
nouiller sur la tombe sur ce frère bien-aimé.

Précisément comme elle parlait encore, un jeune
homme vint s'asseoir près d'elle. Tourné d'un autre

côté, ayant l'air occupé ailleurs, il saisit plusieurs mots de ce qu'elle disait. Ce jeune homme était Henry. Il avait quitté un moment son compagnon et il avait osé se placer près de la jeune femme, se flattant de n'être pas reconnu d'elle, mais la reconnaissant très-bien. Ils ne s'étaient vus qu'une fois à Nice, dans la rue, pendant que Henry remettait une lettre à madame Thérion.

Marguerite continua à causer sans défiance.

— Ah! dit-elle, si Caroline osait, devant Maxime, exprimer sa pensée à ce sujet, je crois que le corps d'Auguste resterait à Trouville.

— Que veulent-ils faire? pensa Henry. Que signifie cette pression exercée sur madame Thérion? Ce cadavre?

Il comprit à moitié et résolut de prévenir Caroline, de lui offrir ses services, d'arriver à elle n'importe par quel moyen.

Il attendit plusieurs jours, épiant les nouveaux visages; car monsieur et madame Davelles passèrent quelque temps à Laveray dans un état de tranquillité relative.

La jeune femme avait accepté ce séjour, charmant d'ailleurs; tout y était renouvelé, embelli. Le parc lui-même, plein d'arbustes et d'arbres d'essences variées qui fleurissaient tour à tour, pendant la belle saison, était méconnaissable.

Madame Davelles admirait sincèrement la façon dont Maxime entendait le bien-être et disposait des ressources que donne une grande fortune.

Riche relativement avec Auguste, elle n'avait pas su tirer parti de ce vieux manoir et de ce beau parc.

Elle ne tenait pas à se fixer dans ce temps-là. Pour se créer un intérieur avec soin, comme l'oiseau bâtit son nid, il faut y être retenu par des attaches puissantes. Pour planter sa tente, il faut aimer la famille.

Et maintenant, malgré le peu d'empressement que Maxime mettait à se rapprocher d'elle, après le mot cruel dont il l'avait écrasée le soir des noces, elle aimait Laveray avec lui et à cause de lui.

S'il ne lui témoignait pas d'amour, au moins, il restait avec elle. Rien ne les distrairait l'un de l'autre. Séparés au premier étage, mais réunis dans les salons du bas, ils laissaient couler les journées paresseuses sous l'abri du vieux toit ou sous celui des vieux arbres. Plus le salon était clos, plus les branches étaient feuillues, plus ils semblaient satisfaits.

Jamais deux époux n'eurent autant de courage pour imposer l'indifférence à leurs regards, à leurs paroles, et pour écouter dans un calme profond les battements de leurs cœurs. Ils souffraient autant l'un que l'autre de cette contrainte. Dans ce tête-à-tête absolu, sous l'influence de la femme belle, soumise et résignée, la haine de Maxime s'en allait lambeau à lambeau, son esprit cherchait à accepter les excuses de Caroline, sa conscience seule protestait. Il y avait trop d'obscurités dans ses intentions, trop de fatalités dans sa vie, mais était-ce à lui de les lui reprocher, si elle l'aimait?

Était-ce à lui de se faire éternellement son bour-

reau?... Éternellement! Quoi! déjà! La vengeance du
mort à peine commencée lui semblait interminable; à
peine avait-il dit sa pensée, énuméré les crimes, qu'il
trouvait l'expiation suffisante!

Mais Auguste à Trouville attendait, et qui sait si sa
tombe ne cachait pas un secret plus infâme que les
autres?

Au bout de quinze jours, M. Davelles se dit qu'il
fallait en finir avec cette perplexité. L'autorisation de
transporter le corps du défunt à Laveray était facile à
obtenir, puisqu'elle se résumait dans une question de
démarches et d'argent. Si sur la tombe d'Auguste, en
face du cadavre défiguré, Caroline ne faisait aucun
aveu, il ne resterait plus qu'à chercher le poison dans
ces débris humains ou à renoncer à pousser plus loin
cette œuvre de justice. Il la trouvait assez punie. Liée
à lui par un amour et un devoir également impossibles,
que ferait-elle?

Cette pensée, il la formulait en différents termes;
elle revenait obstinée comme un doute, creusant peu
à peu l'ornière d'un regret qui ressemblait à un remords.

Si elle était innocente?

Quand il en arriva à se poser cette question comme
une question d'espoir, il se leva et commanda les chevaux.

— Nous partons, dit-il à la jeune femme.

— Quand vous voudrez, répondit-elle.

Elle sonna pour prévenir Justine d'avoir à la suivre.
Cette fille lui était indispensable maintenant. Avec

elle, elle parlait de Maxime aussi longtemps qu'elle le désirait, elle ne se plaignait jamais, elle aurait cru s'abaisser; mais elle se plaisait à découvrir des qualités nouvelles dans son mari. C'était user d'un droit de possession imaginaire.

Ils partirent, laissant Mathias, et n'emmenant pas d'autre domestique que Justine.

Madame Davelles ne s'était pas informée du but du voyage. Maxime, plus embarrassé par cette réserve confiante que par des questions, ne savait comment lui dire qu'ils se rendaient à Trouville. Il se décida à lui en parler quand ils en furent trop près pour qu'elle pût en douter.

— Je le vois, dit-elle simplement.

Sa tête se profilait sur le drap gris du wagon où ils se trouvaient, les lignes pures de son visage et la pâleur rosée de son teint lui donnaient une si grande expression de sérénité qu'il fut tenté de s'écrier :

— Pardon !

— Marguerite et Frédéric nous y attendent, j'espère, dit-il.

— Déjà! pensa-t-elle, nous ne serons plus seuls.

Le lendemain, sur la plage, Henry eut le plaisir de reconnaître de loin M. et madame Davelles.

Caroline lui parut un peu pâlie, mais très-souriante. Marguerite et Frédéric se promenaient avec eux.

Avec de grandes précautions, il évita leur rencontre; il alla prévenir M. de Verry, et, après une journée passée à faire des évolutions bizarres pour suivre les deux couples sans être remarqués, les deux jeunes gens parvinrent à joindre Caroline dans un moment où elle était seule.

Henry saisit l'occasion au vol et s'avança, au risque d'être surpris par Maxime; M. de Verry, à quelques pas, attendait, prêt à se rapprocher, si elle exprimait le désir de le voir, toujours prudent, selon son naturel peu aventureux.

La jeune femme tressaillit à la vue d'Henry Coopfild et devint si pâle qu'il en fut saisi.

— Que me voulez-vous, monsieur? dit-elle.

Sa voix était sourde et ses habitudes de politesse en tempéraient seules l'irritation.

M. Tuard ne se déconcertait pas aisément. Il salua une seconde fois avec plus de profondeur, et, allant droit au but :

— Ma sœur, madame, est très-inquiète à votre sujet, je le suis plus encore parce que je sais à propos de quoi j'ai raison de l'être. On trame ici, contre vous, un complot que je ne laisserai pas exécuter. Prenez garde à ceux qui vous entourent et...

— Mais, monsieur, reprit-elle, ceux qui m'entourent sont mes meilleurs amis.

Il ne s'arrêta pas à la froideur de cette réponse.

— Même M. Davelles, lorsqu'il forme le projet de vous obliger à consentir, je ne sais dans quel but mystérieux, à l'exhumation du corps d'Auguste Thérion ?

Une nouvelle couche de pâleur s'étendit sur le visage de Caroline. Elle parvint cependant à dissimuler sa surprise et à répondre d'une voix assurée :

— Vous ignorez, monsieur, une circonstance qui modifiera vos idées à mon sujet et à celui de M. Davelles. Nous sommes mariés depuis quinze jours et je l'aime !...

Ce fut au tour d'Henry de s'étonner. Son aplomb ordinaire lui fit défaut. Il ne sut que s'incliner.

Madame Davelles lui rendit son salut et se détournant passa avec une lenteur fière à deux pas de M. de Verry.

Il la salua aussi, mais n'osa l'arrêter : Henry lui faisait signe de la main.

Dès qu'elle se fut éloignée :

— Eh bien, dit-il, eh bien ?...

— Mon ami, répondit M. Tuard, M. Davelles l'a épousée et elle l'aime !...

— Elle l'aime ! j'aurais dû le deviner ! c'est fini !

— La vérité est toujours ce qu'on ne devine pas ; je n'ai plus rien à faire ici. Je m'embarque dans trois jours pour l'Amérique, mais je reviendrai. Et si Maxime Davelles se permet encore de gêner ma route, nous réglerons tous nos comptes en un seul !

XXVI

Prévenue comme elle l'était par Henry, Caroline attendit avec anxiété que Maxime lui annonçât le projet funèbre qu'il avait formé. Il ne l'avertit pas de ses intentions. En montant en voiture avec Frédéric et Marguerite, il donna un matin au cocher l'ordre de les conduire au cimetière de Trouville, route de Touques.

De là on pouvait se diriger vers le château de Bonneville, une des plus jolies excursions à faire dans le pays ; mais on s'arrêta à la porte de la ville, aux bords de la rivière, sur une petite hauteur couverte d'un bouquet d'arbres : ce bosquet riant était le cimetière.

On descendit de voiture, Maxime offrit son bras à Caroline et la pria de lui indiquer la tombe d'Auguste. Elle prit les devants avec lui ; M. et madame Guérin les suivirent.

Elle marchait dans les petits sentiers bordés de tombes et d'arbustes, et elle marchait rapidement, s'excitant et s'encourageant à être aussi calme que dans un autre lieu.

M. Davelles serrait son bras avec une force inaccoutumée ; il ne la regardait pas, il craignait de la voir pâlir. C'était naturel, cependant, et quand sur le marbre du tombeau elle s'agenouilla, il la jugea trop courageuse et trop sûre de son indifférence, changeant d'avis comme un esprit combattu.

La silencieuse prière de ces quatre personnes se prolongea. Marguerite pleurait, Frédéric respectait ses larmes ; Maxime reprenait sa colère, et Caroline, accablée, sentait ses genoux adhérer à la pierre du petit monument surmonté d'une croix modeste, et posé là à la hâte, dès les premiers jours, dans le rapide accomplissement des devoirs funèbres.

Quand Marguerite se releva, elle essaya de l'imiter.
Y réussissant mal, elle appuya sa main sur le piédes-
tal de la croix. Par un mouvement maladroit, sa main
glissa ; elle fut obligée de s'y reprendre à deux fois
pour se mettre debout. Maxime, sans l'aider, l'examinait d'un œil dur. Frédéric s'éloignait déjà avec sa
jeune femme. Caroline fit un mouvement pour les suivre, mais M. Davelles la cloua d'un mot près de la
tombe.

— Attendez ! dit-il.

Se rapprochant d'elle et prenant son parti :

— Votre situation est intolérable, n'est-ce pas, Caroline ? Ici ou ailleurs, celui que vous foulez aux
pieds nous poursuit de sa dernière plainte : elle demandait vengeance ; mon amour, quoi qu'il fasse, n'ef-
facera pas une seule tache de son sang... Ce sang
entre nous, c'est le crime dont la preuve, renfermée
dans cette tombe, peut surgir demain. Demain, on
ouvrira cette fosse, on enlèvera les restes d'Auguste.
Sur le cercueil béant, j'aurai peut-être le courage de
me pencher et d'appeler la science à mon aide pour
savoir quelle cause le livra si jeune à une destruction
trop rapide pour être naturelle.

Comme il parlait, comme il concluait vite ! comme
il la déclarait coupable ! comme il la jugeait infâme !

S'il l'aimait, c'était impossible, et cependant elle
l'entendait, un crime les séparait... Quel crime ? Ses
oreilles bourdonnaient... ses idées lui échappaient...
Quand ? comment l'avait-elle commis ? que suppo-

ait-il ?... Oh ! c'était horrible à penser... et il le
croyait ! L'idée de se défendre encore ne lui vint pas,
l ne pouvait l'aimer, tout était dit.

Elle réfléchit en se retenant à la croix de la tombe
et s'écria :

— Oh ! puisqu'il en est ainsi, tuez-moi ! tuez-
moi !

Elle acheva de tomber en répétant ces deux derniers mots et roula évanouie cette fois aux pieds de
Maxime, au bas du petit monument.

Il se précipita sur elle, l'enleva avec la rapidité de
l'éclair et la transporta dans ses bras jusqu'à la voiture où Frédéric et Marguerite étaient déjà montés.

— Ce ne sera rien, dit-il pour les tranquilliser.

Mais il était inquiet, et Frédéric, le voyant prendre
à chaque minute le poignet de la jeune femme pour
tâter son pouls, pâlit en se demandant si elle était
déjà frappée.

On eut beaucoup de peine à la ranimer, il fallut,
en arrivant, la mettre au lit et la saigner.

Maxime la veilla toute la nuit et le lendemain ne
prit du repos qu'après s'être assuré qu'elle dormait
d'un sommeil paisible.

Cette sollicitude rendit Frédéric heureux, cet honnête cœur avait des remords. La question d'argent, le
mobile des faits accomplis, le gênait beaucoup.

Caroline avait affirmé la lettre écrite par Maxime,
de Laveray. Elle s'était montrée heureuse de rendre
à Marguerite les biens de son frère. Cela sans se donner le mérite d'un sacrifice. Quoi de plus simple ?

elle était énormément riche. Jusqu'alors, dans la pratique, elle avait entendu ouvrir sa bourse à sa sœur et partager. Elle préférait, dès que Maxime l'approuvait, lui assurer une vie large et indépendante.

Cela dit et commenté avec son amabilité charmante, le rigide Frédéric n'avait rien eu à opposer. Mais quand elle fut malade il pensa que c'était trop.

Il interrogea Maxime :

— Que s'est-il passé ? A-t-elle fait des aveux ?

Et ne laissant pas à M. Davelles le temps de répondre :

— Quand cela serait, avez-vous le droit de la juger et d'exécuter en même temps la sentence? La mort du coupable rend-elle la vie à la victime? Quant à moi, je vous préviens qu'il m'est impossible d'assister à cette lutte entre vous deux, à cette vengeance d'outre-tombe. C'est l'écrasement du faible par le fort. D'ailleurs, Marguerite commence à entrevoir la vérité. Il ne faut pas troubler sa vie, vous l'avez dit. Si son frère est mort de mort violente, qu'elle l'ignore toujours! ce chagrin la briserait!

Maxime ne répondit pas; mais il pria Frédéric de veiller à l'exhumation du corps d'Auguste et le chargea de le faire transporter à Laveray. Puis il revint au lit de Caroline. Il la trouva mieux.

Elle eut la force de lui sourire.

— Vous ne me maudissez donc plus? lui dit-elle, heureuse de recevoir ses soins.

— Ne parlons pas de cela. Guérissez-vous, remettez-vous.

— Et quand je serai guérie vous m'abandonnerez?

— Pourquoi vous agiter, puisque je suis là?

— Je voudrais vous y retenir toujours, et vous craignez de me le promettre... Vous évitez de serrer ma main... Vous avez pitié de la malade, mais la femme vous fait horreur...

Il nia d'un geste.

— Vous n'osez me le dire, reprit-elle, je fus bien coupable, je le sais, Maxime, mais non comme vous le croyez. Je n'aimais pas et je me laissais aimer. L'amour quelquefois se change en poison, vous l'avez deviné. J'étais barbare, sans m'en croire. La femme doit être ou tyran ou victime; je n'ai pas voulu être victime! La ruse est la force des faibles. L'homme cherche à se faire aimer quand même; il n'admet guère qu'on résiste à son pouvoir, il se plaît à être trompé, et la femme s'assouplit aux mensonges de l'amour; à peine sait-elle si elle trahit, si elle blesse, si elle tue, tant cette perfidie devient chez elle une nature; mais quand elle aime, comme je vous aime, elle comprend et souffre, elle rougit et s'accuse.

Oui, Maxime, j'ai abrégé la vie d'Auguste par mes froideurs, mes caprices, par mes coquetteries, mes excitations à la colère et à la jalousie, mes folies de voyageuse, et les fatigues que je lui imposais. Puis, devant les fureurs, les défiances, les transports, moitié de rage et d'amour, et les troubles physiques de la dernière heure, la vérité est montée à mes lèvres dans un moment de dégoût. Il m'a entendue parler à Justine comme une femme lasse et écœurée. Il s'est dressé

pour me maudire; mais un flot de sang a coupé sa
voix et l'a rejeté sur sa couche dans l'état où vous l'avez
surpris. Il était perdu, j'ai cherché le testament... je
ne l'aimais pas!

Pour mieux entendre cette confession sincère,
Maxime s'était rapproché de la belle accusée.

— Et j'aime! acheva-t-elle, et je mourrai comme
sont morts ceux qui m'ont aimée, et plus dévouée
qu'eux je bénirai l'auteur de mon supplice!

— Non! s'écria-t-il, vous vivrez! Je ne puis vous
donner aucune espérance, mais...

— N'ajoutez rien, interrompit-elle, vous seriez dur
peut-être, sans vous en douter aussi. Si vous me le
permettez, je vivrai près de vous, ce sera beaucoup.

— Je ne désire nullement vous éloigner.

— Merci pour cette parole!

Nos mains se rencontreront du moins, il faudra
sauver les apparences par quelques marques furtives
d'intérêt. Elles feront ma joie, et vous me pardonnerez
ce bonheur que vous ne pourrez m'ôter.

S'il pardonnerait! Son repentir, son amour, ne lui
donnaient-ils pas droit au pardon... quoi qu'elle eût
fait d'ailleurs?

Il lui tendit la main en la priant de songer à elle,
à sa santé. Après l'avoir troublée outre mesure, il
cherchait les moyens de la rassurer. Il profitait de son
état maladif pour lui témoigner de la sympathie. Elle
bénissait ses souffrances, elle aurait souhaité les voir
se prolonger.

Quand elle se leva, il la soutint et la conduisit lui-même à son fauteuil. Elle était heureuse malgré tout, et ce bonheur éclatait dans ses yeux. Ce jour-là Frédéric dit à Maxime :

— Je suis content.

— Et moi je ne le suis pas, répondit celui-ci, si j'allais l'aimer !

— Vous subiriez une loi fatale. Elle est belle et vous êtes jeune, un lien indissoluble vous unit.

— Il n'y a pas de fatalité, il n'y a que des volontés libres, dit Maxime en s'enfermant avec lui dans sa chambre. Je ne vous ai jamais montré la dernière lettre d'Auguste, il faut que vous connaissiez enfin, la vérité, je l'ai souvent relue.

Il donna à Frédéric un papier usé sur ses plis et se détachant par petits carrés.

M. Guérin fut obligé de l'étaler sur une table pour lire à l'aise. Il n'y avait qu'une page couverte d'une écriture désordonnée. Elle se terminait ainsi après quelques détails que l'on connaît déjà :

« Maxime, je suis frappé à mort, Caroline me trahit, je viens d'en avoir la preuve. J'ai provoqué M. de Verry,— retiens bien ce nom : c'est celui du misérable avec lequel tu te battras si je meurs avant le duel ; j'en ai peur ! — Ils m'ont tué ! Viens, je te dirai leur crime infâme... Tu me vengeras... J'ai la tête perdue... »

Après cette lecture, M. Davelles reprit :

— Ajoutez à ce cri de désespoir la prière qu'il me fit à son lit de mort de soustraire sa fortune à la rapacité de madame Thérion, et vous aurez la note exacte de mon devoir.

— Elle se repent, et, s'il vivait, les colères d'amour sont si bizarres! peut-être il lui pardonnerait.

— Mais il ne me pardonnerait pas de l'aimer. Ces sortes de femmes se repentent-elles d'ailleurs?

XXVII

Les bonnes dispositions de Frédéric étaient fortifiées par celles de Marguerite. La restitution de la fortune d'Auguste sous forme de donation fut faite par-devant notaire. Cet acte légal accompli, Marguerite en témoigna à Caroline une reconnaissance qui la gêna souvent devant Maxime, mais qui resserra forcément les relations intimes des deux femmes.

M. Davelles emmena sa femme à Paris, rue de Ponthieu. Aussitôt après son rétablissement, il la pria de disposer elle-même, selon son goût, son appartement particulier. En attendant, elle logea dans celui qu'il destinait à Marguerite et à Frédéric; ceux-ci étaient allés prendre possession de Laveray.

Dès les premiers jours, Maxime adopta une régularité d'habitudes qui ne permettaient pas à Caroline de prendre dans sa vie une large place. Il s'établit dans son appartement séparé du sien par de grands salons, et dans lequel personne, excepté Mathias, ne péné trait jamais. Les domestiques, tous aux ordres de Caroline, ne servaient M. Davelles qu'à table, sauf les palefreniers et les cochers, qui soignaient ses chevaux et conduisaient ses voitures. Il se réserva pour son usage personnel un coupé et un phaéton. Hors l'heure des repas, il sortit seul ou s'enferma chez lui.

Le soir il se fit un devoir d'accompagner Caroline au théâtre, seulement jusqu'au jour où M. et madame Guérin arrivèrent.

Alors cette vie se modifia. On commença par faire à Marguerite les honneurs des richesses de l'hôtel. Les salons de réception contenaient des merveilles d'art, de l'art français, rien d'étranger ni de baroque.

Chaque salle, haute et vaste, avait sa décoration et son cachet, une vraie création animée par des œuvres de maîtres, des bronzes, des marbres antiques et de ces toiles qu'on paye un prix fou.

Ce qui ravit Marguerite, ce fut le salon de cristal ou, pour mieux dire, la serre qui faisait suite aux différents salons : larges glaces sans tain, encadrées de feuillage, formant panneaux, corbeilles, vases, suspensions de cristal garnies de fleurs exotiques, de plantes grasses, de branches vertes, se mêlant aux diamants des lustres et prenant à la lumière un éclat éblouissant : telle fut la gracieuse serre qui séduisit son œil de femme.

Le boudoir de Caroline, petit musée où l'on avait réuni les bijoux de toutes les époques et de toutes les nations, ne l'enchanta pas moins.

Cette exploration d'intérieur amena des moments

de réunion en famille. La conversation se prolongea après le repas et Maxime y prit part, ne cherchant plus comme avant à fuir ces occasions de rapprochement avec Caroline. Mais souvent aussi il la confia, le soir, à Marguerite et à Frédéric, les engageant à aller dans le monde dès que les réunions de l'hiver commencèrent, mais se déclarant incapable de goûter ces sortes de plaisirs.

A quoi s'intéressait-il? à quoi s'occupait-il? A des travaux sérieux, sans doute. Elle aurait voulu les connaître. L'appartement de Maxime restait fermé à Frédéric et à Marguerite comme à Caroline. Il avait donc sa vie bien distincte de celle de la famille. Souvent, en ouvrant un journal, Caroline lisait le nom d'Hermès, un docteur qui faisait des cures merveilleuses et ne soignait que les pauvres gens ou les malades désespérés.

Le nom patronymique de la famille Davelles était précisément celui-là. Rien de facile comme d'en conclure que Maxime exerçait la médecine sans en rien dire. Cependant aucun malade ne venait à l'hôtel, et M. Davelles sortait très-peu.

Ce petit mystère intrigua la jeune femme. Sans affectation Maxime continuait à élever entre elle et lui le mur de la vie privée, la laissant libre d'ailleurs, lui ayant ouvert un large crédit chez son banquier, mais ne la présentant nulle part et ne lui permettant pas, à cause de son abstention mondaine, de recevoir chez elle.

Il lui était également défendu de porter le titre de comtesse de Neubourg. Quelle privation !

Être baronne d'Ostanges et comtesse de Neubourg, pour n'user d'ordinaire que du nom de Davelles, en lui donnant une tournure bourgeoise !

Lorsque Caroline fut bien installée rue de Ponthieu et bien habituée aux splendeurs de sa nouvelle existence, elle en compta les épines. Sa vanité n'était nullement satisfaite. Elle ne tenait même pas à revoir ses anciennes connaissances, madame de Rives et d'autres. Elle craignait de les initier involontairement aux singuliers détails de sa vie de femme mariée et encore veuve.

Elle avait d'abord accepté cette situation comme une juste expiation de son passé; mais, après cet élan de repentir si vivement exprimé à Trouville, il s'était produit une réaction.

Les résultats de sa coquetterie, de sa vanité ou de ses exigences de femme, lui paraissaient des crimes de beauté fort excusables. Ses mains n'ayant rien gardé des biens si légèrement acquis, que restait-il? Des tombes muettes. Mais si ces hommes étaient morts pour elle, n'était-ce pas un hommage bien dû à sa qualité de jolie femme?

Il est rare que cette façon d'expédier un honnête homme laisse des remords à l'assassin aux griffes roses. Certaines femmes ont la spécialité de ces sortes d'exécutions. Elles ruinent ou tuent avec des sourires. Mais elles ont aussi la conscience de n'établir qu'une compensation juste. Si l'on comptait le nombre des femmes qu'un sourire d'homme a perdues, la question de la supériorité de l'homme sur la femme, ce problème

discuté avec tant de chaleur par nos romanciers, ne
serait pas difficile à résoudre.

Une seule chose l'avait profondément atteinte,
c'était l'accusation d'empoisonnement. Venant de la
part de Maxime, cette accusation, quoique prévue,
était atroce. Elle se flattait de l'avoir écartée pour
toujours. Il ne poussait pas plus loin ses investi-
gations à ce sujet. Le corps d'Auguste, pieusement
enlevé du cimetière de Trouville, était allé rejoindre,
à Laveray, dans la chapelle du château et dans le
caveau spécial de la famille Thérion, les restes de sa
mère. On avait scellé de nouveau sur lui la pierre qui
abrite les secrets de la tombe. D'ailleurs comment
avait-elle pu croire sans folie que Maxime exposerait
la femme qui portait son nom aux résultats d'une pareille enquête?

Pour peu qu'il eût de l'amour pour elle, il devait
croire à la sincérité de ses aveux.

Elle s'était assez franchement accusée, et sa science
de docteur devait trouver certes, dans ces aveux, les
éléments nécessaires pour expliquer la mort prompte
d'Auguste.

C'est ainsi qu'elle vivait sans trop de honte près de
Maxime, continuant à l'aimer et à espérer, ne pouvant
admettre qu'un homme lui résistât.

Il la fuyait, c'était visible. Elle était trop femme pour
ne pas s'apercevoir qu'il redoutait les séductions d'un
contact fréquent.

Il suffisait d'une occasion pour vaincre ce sentiment
de délicatesse obstinée qui l'éloignait. Avec le temps

l'impression serait moins vive, le souvenir effacé, elle, au contraire, rendue plus séduisante par les précautions mêmes qu'il prenait à élever obstacles et barrières. Le fruit défendu affriande. Elle en aurait la saveur.

Spirituelle corruptrice, elle avait étudié avec la finesse d'observation des femmes intelligentes les mouvements secrets des passions de l'homme. Elle connaissait leurs vanités et leurs faiblesses, elle se courbait devant les unes et profitait des autres, ayant pour principe qu'un homme flatté est un cœur conquis. Malheureusement elle était trop vive, trop spontanée, son amour-propre excessif ne lui permettait pas d'attendre longtemps qu'on rendît les armes à sa beauté. La froideur persévérante de Maxime l'irritait autant qu'elle l'étonnait.

Elle lui semblait devenir une offense et tenir à une invincible rancune. Elle en jugeait par sa cordialité pour Frédéric et Marguerite. Évidemment, avec la plus grande politesse, on la mettait au second rang dans la famille. En sa qualité de femme, madame Guérin obtenait de Maxime les seuls hommages qu'il rendît à un joli visage.

Caroline prit cet hommage pour ce qu'il valait d'abord ; mais bientôt, ennuyée et désœuvrée de cœur, elle revint à l'idée d'agacer Frédéric par quelques coquetteries innocentes. C'était dans sa nature d'adresser à celui-ci les provocations qu'elle destinait à celui-là.

Peut-être, pensa-t-elle, Maxime daignera remarquer ce manége et devenir jaloux : dans ce cas, il me reviendra. C'était un joli calcul de femme, mais il échoua

quant à Maxime devant une indifférence raisonnée et
voulue. Frédéric, moins insensible, lui sut gré des attentions et des prévenances délicates dont elle l'accablait.
Il s'établit entre eux un courant sympathique, une entente de regards et de sourires. Marguerite le remarqua. Elle était sûre de Frédéric, mais elle accordait
moins de confiance aux manéges de celle qu'elle trai-
tait toujours de sœur. Les femmes ne s'aveuglent
guère sur les défauts des femmes qui s'attaquent à
l'objet de leur amour; elles leur en donneraient plutôt
généreusement, si elles n'en avaient pas.

Jusque-là, Caroline n'avait eu pour Frédéric que
des caprices intermittents, et comme elle ne dissimulait en rien cette fantaisie nouvelle, une naïve pen-
sionnaire l'aurait remarquée. Qu'importait que Marguerite s'en inquiétât et en souffrît? mais Maxime,
pourquoi s'obstinait-il à ne rien voir?

Précisément au moment où elle cherchait le plus à
résoudre cette question, un hasard bien simple fit
tomber dans ses mains l'adresse du docteur Hermès,
rue Montaigne, 14.

— Nous sommes voisins, se dit-elle. C'est singulier,
un docteur logeant si près et un nom pareil...

Elle fit part de cette petite découverte à M. et madame Guérin en racontant comment, dans une visite,
on avait causé devant elle du célèbre docteur et parlé
de son adresse, qu'elle avait mise en réserve dans sa
mémoire, à cause de la similitude du nom.

— En effet, dit Frédéric, le premier nom des
d'Avelles fut celui d'Hermès.

Marguerite ne dit rien, mais elle rougit.

Cette rougeur frappa Caroline : comment un des noms de Maxime pouvait-il la faire rougir?

Cette question posée, la tête de la jeune femme, si active quand il s'agissait de sa passion, travailla.

Elle essaya devant Maxime, à table, pour voir l'effet qu'elle produirait, de jeter dans la conversation le nom et l'adresse du docteur Hermès.

Cette fois Marguerite ne rougit plus, mais elle regarda Maxime avec une certaine inquiétude.

Celui-ci détourna la conversation. Caroline contrariée lui demanda nettement s'il connaissait ce docteur.

— Oui, beaucoup, répondit-il.

— Je l'ai pris d'abord pour vous-même, m'imaginant que vous pouviez exercer la médecine sous ce nom.

— Vous aviez fait là une supposition très-naturelle.

Un léger sourire effleura les lèvres de Marguerite. Ce sourire déplut à Caroline. Elle n'ajouta rien sur ce sujet.

Le déjeuner terminé, après avoir pris le thé, Maxime se retira selon son habitude. Frédéric resta au salon, avec sa jeune femme, dont la conversation l'intéressait beaucoup, car elle l'entretenait de l'enfant qu'ils espéraient avoir avant six mois.

Caroline, les voyant occupés d'un sujet si plein d'attrait pour eux, passa dans son appartement, mit un chapeau, un manteau, et sortit seule à pied de l'hôtel. En quelques minutes elle arriva rue Montaigne, n° 14.

Elle y demanda le docteur Hermès et fut introduite

dans une salle d'attente grande, mais simplement
meublée, où étaient assises plusieurs personnes pauvrement vêtues.

Elle attendit une demi-heure avant d'entrer à son
tour dans le cabinet du docteur.

Un jeune homme blond la reçut.

— Madame, lui dit-il avec beaucoup de grâce, vous
vous trompez, le docteur Hermès ne donne que des
consultations gratuites, et vous n'en avez pas besoin.

Elle devait s'incliner ; mais avant de partir elle
hasarda une question :

— Est-ce au docteur Hermès que j'ai l'honneur de
parler?

— Non, madame, le docteur ne se dérange que pour
des cas sérieux.

Elle sortit déçue et fut reconduite par un grand valet
en livrée et par une autre porte que celle de l'entrée ;
comme elle passait de l'escalier dans la cour, elle vit
devant elle Marguerite, mais Marguerite tournant le
dos et sortant aussi.

Madame Davelles se précipita à sa suite. Madame
Guérin marchait vite. Elle monta dans un coupé arrêté
dans la rue et échappa à Caroline. Ce coupé, celle-ci
l'eût juré, était celui de Maxime.

Ceci se passa si rapidement qu'à peine madame
Davelles eut le temps de s'en rendre compte avec ses
yeux. En revanche, son esprit spontané n'hésita pas.
D'un trait elle courut à l'hôtel, sauta dans le salon où
elle avait laissé Frédéric et Marguerite. Ne les y trouvant pas, comme elle s'y attendait, elle alla frapper

résolûment à la porte de l'appartement de Maxime. Mathias vint lui ouvrir et la regarda d'un air stupéfait.

Elle ne lui donna pas le temps de lui défendre l'entrée, elle le repoussa et passa.

— Dites à votre maître que je l'attends ici.

Le vieux serviteur ne fit aucune opposition, il souleva une portière et disparut.

Après lui, obéissant à une inspiration subite, elle souleva la même portière. Elle dissimulait une ouverture suivie d'un long couloir. Mathias était déjà à l'extrémité de ce couloir, elle s'y engagea.

S'en aperçut-il? Il disparut de nouveau, et quand elle arriva au même endroit, elle ne put ouvrir la porte qui lui avait livré passage. Elle l'abandonna pour s'adresser aux fenêtres. Elles donnaient dans la cour du n° 14 de la rue Montaigne.

Lentement alors elle revint sur ses pas, se contenant et résistant à la tentation de sauter par une de ces fenêtres et de briser sa tête sur le pavé de la cour.

En rentrant dans la première pièce où elle avait pénétré, elle y remarqua deux portraits encadrés, ovales, peints par Dubuffe et magnifiquement ressemblants. C'étaient ceux de Frédéric et de Marguerite. Elle pensa qu'il ne lui avait jamais demandé le sien.

— Et moi, s'écria-t-elle, moi, je suis de trop!

Elle se prit à crier sa plainte à propos de cette peinture absente, comme on se prend à tout quand on a la première certitude d'un malheur.

Les bras tendus, les yeux en pleurs, la tête perdue,

elle allait enlever le portrait de Marguerite pour le jeter à terre et le fouler aux pieds, quand Maxime entra.

Elle se retourna, commanda à ses larmes et à sa colère ; d'une voix brève, elle lui demanda :

— C'est vous, monsieur, qu'on appelle à Paris le docteur Hermès ?

— Oui, madame.

— Vous recevez vos malades rue Montaigne, n° 14, dans une maison qui communique avec cet hôtel ?

— C'est vrai, dit simplement Maxime. J'ai voulu vous épargner la vue des pauvres gens que j'y reçois et celle de leurs misères.

— Cela me suffit, monsieur.

Elle sortit avec dignité, mais quel effort ! Elle avait cru mourir devant lui, elle ne pleurait plus, elle ne pouvait plus pleurer ; jamais elle n'avait tant souffert, même au cimetière, à Trouville, foudroyée par une accusation infamante ! Là c'était elle la coupable ! mais ici, c'était lui ! lui qui la trahissait, et avec qui ? avec Marguerite. Ces pauvres ? ces malades ? prétexte ! Bon prétexte pour Frédéric qui devait connaître ce secret des deux maisons communiquant l'une avec l'autre sans en connaître l'emploi ; sans nul doute, ce jour-là et bien d'autres, Marguerite avait usé de ce moyen facile de visiter Maxime en liberté.

Se présenter chez un docteur, quoi de plus simple ? En sortir, y entrer, quoi de plus avouable ? Si elle n'y allait pas pour elle-même, ne pouvait-elle y conduire un pauvre malade ?...

Caroline épuisa la liste des suppositions. Il fallait

tuer le temps jusqu'à la rentrée de madame Guérin à l'hôtel, et le temps était long. Si elle n'avait rien dit à Maxime, elle ne prétendait pas épargner sa rivale. Marguerite rentra vers cinq heures. Madame Davelles l'épiait et la fit aussitôt prier de passer dans son petit salon, son musée.

Satisfaite de l'emploi de sa journée, Marguerite arriva l'œil ouvert, la bouche souriante, la peau fraîche et rose.

— Madame ! lui dit Caroline.

Elle crut avoir mal entendu.

— Ma sœur, rectifia-t-elle, que désirez-vous?

— Soit, ma sœur, pourquoi changer, en effet? reprit madame Davelles d'un air railleur et glacial qui faisait froid dans les os, ne sommes-nous pas aujourd'hui ce que nous étions hier, deux sœurs unies et dévouées jusqu'au point de nous débarrasser mutuellement de nos maris? Je dois même vous rendre hommage, car, pendant que je réussis à ébranler le cœur du vôtre, vous vous êtes déjà emparée du mien !

— Vous ne pensez pas un mot de ce que vous dites ! s'écria Marguerite.

Et cependant, en la regardant, elle tremblait.

— Je ne pense qu'à cela, chère mignonne. J'avoue, entre nous seulement, que nous jouons là un rôle assez laid. Il serait peut-être temps de nous entendre, et vous me feriez plaisir de me dire en bonne sœur quel est celui que vous préférez de Maxime ou de Frédéric?

Les yeux de Caroline lançaient des éclairs qui valaient des glaives.

Marguerite fit un geste désolé :

— C'est insensé cela ! vous perdez la tête !

— Je ne suis pas folle, je me venge ! s'écria Caroline, dont la colère fit explosion : me croyez-vous donc aveugle ? Depuis que je suis mariée, avant peut-être, vous établissez vos droits sur le cœur de mon mari, quand je n'en ai aucun ! Il ne s'occupe que de vous, il ne sourit qu'à vous ici ! Vous seule avez ses secrets, vous seule pénétrez chez lui, rue Montaigne, quand il m'exile de son appartement et de sa maison, puisqu'il passe la plus grande partie de son temps à côté de cet hôtel.

— Ah ! vous savez ? dit Marguerite, eh bien, tant mieux ! je serai moins gênée.

— Comment ? vous serez moins gênée ? répéta madame Davelles, et vous osez l'avouer !

— J'aurais dû commencer par là. Je prends chez votre mari la liste des femmes malades pour aller les visiter et leur porter des secours ; mon intention était de vous en prévenir d'abord, mais M. Davelles m'en a détournée en me disant que vous n'aimiez pas à vous occuper des malheureux ni à en entendre parler.

— Oh ! je suis trop égoïste pour cela ! Je préfère m'occuper de mes malheurs personnels. Vous êtes heureuse et vous vous croyez aimée, ma sœur. Vous avez l'âme tendre pour les misères d'autrui. Vous ne supposez pas, dans votre orgueil de femme, que je puisse attirer à moi le regard qui a cherché le vôtre, les sourires qu'on vous a adressés. Frédéric vous aime, vous le croyez du moins, et votre œil crédule n'a jamais vu s'il se troublait quand sa main touchait la mienne.

— Vous mentez! s'écria Marguerite, vous voulez me rendre aussi ridicule que vous!

Madame Davelles s'empara de son bras, et, le serrant avec force dans sa main nerveuse :

— Je veux que Frédéric m'aime! dit-elle, car je vous hais!

L'éclat terrible de ses yeux éblouit Marguerite, l'expression féroce de sa haine la bouleversa, et la douleur de son bras serré outre mesure lui arracha un cri.

Brusquement, Caroline lâcha son bras. Ce fut comme une secousse. Marguerite, trop faible pour supporter plus longtemps son émotion, pâlit et chancela comme si elle allait s'évanouir. Caroline se souvint alors de son état, l'obligea à s'asseoir, et courut prendre sur un plateau un verre et une carafe. Elle prépara de l'eau sucrée en hâte; elle l'offrit à Marguerite, qui accepta.

Elle portait le verre à ses lèvres, quand derrière les deux femmes Maxime éleva la voix en disant :

— Ne buvez pas!

Toute troublée, Marguerite le regarda avec des yeux agrandis par la pâleur et garda le verre dans ses mains à la hauteur de sa bouche.

Maxime s'avança vivement et le lui enleva.

— J'ai entendu, dit-il : Caroline vous hait, et vous ne connaissez pas ses haines!

Madame Guérin comprit, ses yeux se fixèrent avec terreur dans le vide, et sa tête inanimée roula sur le dos de son fauteuil.

Caroline arracha le verre encore plein aux mains de
Maxime, elle but le contenu d'un trait, et désignant la
jeune femme évanouie :

— Est-ce que j'ai besoin de cela pour la tuer! dit-elle
avec un dédain superbe.

———

XXVIII

Le lendemain de cette scène, Marguerite pleurait
son espoir maternel perdu. Son enfant avait été tué
par ses émotions de la veille. Elle venait de passer
une nuit affreuse. Maxime et Frédéric ne la quittaient
pas. On craignait sérieusement pour sa vie.

Cependant il y eut un moment où Maxime sortit de
la chambre de la malade et se rendit droit à l'appartement de madame Davelles.

Depuis qu'on avait enlevé de chez elle Marguerite
évanouie, Caroline passait aussi de tristes heures.
Elle ne voyait personne, elle ne savait rien. Plusieurs
fois, sonnant et envoyant Justine, elle avait fait
demander des nouvelles de madame Guérin. Justine
était revenue avec ces mots :

— Madame Guérin n'est pas visible.

Elle envoya également chez Maxime. Mathias ouvrit et causa même avec la femme de chambre.

— Monsieur n'est pas rentré chez lui depuis hier, répondit-il.

Cette solitude, cette impuissance, écrasaient Caroline.

Elle avait des mouvements, des bonds furieux de tigresse en cage et des accablements de femme épuisée, mourante.

— Et je l'aime ! criait-elle, je l'aime encore ! Justine !

Justine reparaissait.

— Il faut que tu ailles chercher M. Davelles, je veux le voir !

— Madame, calmez-vous, il viendra, j'espère.

— Est-ce que Mathias te l'a dit ?

— Non, madame, mais Mathias n'est pas méchant, il m'a vue très-inquiète, et certainement, dès qu'il le pourra, il avertira Monsieur.

Caroline était bien forcée d'attendre.

— Monsieur demande à parler à Madame, dit enfin la femme de chambre.

Maxime se montra pâle et défait comme un docteur qui a veillé toute la nuit avec anxiété, s'émouvant des douleurs de son malade et des siennes propres.

Ce fut un coup de plus pour Caroline.

— Comme il est changé !... murmura-t-elle.

Sa physionomie avait cependant une grande expression de douceur. Il s'assit à deux pas d'elle et la considéra un moment avec un attendrissement visible. Sa voix descendit aux cordes basses pour lui dire :

— Nous ne nous reverrons plus Caroline. Vous avez brisé les liens de famille, qui seuls, nous unissaient.

Celá devait être ; c'était facile à prévoir ; mais j'avais
espéré le contraire, l'impossible !... Frédéric me re-
demande l'enfant qu'il attendait, il me supplie de
sauver Marguerite, Marguerite à qui il a fallu tout
avouer ! La désolation et la mort sont entrées dans cette
maison, où l'on ne prononce votre nom qu'en frémissant. M. et Madame Guérin quitteraient l'hôtel,
si Marguerite était transportable. On doit la paix aux
mourants. Si grande que soit votre haine pour la
sœur d'Auguste, ne cherchez pas à troubler ses derniers moments.

— Mais ce sont vos soupçons qui troublent et qui
tuent ! s'écria Caroline. Si vous aviez cru à ma parole,
à la sincérité de mes aveux et à celle de mon amour
pour vous, vous n'auriez pas donné à Marguerite
l'affection dévouée que vous me deviez... Je l'aurais
aimée... N'étais-je pas disposée à me soumettre à vos
désirs ? Me suis-je révoltée ? J'ai accepté vos prières
comme des ordres, mais j'ai accepté aussi les espérances d'amour que vous me donniez ; ces espérances,
qu'en avez-vous fait ?

Elle était debout, le visage altéré, le corps agité par
un tremblement nerveux, mais son regard ne se
baissait pas devant celui de Maxime.

Et M. Davelles se courba comme un coupable.

— Ce que j'ai fait ? dit-il : j'ai voulu protéger la
sœur de mon ami : je lui ai rendu sa fortune et je n'ai
su préserver ni sa vie, ni celle de son enfant ! J'ai
voulu atteindre la femme coupable, éveiller ses remords, et je l'ai aidée à frapper sa dernière victime !

Vous avez raison, Caroline, mes soupçons autant que votre haine ont tué Marguerite. Elle n'a pu supporter l'idée du crime !

— Et moi, monsieur, je ne la supporterai pas plus longtemps. Des soupçons aussi noirs doivent être éclaircis. Je m'en laverai. Vous avez parlé une fois à Trouville de demander des preuves au cadavre. Eh bien ! j'y consens, je le veux, je l'exige ! J'en ai le droit, je suis innocente !

Sous son œil plein de flammes, ses narines frémissaient, et sa lèvre en se tordant sculptait une expression de douleur sublime.

— Innocente ! répéta Maxime, innocente ! Je vous crois, j'ai besoin de vous croire, Caroline !

Il se leva d'un air désolé et se dirigea vers la porte en la saluant d'un mot :

— Adieu !

— Vous me croyez et vous me quittez ! cria-t-elle.

Elle s'élança pour l'arrêter et lui barrer le passage, mais la porte secouée avec violence, du dehors, par une main d'homme, s'ouvrit... Frédéric se montra sur le seuil, et s'adressant à Maxime :

— Marguerite se meurt, et vous vous oubliez ici, auprès de cette femme !

— Je vous suis, répondit M. Davelles.

— Pas encore ! s'écria Caroline.

Elle prit vivement sur une étagère, à sa portée, un petit poignard, ravissant bijou vénitien, qui faisait partie de sa collection d'objets anciens et étrangers.

Elle tendit l'arme mignonne à Frédéric.

— Rendez-moi justice ou vengez-vous, dit-elle.

Il accepta le poignard pour le jeter rudement.
Lancée à l'aventure, l'arme alla heurter le marbre de
la cheminée, la pointe fine de l'acier s'y cassa.

— Je ne suis pas un assassin! dit-il.

Et il sortit avec Maxime.

Flagellée par ce dernier mépris, la malheureuse
femme les vit partir d'un œil hagard, voilé de larmes
dont elle n'avait pas conscience. Elle se laissa aller
inerte sur un meuble, un bonheur-du-jour, armoire
et pupitre du temps de Louis XIV. Elle y resta les
mains pendantes, la tête penchée, sans nul souci d'une
coupe de vrai Japon, qu'elle avait renversée, sans savoir si elle vivait encore, ni ce que serait sa vie.

Justine n'entendant rien, après deux longues heures, l'arracha à cette inertie.

— Laissez-moi! dit-elle, laissez-moi! il ne m'aime
pas, je ne le verrai plus! Que voulez-vous que je
fasse?

Elle glissa dans un fauteuil parce que sa femme de
chambre l'y entraîna, mais elle y resta accablée et
muette, les joues sillonnées de larmes lentes et
chaudes. Justine s'autorisa de son état pour rester
près d'elle.

— Madame se trompe, Monsieur l'aime, j'en suis
sûre! protestait-elle.

Caroline ne semblait pas l'entendre.

Justine ajouta:

— Mathias me l'a dit.

Ce nom secoua madame Davelles.

— Mathias te l'a dit? Comment? comment?...

Elle tutoyait Justine, dans son émotion, contre son habitude.

Justine rougit un peu.

— Mathias, répondit-elle, est amoureux de moi, je m'en flatte du moins, et il lui échappe parfois ce qu'il ne voudrait pas me dire.

— Ah! Mathias t'aime, dit Caroline d'un son de voix profond, et il t'a dit?

— Que monsieur était malheureux aussi parce qu'il aimait madame.

— Est-ce possible? pensa-t-elle.

On vint annoncer que le dîner était servi.

— Je ne dînerai pas! dit Caroline.

Depuis la veille, personne à l'hôtel, si ce n'étaient les domestiques, n'entrait dans la salle à manger.

— Madame en mourra! dit la femme de chambre.

— Écoute, reprit Caroline, il faut que tu parles à Mathias. Je te dirai pourquoi. Il y a un malentendu entre moi et M. Davelles, quelque chose d'affreux pour moi, pour lui, tu comprends?

— Oui, madame, j'ai compris que la fortune ne vaut pas la franchise des pauvres gens! Ah! si j'aimais Mathias comme il m'aime, ce serait bientôt entendu.

Caroline passa la main sur son front.

— Réussirai-je? dit-elle. Qu'importe! il faut en finir.

Justine reçut les instructions de sa maîtresse ce jour-là et plusieurs jours de suite. Mais il lui fut difficile de causer librement avec Mathias. Celui-ci était très-occupé par M. Davelles. Cependant elle sut que madame Guérin, enlevée de son lit avec de grandes précautions, avait quitté l'appartement pendant la nuit, et que la porte de celui de Maxime venait d'être condamnée.

— La séparation est accomplie ! s'écria Caroline à cette nouvelle.

Elle en eut la certitude une demi-heure après : Mathias vint la prier, de la part de Maxime, de circuler librement à l'avenir dans l'hôtel et d'user toujours de son crédit chez le même banquier.

Il y avait quatre jours que Caroline n'avait bougé de sa chambre ou de son petit salon artistique, se couchant à peine, n'occupant qu'un seul siége roulé près de la cheminée, et se faisant apporter quelques potages auxquels souvent elle ne touchait pas.

— Il faut en finir ! répéta-t-elle après la visite de Mathias.

XXIX

Retiré dans sa maison de la rue Montaigne, Maxime se trouvait en effet profondément malheureux. Il aimait Caroline. Il l'aimait avec la force de sa forte nature. Longtemps sevré d'amour, dégoûté des femmes, il s'était défié de celle-là plus que de toute autre, et elle l'avait vaincu !

A son âge, en pleine séve, cette passion devait éclater comme une explosion de sa jeunesse violentée, de ses désirs contenus. Trahi par Caroline et par Audrette, il avait dédaigné la femme, et la femme, l'éternelle sirène, prenait sa revanche, et chantant ses voluptueuses mélodies, l'attirait.

Marguerite était aussi rue Montaigne dans un appartement improvisé pour elle à la hâte. On l'y avait transportée en passant par la communication établie entre l'hôtel de la rue de Ponthieu et la maison du docteur Hermès. Puis on avait fermé à l'intérieur l'appartement de Maxime et sa porte ne s'était plus rouverte.

Dans une bibliothèque touchant au cabinet où le docteur recevait ses malades, on avait dressé un lit. Maxime y couchait. A la suite venaient deux chambres occupées par Frédéric et Marguerite.

La jeune femme allait mieux, d'un mieux presque insensible qui n'écartait pas absolument le danger.

Frédéric, souffrant tous ses maux, la veillait anxieusement. Maxime la disputait à la mort avec courage, et, doutant de sa science auprès de cette chère malade, il ouvrait ses livres. La nuit, le jour, dans les moments de repos, il cherchait encore, il étudiait les meilleurs moyens de la sauver.

Mais près de son lit, ou dans la bibliothèque, dans l'agitation ou dans le silence, il songeait à Caroline. Séparé d'elle volontairement, il ne pouvait supporter l'idée de cette séparation. Il lui semblait qu'en traversant quelques chambres, quelques couloirs, quelques portes, quelques salons, il allait se trouver près d'elle comme avant. Parfois, s'il se levait, machinalement il reprenait le chemin intérieur et secret de l'hôtel. Il se surprit même à chercher les clefs de son appartement de la rue de Ponthieu à l'endroit où il avait l'habitude de les mettre, oubliant que, par son ordre, Mathias les avait enlevées.

Cette inquiétude devint une tentation. Il aurait voulu mettre une grande distance entre elle et lui pour avoir moins d'envie de la franchir : de loin comme de près, il le sentait, cette tentation reviendrait.

Huit jours s'écoulèrent, Maxime ne savait rien de Caroline : que faisait-elle ? Avait-elle accepté sa situation ? Ces questions agitaient son esprit.

Suivant les instrutions de Caroline, Justine se présenta rue Montaigne et demanda Mathias. Celui-ci fut contrarié d'abord en la voyant. Il supposa qu'elle venait de la part de sa maîtresse. M. Davelles lui avait donné l'ordre de dire à Caroline, comme à tout le monde, qu'il était en voyage.

Vis-à-vis de Justine, Mathias redoutait les questions et les prières auxquelles il savait mal résister. Il fut rassuré, quand elle lui dit qu'elle venait seulement s'informer de lui, ne comprenant pas qu'il ne parût plus à l'hôtel.

Il répondit d'une façon évasive ; mais la femme de chambre lui fit entendre qu'elle avait parfaite connaissance de la désunion de M. et madame Davelles, cela le mit un peu à l'aise. Elle manifesta ensuite le désir de visiter la maison où le docteur recevait ses malades; simple curiosité de femme, qui semblait sans inconvénient en l'absence du maître, absence dont Mathias avait parlé dès le premier mot.

Ce désir l'embarrassa. Il craignait qu'elle ne rencontrât Maxime dans les appartements. Il espéra la satisfaire en lui permettant de traverser une antichambre et d'entrer dans la salle d'attente des malades.

Justine parcourut la salle d'un pas rapide et en sortit hardiment par la première porte qui se présenta.

— Arrêtez! ce n'est pas votre chemin, dit Mathias.

Elle se souciait peu de l'écouter, elle avançait. Elle se trouvait dans un salon qui précédait le cabinet du docteur et une chambre qui servait de pharmacie.

Elle prit la porte de la pharmacie comme elle aurait pu prendre celle du cabinet. Mathias effaré y entra en même temps qu'elle.

— N'allez pas plus loin, dit-il, monsieur me chasserait.

— Ah! Monsieur est chez lui, je m'en doutais! Eh bien! mon cher Mathias, annoncez-moi à monsieur.

— C'est impossible!

— Vous n'êtes pas aimable aujourd'hui. Je m'annoncerai moi-même.

La femme de chambre poussa le malheureux Mathias, qui voulait l'empêcher et l'osait à peine.

— C'est mal, Justine, ce que vous faites, disait-il; mon maître va être encore très-chagrin.

— Vous n'y connaissez rien, imbécile que vous êtes ;
il sera content, au contraire, allez...

Il hésita encore, et, se laissant enfin persuader, il
laissa Justine dans la pharmacie et alla prévenir
M. Davelles.

Contre son attente, au seul nom de Justine, Maxime,
occupé près de Marguerite, quitta tout et suivit Mathias.

La femme de chambre remit aussitôt au docteur
une lettre de Caroline qu'elle avait tenue cachée jusque-là, et elle attendit tranquillement la réponse.

Le fidèle serviteur, inquiet de sa hardiesse, épiait
les premiers mouvements de son maître. M. Davelles,
autrement ému, rompait le cachet, déchirant le papier
par petits morceaux, et, ne réussissant pas à ouvrir la
lettre assez vite à son gré, brisait l'enveloppe et la
jetait à terre.

La lettre était courte, d'un coup d'œil il la dévora.

« Si je pouvais vivre après votre abandon, écrivait
Caroline, je ne vous importunerais pas. Vous m'avez
condamnée, je subirai ma peine. Mais on doit, dites-
vous, la paix à ceux qui s'en vont. La paix, pour moi,
c'est un de vos regards, un dernier adieu. Me le re-
fuserez-vous ? »

— Retournez à l'hôtel, dit-il à Justine ; j'y serai
aussitôt que vous.

Mathias disparut avec la femme de chambre qui lui
dit en partant :

— C'est ainsi que votre maître voyage !

XXX

Dans sa chambre tendue de velours bleu rehaussé par des baguettes d'argent, Caroline attendait.

Les meubles étaient de la même étoffe que les tentures d'une teinte sombre. Les fenêtres avaient de doubles rideaux de guipure et le lit disparaissait sous les dentelles.

Vêtue elle-même de dentelles mêlées de la mousseline, dans une robe du matin dont aucun ornement étranger ne coupait la blancheur, étendue sur un large divan de velours bleu, entourée et soutenue par de nombreux coussins de la même couleur, elle se détachait pâle et belle sur ce fond savamment assombri.

Maxime s'était interdit l'entrée de cette chambre dès le premier moment du séjour de Caroline à l'hôtel. Il n'en connaissait pas le revêtement intérieur, puisqu'il avait laissé à Madame Davelles le plaisir de disposer elle-même son appartement selon son goût.

Ce jour-là, tout frémissant de douleur et de passion, il redouta sa faiblesse devant Caroline malade et désolée d'après sa lettre.

Dans son cabinet, avant de partir, il sortit du tiroir d'un meuble une boîte contenant deux pistolets chargés qu'il posa sur une table, et ferma le cabinet de manière à ce que personne n'y pût pénétrer pendant son absence.

— Si je trahis mon serment, pensait-il, si je cède à mon désir de la serrer sur mon cœur, malgré le souvenir de mon ami, je me brûle la cervelle en rentrant.

Il sortit par la rue Montaigne, en hâte, et rentra à l'hôtel peu de minutes après Justine. Elle l'introduisit aussitôt dans la chambre de Caroline; il en franchit le seuil comme un homme qui se jette à la mer.

— Enfin, c'est vous! lui dit-elle en lui tendant sa petite main blanche, si blanche, qu'il tressaillit, non d'amour, mais de crainte, en la prenant.

Justine disparut et referma la porte.

Ils étaient seuls.

Ah! qu'elle lui sembla pure dans son adorable pâleur!

Il s'approcha, il avait peur pour elle et non d'elle, maintenant. Il gardait sa main moite, en docteur inquiet.

— Qu'avez-vous? lui demanda-t-il.

— Ce que j'ai! s'écria-t-elle, mais je t'aime et je meurs de désespoir!

Il lâcha sa main, terrifié par cette explosion attendue pourtant. La main retomba sur le velours sombre, elle s'y moula dans sa finesse exquise, et l'œil de Maxime ne put s'en détacher.

— Et vous ne m'aimez pas! reprit-elle, et vous ne

m'avez jamais aimée, et vous me verrez mourir, heureux de votre délivrance, je vous gêne...

— Vous, me gêner, Caroline! vous!

Et il se tut, voulant parler, ne le pouvant pas; ce
qu'il aurait dit était ce qu'il devait taire.

Elle essaya un faible sourire.

— Vous n'osez l'avouer, vous manquez de courage ; ce courage, je l'aurai, je disparaîtrai sans
bruit...

Sa voix douce, si bien timbrée, s'éraillait dans sa
gorge par des contractions pénibles, l'oppression était
visible.

— Vous étouffez! s'écria Maxime.

Il reprit sa main, en docteur, résolu de surmonter
son trouble.

— Ne cherchez pas, dit-elle, il y a huit jours que je
n'ai mangé.

— Huit jours! s'écria-t-il effrayé ; mais qu'avez-vous
donc? d'où souffrez-vous? Répondez-moi à ce sujet;
je vous en prie, il faut vous soigner, il en est temps.

— C'est inutile, dit-elle, je ne suis pas malade, je
n'ai pas faim. Quand je réussis à prendre quelque
chose, un bouillon, j'étouffe. Si cette douleur devient
intolérable, j'ai de quoi l'abréger, un poison; il faut
bien que je mérite mon nom d'empoisonneuse.

— Oh! pardon! pardon! s'écria-t-il, Caroline! Je ne
le crois pas... je ne le crois plus; mais il me faut ce
poison, où est-il, où l'avez-vous eu?

Il serrait sa main, suppliant et s'oubliant. Tout à
coup se frappant le front :

— Ah! j'y suis! ce matin, Justine est entrée dans ma pharmacie ; qu'a-t-elle pris ? dites! parlez!

— Justine est trop honnête pour que je l'emploie à de pareils offices. Elle n'a séduit Mathias que pour vous remettre ma lettre et avoir votre réponse immédiatement ; ce sera mon dernier mensonge, rassurez-vous, ce poison...

Caroline épuisée parlait avec effort. La présence de Maxime, son émotion et sa faiblesse, faisaient perler de froides gouttes de sueur sur son front. Il la vit pâlir encore.

— Auguste! Auguste! dit-il, j'ai besoin de sa vie, vas-tu la prendre?

Elle rassembla ses forces.

— Si les morts se vengent, il le sera bientôt, laissez-moi mourir! Ce poison, je l'ai soustrait à Trouville. Quand j'étais malade, j'avais déjà la pensée de dénouer notre union impossible, vous prépariez mes boissons, mes remèdes, vous-même. Quand l'espoir est revenu, j'ai oublié le flacon plein d'un remède, mortel à certaines doses, dans un coffret, je l'ai cherché et retrouvé ces jours-ci. Il faut bien que j'en fasse usage, Maxime, puisque je ne peux vivre sans vous et que vous ne m'aimez pas! Je disparaîtrai si facilement, ce sera une teinte sombre du moins sur votre front, une tache qu'on efface! Pauvre gommeuse! dira-t-on selon le mot datant d'hier.

Elle essayait encore de plaisanter et de sourire.

Résignée à mourir, empruntant à sa pâleur les candeurs des vierges, elle était trop séduisante, trop forte de sa faiblesse.

— Je ne t'aime pas! s'écria-t-il avec emportement, je ne t'aime pas! Qu'ai-je donc fait depuis longtemps? Mes défiances, mes rigueurs, mes colères, ma disparition même, c'était de l'amour! Je ne t'aime pas! Veux-tu mon premier baiser, ma première trahison?

Le sang remonta à ses joues, elle se dressa rosée et radieuse. Elle ouvrit ses bras à Maxime prêt à s'y jeter. La sirène triomphait.

— Si tu meurs, reprit-il en se courbant sur elle, tu ne mourras pas seule. Dans mon cabinet, j'ai préparé mes pistolets avant de venir. Je prévoyais que j'outragerais avec toi la mémoire de mon ami et que je ne pourrais plus vivre traître et sans honneur!

— Oh!... dit-elle.

Elle retomba sur ses coussins et y resta sans mouvement.

Maxime chercha un cordon de sonnette, de l'eau fraîche, il ne trouva rien, il appela Justine. Elle lui présenta en une minute l'eau et les sels. Caroline s'agita bientôt.

— Ne la quittez pas, Justine; il faut un cordial; je cours le prendre chez moi.

— J'irai, si monsieur le désire.

— Non, vous vous tromperiez, ce serait plus long.

Il franchit les salons, l'escalier, la cour, la porte cochère, en courant.

A peine fut-il sorti, Caroline dit à sa femme de chambre d'une voix ferme :

— Tu me soigneras. Place un huissier à ma porte.
Elle est défendue jusqu'à demain, même à M. Davelles. Quand il apportera le cordial, tu le prendras. Je
le boirai.

Frédéric épiait le retour de Maxime. Il ne savait où
il était allé, Marguerite se plaignait, et son mari, à la
moindre plainte, passait chez le docteur.

Maxime à son entrée dans sa pharmacie l'y trouva.

— Marguerite vous appelle, dit M. Guérin.

— Et Caroline meurt de faim ! répliqua Maxime.

— Caroline, encore Caroline ! s'écria-t-il dans
l'égoïsme de son amour; si elle meurt, elle l'a bien
mérité !

— Ah ! vous ne demandez plus sa grâce, dit Maxime
avec impatience. Eh bien ! je la lui accorde ! je reviens
chez elle...

— Mais Marguerite ! supplia Frédéric.

— Marguerite ! Ah ! vous avez raison ! Pour avoir le
droit de pardonner, il faut que je guérisse Marguerite.
— Mathias !

Mathias ne quittait guère une petite antichambre
qui touchait au cabinet du docteur et à sa pharmacie.
Il se trouvait là, à la portée de la voix, depuis que
Maxime habitait constamment rue Montaigne.

— Va porter ce cordial à madame Davelles de ma
part, et rétablis la communication entre cette maison
et l'hôtel, va vite !

Il passa chez Marguerite, résolu de ressortir tout
de suite, pour s'assurer que ses ordres étaient bien
exécutés. La malade le garda plus qu'il ne le pen-

sait. Retenu par cette chère souffrante, attiré par Caroline, ne voyant plus clair aux maux de la première parce qu'il s'exagérait ceux de la seconde, il s'échappa le plus tôt qu'il put pour reparaître rue de Ponthieu.

Là, un valet à sa livrée s'inclina devant lui, mais ne lui en défendit pas moins la porte de Caroline.

C'est l'huissier qui, victime de son audace, aurait été jeté à la porte par le maître irrité, si Justine ne fût venue assurer le docteur que madame avait pris le cordial et reposait.

M. Davelles se retira.

Trois heures après, un domestique se présenta de la part de Caroline pour lui dire qu'elle allait mieux et qu'elle le priait de passer chez elle le lendemain matin, désirant dormir le reste de la soirée.

Maxime, lui, dormit mal; la crise passée, le remords reparut. Il l'aimait et il le lui avait avoué! Comment la revoir et comment la quitter désormais?

Il regarda ses pistolets avant de se coucher.

— Le dernier mot de la sagesse, de la justice et de l'honneur humain, est-il donc dans la mort? dit-il.

L'instinct ou la révélation de la jeunesse surnageaient et suggéraient à sa pensée :

— La sagesse et le bonheur sont dans la vie!

A l'aube, il ouvrit les yeux.

Cet homme, fort et fier de sa force, se leva chancelant dans son âme, dans sa foi, il doutait de lui!

Dans sa conscience, cette lumière de la justice qui

l'avait guidé jusqu'alors s'éteignait. Où chercherait-il la vérité, l'honneur? son honneur, le véritable, celui qu'on s'accorde soi-même!

Il s'assit et pencha sa tête sur un bureau, à l'endroit habituel de ses méditations scientifiques, dans son cabinet. Aucune inspiration de l'esprit ni du cœur ne l'aida à se relever de son accablement.

Vers dix heures, Mathias entra sans être appelé. Le bon serviteur était suivi de Justine, qui tomba sur un siége à côté du docteur en s'écriant :

— Madame est morte!

Maxime se dressa stupide, fou.

Tâtonnant, d'une main tremblante, il saisit ses pistolets.

— Est-ce la justice de Dieu? dit-il.

Il arma celui qu'il tenait...

— Je suis un infâme, je l'ai laissée mourir!

Mais Mathias était là, et Frédéric accourut.

On l'entoura, on le désarma.

Le docteur fut malade à son tour. Il ne put conduire le deuil. Il se releva vite, Marguerite avait encore besoin de lui.

Caroline laissait un testament avec cette explication de sa mort adressée à Maxime :

« Je meurs pour que vous viviez! »

Et il a vécu pour Marguerite d'abord, qui est restée deux mois dans un état incertain entre la santé et la maladie, menaçant de rejoindre son frère et d'augmenter le nombre des victimes de ce drame.

Et il vit encore pour soulager d'autres misères,

maintenant qu'elle est rendue à l'amour de Frédéric,
ou plutôt le docteur Hermès survit à Maxime Davelles.

Peut-être aura-t-il aussi son roman ou son histoire;
peut-être la publierons-nous avec celle du testament
de Caroline.

FIN

F. AUREAU ET Cⁱᵉ. — IMPRIMERIE DE LAGNY

www.ingramcontent.com/pod-product-compliance
Lightning Source LLC
Chambersburg PA
CBHW050321030726
47505CB00003B/805